【臺灣現當代作家
研究資料彙編】93

楊念慈

國立台灣文學館
出版

部長序

　　「臺灣現當代作家研究資料彙編」是臺灣文學研究一場極富意義的文學接力，計畫至今已來到第七階段，累積的豐碩成果至今正好匯聚百冊。欣見國立臺灣文學館今年再次推出十部作家研究成果，包括：翁鬧、孟瑤、楊念慈、施明正、劉大任、許達然、楊青矗、敻虹、張曉風和王拓。謹以此套叢書，向長期致力於臺灣文學創作的文學家們致敬。

　　文學是一個國家的靈魂，反映出一個民族最深刻的心靈史。回顧臺灣史，文學家一直是引領社會思潮前進的先鋒，是開創語言無限可能的拓荒者，創造出每一個時代的時代精神。「臺灣現當代作家研究資料彙編」透過回顧作家的生平經歷、尋訪作家與文友互動及參與文學社團的軌跡、閱讀其作品並且整理歷來研究者的諸多評述，讓我們能與作家的生命路徑同行，由此更認識他們所創造的文學世界。越深入認識臺灣文學開創出的獨特風采，我們對這塊土地的情感也會更加踏實，臺灣文化的創發與新生才更活潑光燦。

　　「臺灣現當代作家研究資料彙編」計畫推動至今已歷時八年，感謝這一路走來勤謹任事的執行團隊及諸多專家學者的戮力協助，替臺灣文學的作家研究奠定厚實根基。在此向讀者推介這一套兼具深度與廣度的臺灣文學工作書，讓我們藉由創作、閱讀和研究，一同點亮臺灣文學的璀璨光芒。

文化部部長　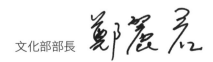

館長序

　　在眾人引頸期盼中，「臺灣現當代作家研究資料彙編計畫」第七階段成果終於出爐，把一年來辛勤耕耘的果實呈現在讀者面前。此次所編纂的作家研究資料彙編，包含翁鬧、孟瑤、楊念慈、施明正、劉大任、許達然、楊青矗、夐虹、張曉風、王拓等十位作家。如同以往，在作家的族群身分、創作文類、性別比例各方面，均力求兼顧平衡；而別具意義的是，這十位作家的加入，讓「臺灣現當代作家研究資料彙編計畫」，匯聚累積共計百冊，為這份耗時良久的龐大學術工程，締造了全新的歷史紀錄。

　　從 1894 年出生的賴和，到 1945 年世代的王拓，這 51 年間，臺灣的歷史跌宕起伏，卻在在滋養著出生、成長於這塊土地上的文學青年、知識分子。而諸多來自對岸的戰後移民作家，大概也從來沒有想過，有一天，他們的書寫創作是在臺灣這塊土地發光發熱。事實證明，作家研究資料彙編的出版，不僅重新點燃了許多前輩作家的熱情，使其生命軌跡與文學路徑得到更為精緻細膩的梳理，某些已然淡出文學舞臺的作家與作品，也因而再次閃現光芒。另一方面，對於關心臺灣文學發展的學者專家，乃至一般讀者來說，這套巨著猶如開啟一扇窗扉，足以眺望那遼闊無際的文學美景，讓我們翻轉過去既有的印象和認知，得以嘗試用較為活潑、多元的角度來解讀作品。

　　在李瑞騰前館長的擘畫、其後歷任館長的大力支持下，自 2010 年起步的「臺灣現當代作家研究資料彙編計畫」，至今已持續推動八年。走過如

此漫長的時光，臺文館所挹注的人力、物力等資源之龐大，自是不難想像。而我們之所以對作家研究投以如此關注，最根本的緣由乃是因為作家與作品，實為當代社會的縮影與靈魂的核心，伴隨著文本所累積的研究論述及文獻史料，則不僅是厚實文學發展的根基，更是深化人文思想的依據。本叢書既是對近百年來臺灣新文學的驗收及盤點，也是擴展並深化臺灣文學研究的嶄新契機，體現了臺灣文學研究總體成果中最優質精緻的部分，並對未來的研究指向與路徑，提出嶄新而適切的指引。

在此，特別感謝承辦單位臺灣文學發展基金會所組成的工作團隊，以及參與其事的專家、學者；更謝謝長期以來始終孜孜不倦、埋首於文學創作的前輩作家們。初冬時節，我們懷抱欣喜之情，向讀者推介此一深具實用價值的全方位臺灣現當代文學工具書，並期待未來有更多人，善用這套鉅著進行閱讀研究，從而加入這一場綿長而優美的臺灣文學接力賽。

國立臺灣文學館館長　廖振富

編序

◎封德屏

緣起

　　1995 年 10 月 25 日，在臺灣師範大學教育大樓的 201 室，一場以「面對臺灣文學」為題的座談會，在座諸位學者分別就臺灣文學的定義、發展、研究，以及文學史的寫法等，提出宏文高論，而時任國家圖書館編纂張錦郎的「臺灣文學需要什麼樣的工具書」，輕鬆幽默的言詞，鞭辟入裡的思維，更贏得在座者的共鳴。

　　張先生以一個圖書館工作人員自謙，認真專業地為臺灣這幾十年來究竟出版了多少有關臺灣文學的工具書，做地毯式的調查和多方面的訪問。同時條理分明地針對研究者、學生，列出了十項工具書的類型，哪些是現在亟需的，哪些是現在就可以做的，哪些是未來一步一步累積可以達成的，分別做了專業的建議及討論。

　　當時的文建會二處科長游淑靜，參與了整個座談會，會後她劍及履及的開始了文學工具書的委託工作，從 1996 年的《臺灣文學年鑑》起始，一年一本的編下去，一直到現在，保存延續了臺灣文學發展的基本樣貌。接著是《中華民國作家作品目錄》的新編，《臺灣文壇大事紀要》的續編，補助國家圖書館「當代文學史料影像全文系統」的建置，這些工具書、資料庫的接續完成，至少在當時對臺灣文學的研究，做到一些輔助的功能。

　　2003 年 10 月，籌備多年的「臺灣文學館」正式開幕運轉。同年五月《文訊》改隸「財團法人台灣文學發展基金會」，為了發揮更大的動能，開

始更積極、更有效率地將過去累積至今持續在做的文學史料整理出來，讓豐厚的文藝資源與更多人共享。

於是再次的請教張錦郎先生，張先生認為文學書目、作家作品目錄、文學年鑑、文學辭典皆已完成或正在進行，現在重點應該放在有關「臺灣現當代作家評論資料目錄」的編輯工作上。

很幸運的，這個計畫的發想得到當時臺灣文學館林瑞明館長的支持，於是緊鑼密鼓的展開一切準備工作：籌組編輯團隊、召開顧問會議、擬定工作手冊、撰寫計畫書等等。

張錦郎先生花了許多時間編訂工作手冊，每一位作家的評論資料目錄分為：

（一）生平資料：可分作者自述，旁人論述及訪談，文學獎的紀錄。

（二）作品評論資料：可分作品綜論，單行本作品評論，其他作品（包括單篇作品）評論，與其他作家比較等。

此外，對重要評論加以摘要解說，譬如專書、專輯、學術會議論文集或學位論文等，凡臺灣以外地區之報刊及出版社，於書名或報刊後加註，如中國大陸、香港、新加坡等。此外，資料蒐集範圍除臺灣外，也兼及中國大陸、香港、新加坡、日本、韓國及歐美等地資料，除利用國內蒐集管道外，同時委託當地學者或研究者，擔任資料蒐集工作。

清楚記得，時任顧問的學者專家們，都十分高興這個專案的啟動，但確定收錄哪些作家名單時，也有不同的思考及看法。經過充分的討論後，終於取得基本的共識：除以一般的「文學成就」為觀察及考量作家的標準外，並以研究的迫切性與資料獲得之難易度為綜合考量。譬如說，在第一階段時，作家的選擇除文學成就外，先考量迫切性及研究性，迫切性是指已故又是日治時期臺籍作家為優先，研究性是指作品已出土或已譯成中文為優先。若是作品不少而評論少，或作品評論皆少，可暫時不考慮。此外，還要稍微顧及文類的均衡等等。基本的共識達成後，顧問群共同挑選出 310 位作家，從鄭坤五、賴和、陳虛谷以降，一直到吳錦發、陳黎、蘇

偉貞，共分三個階段進行。

　　「臺灣現當代作家評論資料目錄」專案計畫，自 2004 年 4 月開始，至 2009 年 10 月結束，分三個階段歷時五年六個月，共發現、搜尋、記錄了十餘萬筆作家評論資料。共經歷了三位專職研究助理，近三十位兼任研究助理。這些研究助理從開始熟悉體例，到學習如何尋找資料，是一條漫長卻實用的學習過程。

接續

　　「臺灣現當代作家評論資料目錄」的專案完成，當代重要作家的研究，更可以在這個基礎上，開出亮麗的花朵。於是就有了「臺灣現當代作家研究資料彙編暨資料庫建置計畫」的誕生。為了便於查詢與應用，資料庫的完成勢在必行，而除了資料庫的建置外，這個計畫再從 310 位作家中精選 50 位，每人彙編一本研究資料，內容有作家圖片集，包括生平重要影像、文學活動照片、手稿及文物，小傳、作品目錄及提要、文學年表。另外每本書分別聘請一位最適當的學者或研究者負責編選，除了負責撰寫八千至一萬字的作家研究綜述外，再從龐雜的評論資料中挑選具有代表性的評論文章，平均 12～14 萬字，最後再附該作家的評論資料目錄，以期完整呈現該作家的生平、創作、研究概況，其歷史地位與影響。

　　第一部分除資料庫的建置外，50 位作家 50 本資料彙編（平均頁數 400～500 頁），分三個階段完成，自 2010 年 3 月開始至 2013 年 12 月，共費時 3 年 9 個月。因為內容充實，體例完整，各界反應俱佳，第二部分的 50 位作家，接著在 2014 年元月展開，第一階段至第三階段共出版了 40 本，此次第四階段計畫出版 10 本，預計在 2017 年 12 月完成。

成果

　　雖然過程是如此艱辛，如此一言難盡，可是終究看到豐美的成果。每位編選者雖然忙碌，但面對自己負責的作家資料彙編，卻是一貫地認真堅

持。他們每人必須面對上千或數百筆作家評論資料，挑選重要或關鍵性的評論文章，全面閱讀，然後依照編選原則，挑選評論文章。助理們此時不僅提供老師們所需要的支援，統計字數，最重要的是得找到各篇選文作者，取得同意轉載的授權。在起初進度流程初估時，我們錯估了此項工作的難度，因為許多評論文章，發表至今已有數十年的光景，部分作者行蹤難查，還得輾轉透過出版社、學校、服務單位，尋得蛛絲馬跡，再鍥而不捨地追蹤。有了前面的血淚教訓，日後關於授權方面，我們更是如臨深淵、如履薄冰，希望不要重蹈覆轍，在面對授權作業時更是戰戰兢兢，不敢懈怠。

除了挑選評論文章煞費苦心外，每個作家生平重要照片，我們也是採高標準的方式去蒐集，過世作家家屬、友人、研究者或是當初出版著作的出版社，都是我們徵詢的對象。認真誠懇而禮貌的態度，讓我們獲得許多從未出土的資料及照片，也贏得了許多珍貴的友誼。許多作家都協助提供照片手稿等相關資料，已不在世的作家，其家屬及友人在編輯過程中，也給予我們許多協助及鼓勵，藉由這個機會，與他們一起回憶、欣賞他們親人或父祖、前輩，可敬可愛的文學人生。此外，還有許多作家及研究者，熱心地幫忙我們尋找難以聯繫的授權者，辨識因年代久遠而難以記錄年代、地點、事件的作家照片，釐清文學年表資料及作家作品的版本問題，我們從他們身上學習到更多史料研究可貴的精神及經驗。

但如何在規定的時間內，完成每個階段資料彙編的編輯出版工作，對工作小組來說，確實是一大考驗。每一冊的主編老師，都是目前國內現當代臺灣文學教學及研究的重要人物，因此都十分忙碌。每一本的責任編輯，必須在這一年的時間內，與他們所負責資料彙編的主角——傳主及主編老師，共生共榮。從作家作品的收集及整理開始，必須要掌握該作家所有出版的作品，以及盡量收集不同出版社的版本；整理作家年表，除了作家、研究者已撰述好的年表外，也必須再從訪談、自傳、評論目錄，從作品出版等線索，再作比對及增刪。再來就是緊盯每位把「研究綜述」放在

所有進度最後一關的主編們，每隔一段時間提醒他們，或順便把新增的評論目錄寄給他們（每隔一段時間就有新的相關論文或學位論文出現），讓他們隨時與他們所主編的這本書，產生聯想，希望有助於「研究綜述」撰寫的進度。

在每個艱辛漫長的歲月中，因等待、因其他人力無法抗拒的因素，衍伸出來的問題，層出不窮，更有許多是始料未及的。譬如，每本書的選文，主編老師本來已經選好了，也經過授權了，為了抓緊時間，負責編輯的助理們甚至連順序、頁碼都排好了，就等主編老師的大作了，這時主編突然發現有新的文章、新的資料產生：再增加兩三篇選文吧！為了達到更好更完備的目標，工作小組當然全力以赴，聯絡，授權，打字，校對，重編順序等等工作，再度展開。

此次第二部分第七階段共需完成的 10 位作家研究資料彙編，年齡層較上兩個階段已年輕許多，因此到最後的疑難雜症，還有連主編或研究者都不太清楚的部分，譬如年表中的某一件事、某一個年代、某一篇文章、某一個得獎記錄，作家本人及家屬絕對是一個最好的諮詢對象，對解決某些問題來說，這是一個好的線索，但既然看了，關心了，參與了，就可能有不同的看法，選义、年表、照片，甚至是我們整本書的體例，於是又是一場翻天覆地的大更動，對整本書的品質來說，應該是好的，但對經過多次琢磨、修改已進入完稿階段的編輯團隊來說，這不啻是一大挑戰。

1990 年開始，各地縣市文化中心（文化局），對在地作家作品集的整理出版，以及臺灣文學館成立後對日治時期作家以迄當代重要作家全集的編纂，對臺灣文學之作家研究，也有了很好的促進作用。如《楊逵全集》、《林亨泰全集》、《鍾肇政全集》、《張文環全集》、《呂赫若日記》、《張秀亞全集》、《葉石濤全集》、《龍瑛宗全集》、《葉笛全集》、《鍾理和全集》、《錦連全集》、《楊雲萍全集》、《鍾鐵民全集》等，如雨後春筍般持續展開。

經過近二十年的努力，臺灣文學的研究與出版，也到了可以驗收或檢

討成果的階段。這個說法，當然不是要停下腳步，而是可以從「臺灣現當代作家評論資料目錄」所呈現的 310 位作家、10 萬筆資料中去檢視。檢視的標的，除了從作家作品的質量、時代意義及代表性去衡量外、也可以從作家的世代、性別、文類中，去挖掘有待開墾及努力之處。因此這套「臺灣現當代作家研究資料彙編」，大部分的編選者除了概述作家的研究面向外，均有些觀察與建議。希望就已然的研究成果中，去發現不足與缺憾，研究者可以在這些不足與缺憾之處下功夫，而盡量避免在相同議題上重複。當然這都需要經過一段時間去發現、去彌補、去重建，因此，有關臺灣文學的調查、研究與論述，就格外顯得重要了。

期待

感謝臺灣文學館持續推動這兩個專案的進行。「臺灣現當代作家評論資料目錄」的完成，呈現的是臺灣文學研究的總體成果；「臺灣現當代作家研究資料彙編」的出版，則是呈現成果中最精華最優質的一面，同時對未來臺灣文學的研究面向與路徑，作最好的建議。我們可以很清楚的體會，這是一條綿長優美的臺灣文學接力賽，經過長時間的耕耘、灌溉，風搖雨濡、燭影幽轉，百年臺灣文學大樹卓然而立，跨越時代並馳而行，百冊作家研究資料彙編得千位作家及學者之力，我們十分榮幸能參與其中，更珍惜在傳承接力的過程，與我們相遇的每一個人，每一件讓我們真心感動的事。我們更期待這個接力賽，能有更多人加入。誠如張恆豪所說「從高音獨唱到多元交響」，這是每一個人所期待的。

編輯體例

一、本書編選之目的，為呈現楊念慈生平、著作及研究成果，以作為臺灣
　　文學相關研究、教學之參考資料。

二、全書共五輯，各輯內容及體例說明如下：

　　輯一：圖片集。選刊作家各個時期的生活或參與文學活動的照片、著
　　　　　作書影、手稿（包括創作、日記、書信）、文物。

　　輯二：生平及作品，包括三部分：

　　　　　1.小傳：主要內容包括作家本名、重要筆名，生卒年月日，籍
　　　　　　貫，及創作風格、文學成就等。

　　　　　2.作品目錄及提要：依照作品文類（論述、詩、散文、小說、
　　　　　　劇本、報導文學、傳記、日記、書信、兒童文學、合集）及
　　　　　　出版順序，並撰寫提要。不收錄作家翻譯或編選之作品。

　　　　　3.文學年表：考訂作家生平所進行的文學創作、文學活動相關
　　　　　　之記要，依年月順序繫之。

　　輯三：研究綜述。綜論作家作品研究的概況，並展現研究成果與價值
　　　　　的論文。

　　輯四：重要文章選刊。選收作家自述、國內外具代表性的相關研究論
　　　　　文及報導。

　　輯五：研究評論資料目錄。收錄至 2017 年 11 月底止，有關研究、論
　　　　　述臺灣現當代作家生平和作品評論文獻。語文以中文為主，兼
　　　　　及日文和英文資料。所收文獻資料，以臺灣出版為主，酌收中
　　　　　國大陸、香港、日本和歐美國家的出版品。內容包含三部分：

　　　　　1.「作家生平‧作品評論專書與學位論文」下分為專書與學位
　　　　　　論文。

　　　　　2.「作家生平資料篇目」下分為「自述」、「他述」、「訪談」、
　　　　　　「年表」、「其他」。

　　　　　3.「作品評論篇目」下分為「綜論」、「分論」、「作品評論目
　　　　　　錄、索引」、「其他」。

目次

【輯五】研究評論資料目錄

輯一◎圖片集

影像◎手稿◎文物

1950年代初，楊念慈初至臺灣時的留影。（李燕玉提供）

1957年5月，楊念慈與李燕玉的結婚照。（文訊文藝資料中心）

1960年5月4日，出席中國文藝協會在臺北實踐堂舉行的成立十週年紀念大會及第17次會員大會，獲頒「中國文藝獎章」第一屆小說獎章。右圖為得獎人與會長合影。右起：王鼎鈞、楊念慈、張道藩、張秀亞、施翠峰。（楊明提供）

1964年，舉家遷居臺中，攝於自家門前。左起：楊念慈、楊照、李燕玉、楊明。（李燕玉提供）

1964～1975年，楊念慈於臺中一中擔任國文教師。
（楊明提供）

1967年8月，應總政治作戰部之邀，參加「國軍新文藝運動・第四輔導小組」，至臺南參訪。左起：朱介凡、劉枋、佚名、紀弦、楊念慈。（楊明提供）

1967年9月，參加國軍新文藝運動輔導委員會，至金門參訪，與紀弦（右）合影。（楊明提供）

1967年，攝於臺中公園。右起：楊念慈、楊照、李燕玉、楊明。（李燕玉提供）

1967年，結婚十週年全家福紀念照。右起：楊照、楊念慈、楊明、李燕玉。（李燕玉提供）

1969年9月，楊念慈出席於臺北空軍新生社舉辦的教育部第12屆文藝獎頒獎典禮，獲教育部長鍾皎光（右）頒發文學獎。右圖為典禮後接受記者訪問留影。（楊明提供）

1970年代，楊念慈任教於曉明女中。（李燕玉提供）

1976～1985年，楊念慈至中興大學中國文學系兼課，與文友孟瑤（中）合影，右為李燕玉。（李燕玉提供）

約1977年，攝於東海大學。左起：楊明、楊念慈、楊照。（李燕玉提供）

1978年，與文友一同歡送即將移民美國的季薇。右起：亞汀、楊念慈、王聿均、劉紹唐、季薇。（文訊文藝資料中心）

1980年代，攝於臺中太原路自宅。左起：楊照、楊念慈、李燕玉、楊明。（李燕玉提供）

1980年代，與臺中文友聚會。左起：楚卿、楊念慈、洪中周。（李燕玉提供）

1982年5月9日，楊念慈（左）出席第二屆全國學生文學獎頒獎典禮，右為汪廣平。（李燕玉提供）

1981年12月，楊念慈應邀出席於陽明山中山樓舉辦的全國第三次文藝會談，與司馬中原（左）合影。（文訊文藝資料中心）

1982年6月10日，楊念慈出席由文建會、國家文藝基金會、《中央日報》合辦的「三民主義的文學觀與詩創作的時代性」座談會，與劉紹唐（左）合影。（李燕玉提供）

1984年2月12日，楊念慈應邀出席《中央日報・副刊》茶會，與尼洛（左）合影。（李燕玉提供）

1986年5月24日，與居住臺中市的文友聯袂出遊。左起：楊念慈、王臨泰、古之紅、王逢吉。（文訊文藝資料中心）

1989年9月25日，參加臺港作家溪頭行。右起：楊念慈、林少雯、司馬中原、陳憲仁、邱勝安。（李燕玉提供）

1990年11月2日，出席由文建會於花蓮舉辦的「文苑雅集全國文藝作家聯誼活動」。左起：蔣震、楊念慈、張植珊、郭嗣汾、佚名。（文訊文藝資料中心）

1991年10月，出席文訊雜誌社舉辦的重陽敬老活動。右起：楊念慈、劉紹唐、端木方、李瑞騰、楚卿。（文訊文藝資料中心）

1992年1月20日，出席文訊雜誌社於臺中縣立文化中心舉辦的「臺灣各縣市藝文環境調查——臺中藝文環境的發展」座談會。（文訊文藝資料中心）

2001年10月，出席文訊雜誌社舉辦的重陽敬老活動。左起：王聿均、王書川、楊念慈、郭嗣汾、艾雯、詹悟。（文訊文藝資料中心）

2004年7月，出席文訊雜誌社舉辦的「作家年輕照片展」，於臺中市文化局留影。左起：李立信、楊念慈、陳憲仁。（文訊文藝資料中心）

2012年7月，《少年十五二十時》由文訊雜誌社策畫發行新版，於紀州庵文學森林舉行新書發表會。楊念慈不克到場，以預錄影片發表感言。（文訊文藝資料中心）

2012年9月24日，臺中市政府探訪藝文界者老，前往拜訪楊念慈。右起：李燕玉、楊念慈、臺中市副市長蔡炳坤、臺中市文化局長葉樹姍。（臺中市新聞局提供）

2013年8月15日，文訊雜誌社「作家關懷列車」前往臺中探訪。左起：陳憲仁、封德屏、楊念慈、楊明（後）、丁貞婉、李燕玉。（文訊文藝資料中心）

1952年6月23日，發表於《自立晚報・新詩週刊》3版的詩作〈望雲小唱三首〉部分剪報。（文訊文藝資料中心）

1952～1953年，擔任《自由青年》編輯，任職期間發行的部分期刊封面。（文訊文藝資料中心）

自画像

楊念慈之自畫像

陳其茂……

1953年5月10日，楊念慈借宿於木刻版畫家陳其茂在嘉義大林中學的宿舍時留下的自畫像。（文訊文藝資料中心）

1981年3月29日～1983年3月3日，楊念慈於《中央日報・副刊》連載長篇小說〈大海蕩蕩〉部分手稿。此為其最後一部發表並出版的長篇小說。（國立臺灣文學館提供）

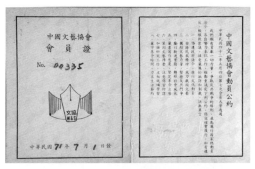

1982年7月1日，中國文藝協會發放的會員證。楊念慈為1951年的創始會員之一。
（國立臺灣文學館提供）

1985年3月5日～1986年4月15日，楊念慈應邀於《臺灣日報·副刊》撰寫專欄「柳川小品」之部分手稿與剪報。（左：國立臺灣文學館提供；右：張瑞芬提供）

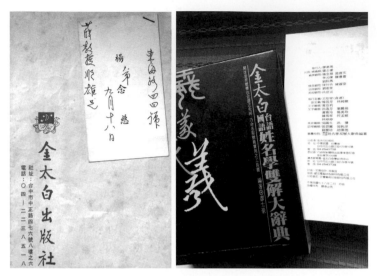

1988年，楊念慈擔任《金太白國語／臺語姓名學雙解大辭典》首席編撰顧問。
左為當時所用名片，右為已經完成的辭典，雖已印製但並未發行。（王貞君提
供）

1992年10月6日，發表於《聯合
報·副刊》24版〈戒菸〉部分手
稿。楊念慈有長達約五十年的菸
癮，因1991年突發心肌梗塞而戒
菸。下為其早年使用的菸斗。
（上：文訊文藝資料中心；下：
國立臺灣文學館提供）

▲一九六五年春，楊念慈全家在台中市開實美的寓所前留影。

四十三年半

○楊念慈

1993年1月16日，楊念慈發表於《中國時報·人間副刊》22版〈四十三年半〉部分手稿與發表時的剪報。（文訊文藝資料中心）

▲五○年代的台灣菜市場

廢園舊事及其他　　楊念慈

我不算多產作家。在文學作品各類項目中，我寫量最多的是長篇小說。總產量（包括已在報端發表而未曾出書的）也不過十幾種。

而在這十幾種長篇小說中，以今在市面上還能找到的，大概只賸「黑牛與白蛇」和「廢園舊事」兩種，其他的都已經絕版多年。這「廢園舊事」系「黑牛與白蛇」，最早年在「中央日報」連載了八十幾萬字的那篇「大海灣」，是為了慶祝中華民國開國七十年，應了中央副刊老主編孫如陵兄之邀特別撰寫的。算起來這已經是二十幾年以前的事情。至於「廢園舊事」和「黑牛與白蛇」這兩種舊作，比「大海灣」更早了二十多個年頭，「廢園舊事」發表，出書都由「文壇」，即行了二十多個年頭，「黑牛與白蛇」則是邊寫邊交，出書卻由「大葉書店」即了幾版。後來「文壇」的「台冠出版社」，即行了二十多本小說。要感謝陳藹熙兄主持的「金色的蚱蜢」的概念，要感謝陳兩航兄之邀情厚意，他所主持的「麥田出版公司」，把這兩本絕版多年的舊作，也細為彼此，成高雄市的「大葉書店」，把這兩本絕版多年的舊作，重新出版多少年的面貌重見天日。

多年前我曾對「金色的蚱蜢」，他不肯老新，新家能不肯老新，把這兩本絕新的面貌重見天日。

我的小說素材，大多是生平經歷中提煉出來，在部分出版的書回之內，以全新的面貌重見天日。

2006年4月，楊念慈發表於《文訊》第246期「臺灣長篇小說創作者經驗談」專題〈《廢園舊事》及其他〉部分手稿。（文訊文藝資料中心）

2007年7月，楊念慈發表於《文訊》第261期「懷念作家」專題〈詩人王聿均〉部分手稿與當期雜誌內頁。（文訊文藝資料中心）

懷念作家

詩人王聿均

◆楊念慈
資深作家

我最喜歡聿均的詩，用字精鍊，含意深遠，每一首都是細心雕琢出來的，值得慢慢咀嚼回味。聿均曾用「冷峻挺拔」四字評論老友亞汀的詩作，其實這四個字用在他的身上也正適合。

聿均兄走了。來台灣將近五十八年，和聿均相識相交差不多也就有這麼久的時間。來台之初，由於人地生疏，過了一段難民式的生活，物質方面幾乎到了衣食都艱得周全的地步，卻結交了一小撮文友，經常聚在一處，談古論今，月旦人物，精神上並不覺得困苦。而後大環境轉危為安，個人的際遇也稍有改善，這一小撮文友由岸聚而星散，各有各的出路，縱然情誼並未因分別而沖淡，來往終不如前幾年那樣緊密。其中只有聿均和我變化較少，也一直保持連絡，特別是當心靈陷於孤寂，感到軟弱的時候，幾句寒暄間的話，讓自己覺得有個倚靠。多少年來，這已經成為習慣了，聿均這一走，今後我活著，將會孤單，更寂寞。

回想五十幾年前，我和聿均開始交往的那段時間，常來往的那一小撮朋友，都正當青年，最年長的獅子豪和紀弦，還不到四十歲，其餘的都是三十歲上下的年紀，無論高

矮肥瘦，都有一身用之不盡的好體力，尤其是那兩個抗戰時期逃過敵鍊的腿，一口氣走個十里八里，根本不覺得累。那段時間聿均兄住過的幾個地方，一個是《公論報》倉庫的一隅，還有北一女和女師兩所女校的單身教員宿舍，我都常去；而我住在中山北路「日本公墓」的木板屋，聿均也來過許多次；他來我去，都是用走的，不為著什麼要緊的大事，只是心血來潮，想見上一面，想聊上幾句，都在台北市區，不算很遠的距離，可是，拐彎抹角的，計算一下，來回也有好幾里路呢。

民國42年底，我離開台北，先在豐原郊外「太社村」閒住了一陣，後來又應一位尊長之召，到員林「教育部特設實驗中學」擔任教職，從此開始了三十多年的教書匠生涯；聿均也在44年進入中央研究院，擔任近代史研究所研究員，一待就是三十幾年，中間還兼了幾年「所長」。不在一地工作，兩個人再想

鼎鈞先生：

你回來還是回來一趟吧。

幾年前，您和我談此說不
投機，還是一直記掛著您。
我不好去，您不好回，今生
今世再求一面也不可得了！

　　　　楊念慈　再拜
　　　　九九二年　五月　初

2010年5月15日，明道大學舉辦「王鼎鈞學術研討會」，楊念慈請
張瑞芬轉達王鼎鈞的一張短箋。（張瑞芬提供）

輯二◎生平及作品

小傳◎作品◎年表

小傳

楊念慈，男，筆名楊柳岸、楊葉、孫家褆，籍貫山東，祖居魯西城武縣，寄籍濟南，1922 年 1 月 5 日生於山東城武，1949 年隨軍隊來臺，2015 年 5 月 20 日辭世，享年 93 歲。

西北師範學院國文系肄業，中央軍校第 18 期步科畢業。曾任排長、連長，《征輪雜誌》、《自由青年》編輯。1953 年進入教育界服務，於員林實驗中學（今員林崇實高級工業職業學校）、中興中學（今中興高級中學）、臺中第一高級中學、天主教曉明女子高級中學等校擔任國文教師，自 1976 年擔任國立中興大學中國文學系講師、副教授。1960 年榮獲中國文藝協會第一屆小說類文藝獎章，1969 年獲教育部該年度文藝獎。

楊念慈創作文類以小說為主，兼及散文。由於其生長於戰亂的大時代中，因此作品多半帶著故鄉土味和時代氣息。1960 年以前發表的小說如〈陌巷之春〉、〈老王和阿嬌〉、〈金十字架〉、〈十姊妹〉等，描述戰後初期到臺灣的外省人如何適應新環境、開展新生活。張瑞芬說這些作品都「見證了外省人在臺灣的活動軌跡，時代意義上相當重要」。又因為曾投身軍旅、參與戰役，所以作品中也不乏戰時戰事、鄉野英雄傳奇的色彩，對於人性及人性試練的描寫更是細膩靈動，鮮明刻畫善惡對立。例如 1960 年代出版的《廢園舊事》、《黑牛與白蛇》，皆有與共軍對峙、角力的驚險情節。這兩部小說都曾被改編為廣播劇、電影、電視劇，轟動一時，可說是其創作生

涯的巔峰。

　　1980 年出版的《少年十五二十時》和 1981 年應《中央日報・副刊》主編孫如陵之邀開始連載的〈大海蕩蕩〉，可謂其長篇小說的又一次高峰。兩部作品都以作者的故鄉為背景，歷歷描繪故里山河、風俗、人情，還有動亂多變的時代。後者原計畫為三部曲，可惜最終只《大地蒼茫》出版。

　　來臺前楊念慈曾在朱光潛所辦的刊物發表新詩，1949 年來臺後賃居臺北市「日本公墓」（今林森北路與南京東路交叉口，戰後初期為榮民與外省人居住的眷村），展開約三年半的職業作家生活。期間也曾於《自立晚報・新詩週刊》發表詩作，各項文類皆有傑出表現，季薇戲稱之「鬼才怪物」。散文作品除了懷想故鄉面貌與人事之作如〈故鄉的戲〉、〈故鄉的白雲寺〉、〈故鄉的連莊會〉、〈折柳〉、〈憶六伯父〉，也有敘述在臺生活的日常瑣事如〈神祕的鹿角溝〉、〈鄉居半年〉、〈入蜂巢記〉、〈木板屋紀事〉等，情感真摯，記錄生活點滴。

　　楊念慈曾自言：「一個寫作者，遭逢這個動亂多變的時代，總會情不自禁的滋生野心，要用自己手裡的這支筆，替這個時帶錄音留影。」事實上無論是小說或者散文，其作品中的確常帶有時代氣息和懷鄉憶舊之感。誠如文學評論家張素貞所說，他是：「寄家國情懷於亂世之中，描摹新舊交替的變遷，亂世中小人物何以安身立命等，具見作者以『小說述史』並不時傳達人生哲理的苦心與企圖。」

作品目錄及提要

【散文】

狂花滿樹
臺北：九歌出版社
1980 年 7 月，32 開，211 頁
九歌文庫 47

全書收錄〈星星〉、〈鵓鴿〉、〈兒戲〉、〈摸魚〉等 44 篇。正文後
有楊念慈〈後記〉。

【小說】

殘荷
高雄：大業書店
1954 年 6 月，32 開，82 頁
長篇小說叢刊之 2

長篇小說。本書收錄作者於 1952 年 11 月至 1953 年 4 月間在
《海島文藝》連載的〈殘荷〉，描述一位歷經抗戰回鄉之青年的
愛情故事。正文後有楊念慈〈後記〉。

陌巷之春

高雄：大業書店
1955 年 6 月，32 開，106 頁
今日文叢第 2 輯之 4

短篇小說集。全書收錄〈陌巷之春〉、〈暖葫蘆兒〉、〈氓〉共三篇。

金十字架

雲林：新新文藝出版社
1956 年 1 月，32 開，115 頁
新新文藝叢書第 5 種

短篇小說集。全書收錄〈金十字架〉、〈倒下的樹〉、〈陳鳳的憂鬱症〉、〈綠丫頭〉、〈老王和阿嬌〉共五篇。正文前有〈作者畫像〉，正文後有楊念慈〈後記〉。

落日

高雄：大業書店
1956 年 7 月，32 開，115 頁
長篇小說叢刊之 4

長篇小說。本書敘述青年畫家和年輕寡婦梅甜及梅甜亡夫的孫女祖怡三人間的情感糾葛。

罪人

高雄：大業書店
1960 年 3 月，32 開，197 頁
長篇小說叢刊之 13

長篇小說。全書共 12 章，收錄作者於 1959 年 1 月至同年 6 月在《自由青年》連載的〈黑繭〉，敘述劉家祜和落難的父親、繼母、弟妹之間複雜糾葛的家庭關係與情感。正文前有楊念慈〈自序〉。

十姊妹

高雄：大業書店
1961 年 1 月，32 開，303 頁
長篇小說叢刊之 21

長篇小說。全書共 26 章，收錄作者於 1959 年 6 月 2 日至同年 9 月 20 在《徵信新聞・副刊》連載的〈十姊妹〉，描寫十位個性迥異的女子因參加流亡學校而結識、相互扶持，輾轉來臺後的故事。

文壇社 1962　　麥田出版 2000

廢園舊事

臺北：文壇社
1962 年 8 月，32 開，385 頁
文壇每月文叢 5

臺北：麥田出版公司
2000 年 5 月，25 開，382 頁
麥田小說 13

長篇小說。全書共 12 章，收錄作者於 1961 年 2 月至 1962 年 1 月間在《文壇》第 10 號至第 19 號連載的〈廢園舊事〉，以抗戰末期的山東西部為背景，由一椿懸疑命案牽扯出錯綜複雜、暗潮洶湧的陰謀。
2000 年麥田版：正文與 1962 年文壇版同。正文前新增楊念慈〈自序〉、楊明〈濃蔭不老，狂花滿樹〉。

大業書店 1963　　　　皇冠出版社 1970

麥田出版（上）　　　麥田出版（下）
2000　　　　　　　　2000

黑牛與白蛇

高雄：大業書店
1963 年 11 月，32 開，683 頁
長篇小說叢刊之 51

臺北：皇冠出版社
1970 年 4 月，32 開，683 頁
皇冠叢書第 240 種

臺北：麥田出版公司
2000 年 5 月，25 開，295 頁、309 頁
麥田小說 14、15

長篇小說。全書共 19 章，收錄作者於 1962
年 12 月至 1963 年 7 月在《中央日報‧副
刊》連載的〈黑牛與白蛇〉，描述一對外形、
性格差異甚大的夫妻來到「綠柳坊」，在南園
子落腳生活的故事。
1970 皇冠版：內容與 1963 年大業版同。
2000 年麥田版：分上、下二冊，正文與
1963 年大業版同。正文前新增楊念慈〈自
序〉、楊明〈濃蔭不老，狂花滿樹〉。

犁牛之子

臺中：臺灣省新聞處
1967 年 4 月，32 開，230 頁
省政文藝叢書之 12
劉暉封面設計、插圖

長篇小說。全書共 12 章，以臺中市近郊的「光化村」為背景，
藉由「楊老師」的見聞與經歷體現土地改革、農地重劃對臺灣
農村的影響。

水星文庫 1975

立志出版社 1969

風雪桃花渡

臺北：立志出版社
1969 年 6 月，40 開，188 頁
立志文叢 11

臺北：水芙蓉出版社，星光出版社
1975 年 8 月，32 開，188 頁
水星文庫 9

短篇小說集。全書收錄〈風雪桃花渡〉、〈山神〉、〈潭〉、〈枯楊生稀〉共四篇。正文前有周玉銘〈立志文叢序〉。目錄頁〈枯楊生稀〉誤為〈楊枯生稀〉。
1975 年水星版：正文與 1969 年立志版同。正文前刪去周玉銘〈立志文叢序〉。

巨靈

臺北：立志出版社
1970 年 1 月，40 開，223 頁
立志文叢 32

長、短篇小說集。本書收錄長篇小說〈巨靈〉，短篇小說〈旅伴〉。正文前有周玉銘〈立志文叢序〉，正文後有楊念慈〈《巨靈》後記〉。

老樹濃蔭

臺北：愛眉文藝出版社
1970 年 11 月，40 開，188 頁
愛眉文庫 5

短篇小說集。全書收錄〈老樹濃蔭〉、〈師道〉、〈五色榜〉、〈師生之間〉、〈二十年風水〉、〈虛驚〉、〈交棒〉、〈磐石〉共八篇。

恩愛

臺北：愛眉文藝出版社
1971 年 1 月，40 開，208 頁
愛眉文庫 16

短篇小說集。全書收錄〈恩愛〉、〈貓的故事〉、〈前塵〉、〈旅
情〉、〈鴨的悲喜劇〉、〈作媒〉、〈遊魂〉、〈軟體蟲〉共八篇。

楊念慈自選集

臺北：黎明文化公司
1977 年 12 月，32 開，286 頁
中國新文學叢刊 46

本書收錄〈恩愛〉、〈貓的故事〉、〈金龜背的風水〉、〈半城王和
他的兒子〉、〈鴨的悲喜劇〉、〈枯楊生稊〉、〈師道〉、〈交棒〉共
八篇。正文前有作家素描、生活照片、手跡及〈小傳〉，正文後
有〈作品書目〉。

薄薄酒

臺北：世界文物出版社
1979 年 7 月，32 開，284 頁
作家叢書 3

中篇小說集。全書收錄〈薄薄酒〉、〈插曲〉、〈捉妖〉共三篇。
正文前有王聿均〈薄酒味醇──代序〉。

皇冠出版社 1980

釀出版 2012

少年十五二十時

臺北：皇冠出版社
1980 年 6 月，32 開，344 頁
皇冠叢書第 691 種

臺北：釀出版社
2012 年 7 月，25 開，425 頁
重現經典 1

長篇小說。本書收錄作者於 1979 年 5 月至 1980 年 1 月在《中華日報・副刊》連載的〈少年十五二十時〉，以 1930 年代山東西南的古城為背景，敘述一群年約十五歲的少年抗日除敵、保鄉衛國的故事。全書計有 1.古城頑童 2.天外孤雁 3.幾樁舊公案 4.一次新行動 5.大地震等十章，正文前有楊念慈〈開場白〉，正文後〈煞尾〉。
2012 年釀出版：正文與 1980 皇冠版同。正文前新增〈重現經典系列出版說明〉、楊念慈〈《少年十五二十時》新版序〉、張玉法〈《少年十五二十時》導讀〉，正文後新增張瑞芬〈初夏時期的荷花──訪小說家楊念慈〉、文訊雜誌社編〈楊念慈著作目錄〉。

大地蒼茫（二冊）

臺北：三民書局
2007 年 1 月，新 25 開，643 頁
世紀文庫・文學 10

長篇小說。全書共 18 章，收錄作者於 1981 年 4 月至 1983 年 3 月在《中央日報・副刊》連載的〈大海蕩蕩〉，以山東城武縣部鼎集的「葆和堂」為故事起點，描述劉家四代的經歷，刻畫民國初年至抗日戰爭期間的動亂時代。正文前有楊念慈〈自序〉。

【兒童文學】

愛的畫像

臺中：臺灣省教育廳
1971 年 4 月，17.8×20.5 公分，64 頁
中華兒童叢書
蘇新田圖

本書描寫王自強和拾荒老婦林阿婆之間的忘年情誼。

文學年表

1922 年　1 月　5 日，生於山東城武，家中排行第一。

1925 年　本年　母親去世。

1926 年　本年　進入私塾就讀。

1929 年　本年　進入城武縣的高等小學就讀。

1932 年　春　於縣立高等小學就讀五年級，因經常閱讀「閒書」而識得斗方上的「神荼、鬱壘」，並解釋其典故，蒙六伯父青睞，大方借閱藏書，使楊念慈對讀書有了濃厚的興趣。

1933 年　本年　進入中學就讀，六伯父任該班國文老師，對於楊念慈日後為人、處世、讀書、寫作等各方面影響深遠。

1937 年　夏　初中畢業，原欲至曹州府城或濟南省城就讀高中，因對日抗戰爆發被迫改變計畫。

1938 年　8 月　家鄉淪陷，進入「國立湖北中學」（流亡學校）就讀，拜別父母踏上逃亡之途。

1942 年　本年　西北師範學院國文系肄業。

1943 年　夏　抗日時隨軍在敵後活動，建立基地、整編當地民眾組成游擊隊。從軍時期的經歷對日後小說創作影響甚大。

1944 年　本年　離開游擊隊，保送進入中央陸軍軍官學校就讀。

1945 年　本年　中央陸軍軍官學校第 18 期畢業，部隊駐防河南商城。

1947 年　冬　服役軍中，駐紮開封，在河南商丘和任教職的六伯父最後一次見面，遊覽當地古蹟，因而養成研讀各地方志書的嗜好。

1948 年　本年　任職於河南開封《征輪雜誌》。

河南中國文化服務社出版詩集《牧歌》，未及詩集印行就因戰事離開，無緣親見作品問世。

1949 年　8 月　隨軍隊來臺，自高雄港登岸。

　　　　　冬　賃居臺北市木板屋（日本公墓），展開約三年半的職業作家生活。

　　　　本年　在《全民日報·副刊》發表文章，因而結識當時擔任主編的劉枋。劉枋曾將其一篇長約九千字的小說〈桂姐〉一日刊畢，引起報社編輯部譁然。

1950 年　3 月　15～17 日，短篇小說〈他是誰〉連載於《中央日報·副刊》6 版。

　　　　　5 月　4 日，「中國文藝協會」成立，由陳紀瀅、張道藩等擔任常務理事，楊念慈為創始會員之一。

　　　　　　　　10 日，〈常振國〉發表於《中央日報·副刊》6 版。

　　　　　　　　18 日，〈政工瑣語〉發表於《中央日報·副刊》6 版。

　　　　　　　　21 日，〈一個女孩子的故事〉發表於《中央日報·副刊》6 版。

　　　　　6 月　17 日，〈偉大的同志愛〉發表於《中央日報·副刊》6 版。

　　　　10 月　11 日，〈從這兒走出去〉發表於《中央日報·副刊》8 版。

　　　　11 月　15 日，詩作〈幼年兵隊〉發表於《中央日報·副刊》8 版；隔年 1 月 21 日發表於《正氣中華》3 版。

　　　　　　　　〈克難運動〉發表於《軍中文摘》第 11 期。

1951 年　1 月　15 日，詩作〈母親的呼喚〉發表於《中央日報·副刊》5 版。

　　　　　4 月　〈我們要求保留副刊〉發表於《寶島文藝》第 3 年第 3 期。

　　　　　9 月　26 日，〈我的木板屋〉發表於《中央日報·副刊》6 版。

　　　　10 月　3 日，〈香蕉和鳳梨〉發表於《中央日報·副刊》6 版；16 日發表於《正氣中華》3 版。

6 日,〈苦芽兒〉發表於《中央日報・副刊》第 6 版。

24 日,〈烤紅薯〉發表於《中央日報・副刊》6 版。

11 月　紀弦、覃子豪等人創辦臺灣戰後第一份新詩刊物《新詩週刊》,經常向楊念慈邀稿。

12 月　3 日,詩作〈游泳〉發表於《自立晚報・新詩週刊》3 版。

10 日,〈古城的惦念〉發表於《中央日報・副刊》6 版;詩作〈孤獨〉發表於《自立晚報・新詩週刊》3 版。

31 日,詩作〈不落的旗幟〉發表於《自立晚報・新詩週刊》3 版。

冬　長篇小說〈廢園舊事〉的部分內容發表於《中國青年》,標題誤印為〈慶園橋事〉。1961 年重新撰寫,連載於《文壇》季刊。

1952 年　1 月　14 日,詩作〈友誼——給林郊〉發表於《自立晚報・新詩週刊》3 版。

21 日,以「碎瓣集」為題,詩作〈落日〉、〈影子〉、〈慰〉發表於《自立晚報・新詩週刊》3 版。

詩作,〈妳們,三百名女兵〉發表於《文藝創作》第 9 期。

3 月　15 日,〈四平街之戀〉發表於《中央日報・副刊》6 版;〈說驕傲〉發表於《當代青年》第 4 卷第 2 期。

4 月　14 日,〈一個孩子的誕生〉發表於《中央日報・副刊》6 版。

5 月　19 日,詩作〈不了情〉發表於《自立晚報・新詩週刊》3 版。

6 月　2 日,詩作〈電〉發表於《自立晚報・新詩週刊》3 版。

23 日,詩作〈望雲小唱三首〉發表於《自立晚報・新詩週刊》3 版。

30 日,詩作〈無題〉發表於《自立晚報・新詩週刊》3 版。

短篇小說〈倒下的樹〉發表於《文壇》第 1 期。《文壇》是當時唯一的大型純文藝刊物，劉枋出任主編，向楊念慈邀稿。

7 月　短篇小說〈綠丫頭〉發表於《當代青年》第 4 卷第 5、6 期合刊。

〈畫裡的春天〉發表於《海島文藝》第 1 輯。

短篇小說〈一夜〉發表於《自由談》第 3 卷第 7 期。

8 月　18 日，以「木板屋輯詩」為題，詩作〈海灘上〉、〈冥想〉、〈落過大雨的夜裡〉、〈小松樹〉、〈航〉、〈泊〉發表於《自立晚報・新詩週刊》3 版。

〈某詩人的故事〉發表於《海島文藝》第 2 輯。

以「木板屋詩輯」為題，詩作〈蜻蜓〉、〈旁觀者〉、〈要求〉發表於《當代青年》第 5 卷第 1 期。

10 月　1 日，〈姻緣路〉發表於《中央日報・副刊》6 版。

〈鵬程萬里〉發表於《當代青年》第 5 卷第 3 期。

7 日，〈凋謝〉發表於《中央日報・副刊》6 版。

14 日，〈石榴樹〉發表於《中央日報・副刊》6 版。

短篇小說〈陳鳳的憂鬱症〉連載於《自由青年》第 7 卷第 1～3 期，至 11 月止。

11 月　3 日，以「木板屋詩輯」為題，詩作〈想飛〉、〈傻主意〉、〈故事〉、〈反比例〉發表於《自立晚報・新詩週刊》3 版。

長篇小說〈殘荷〉連載於《海島文藝》第 4～6 期，至隔年4 月止。

本年　擔任《自由青年》旬刊編輯至 1953 年。

1953 年　1 月　31 日，以「詩二章」為題，詩作〈落伍者〉、〈我的歌〉發表於《正氣中華》3 版。

2 月　28 日，詩作〈聲音〉發表於《正氣中華》3 版。

〈打油詩有序〉發表於《文壇》第 4、5 期合刊。

短篇小說〈金十字架〉發表於《文藝列車》第 1 卷第 2 期。

3 月　9 日,〈小鎮風情〉發表於《中央日報・副刊》4 版。

10 日,〈凋謝〉發表於《正氣中華》3 版;〈神祕的鹿角溝〉發表於《中央日報・副刊》6 版。

31 日,〈艾莉斯小姐〉發表於《中央日報・副刊》6 版。

4 月　21 日,〈甘蔗崙小景〉發表於《中央日報・副刊》6 版。

〈空著的酒杯〉以筆名「楊葉」發表於《海島文藝》第 6 期。

5 月　7 日,〈眼睛〉發表於《中央日報・副刊》6 版。

〈鹿角溝小札──空氣是甜的〉發表於《國風》第 9 期。

6 月　〈寄〉以筆名「楊柳岸」發表於《文藝列車》第 1 卷第 5 期。

7 月　7 日,〈鄉居半年〉發表於《中央日報・副刊》6 版。

短篇小說〈氓〉發表於《國風》第 11 期。

9 月　21 日,〈夜有所夢齋〉發表於《中央日報・副刊》4 版。

10 月　陳其茂木刻版畫集《青春之歌》由臺北虹橋書店出版,楊念慈、李莎、方思、紀弦配詩。

本年　搬離臺北,先後借宿於木刻版畫家陳其茂在嘉義大林中學的宿舍、江楓自宅,後至員林實驗中學(今員林崇實高級工業職業學校)擔任兼任教師,展開教學生涯。

1954 年　1 月　〈絕世詞女賀雙卿〉以筆名「楊柳岸」發表於《讀書》第 3 卷第 12 期。

4 月　11 日,〈連理枝〉發表於《臺灣民生日報》6 版

25 日,〈柳樹〉發表於《臺灣民生日報》6 版。

〈讀書偶得兩章〉以筆名「楊柳岸」發表於《讀書》第 4 卷第 6 期。

	6 月	長篇小說《殘荷》由高雄大業書店出版。
	8 月	30 日,〈好槍法〉發表於《正氣中華》3 版。
	10 月	〈神樹〉連載於《文壇》第 3 卷第 2~4 期,至隔年 1 月止。
1955 年	1 月	23 日,短篇小說〈大年夜〉以筆名「楊柳岸」發表於《中央日報‧副刊》6 版。
		〈一隻鐵瓶子〉發表於《新新文藝》第 1 卷第 1 期。
	3 月	13 日,〈頂真〉以筆名「楊柳岸」發表於《中央日報‧副刊》6 版。
	6 月	26 日,〈戰鬥文藝散論〉以筆名「楊柳岸」發表於《軍中文藝》第 18 期。
		短篇小說集《陋巷之春》由高雄大業書店出版。
	9 月	16~18 日,短篇小說〈歸宿〉連載於《徵信新聞‧人間副刊》6 版。
	10 月	〈詩四首〉以筆名「楊柳岸」發表於《文藝列車》第 5 期。
	12 月	〈《金十字架》後記〉發表於《新新文藝》第 3 卷第 5 期。
	本年	張永祥改編楊念慈的短篇小說〈陋巷之春〉為舞臺劇本,在第十軍軍部首次演出,為其編劇生涯的第一部作品;該劇導演貢敏亦以此劇榮獲國防部文康大競賽首獎。
1956 年	1 月	短篇小說集《金十字架》由雲林新新文藝出版社出版。
	4 月	〈畫像贊〉發表於《海風》第 1 卷第 4 期。
	7 月	長篇小說《落日》由高雄大業書店出版。
	8 月	29 日,〈談靈感〉、〈夢與藝術〉(筆名:孫家禔)發表於《中國時報‧人間副刊》6 版。
	9 月	5 日,〈籠頭〉發表於《徵信新聞‧人間副刊》6 版。
		至臺中市立第一中學(今臺中市立居仁國民中學)任教。
	10 月	2 日,〈人之患〉發表於《聯合報‧副刊》6 版。

〈窠〉發表於《海風》第 1 卷第 10 期。

11 月　29 日,〈廚下〉發表於《聯合報・副刊》6 版。

詩作〈山地泉〉(陳其茂木刻)發表於《中華文藝》第 5 卷第 4 期。

12 月　詩作〈織女〉發表於《中華文藝》第 5 卷第 5 期。

1957 年　2 月　27 日,〈新鞋〉發表於《聯合報・副刊》6 版。

3 月　8 日,〈故園之春〉以筆名「孫家湜」發表於《徵信新聞・人間副刊》6 版。

26～28 日〈迷糊〉連載於《徵信新聞・人間副刊》6 版。

4 月　16～17 日,短篇小說〈陽光〉以筆名「孫家湜」連載於《徵信新聞・人間副刊》6 版。

5 月　5 日,與妻子李燕玉於臺中完婚,由陳紀瀅擔任證婚人,劉紹唐擔任招待。

8 月　短篇小說〈老樹濃蔭〉發表於《自由青年》第 18 卷 3 期。

9 月　13 日,〈故鄉的集會〉發表於《聯合報・副刊》6 版。

〈日月潭之旅〉發表於《海風》第 2 卷第 9 期。

短篇小說〈聲聲慢〉連載於《自由青年》第 18 卷 7～8 期。

10 月　〈記故鄉白雲寺〉發表於《文壇》季刊第 1 號。

11 月　29 日,短篇小說〈兩難〉以筆名「孫家湜」發表於《徵信新聞・人間副刊》6 版。

12 月　12 日,短篇小說〈晚娘〉以筆名「楊葉」發表於《徵信新聞・人間副刊》6 版。

1958 年　1 月　5 日,〈生日誌喜〉以筆名「孫家湜」發表於《徵信新聞・人間副刊》6 版。

29 日,短篇小說〈一對耳環〉發表於《徵信新聞・人間副刊》6 版。

〈明太祖與周顛仙人〉發表於《暢流》第 16 卷第 10 期。

3 月　〈新婚滋味〉以筆名「孫家褆」發表於《自由談》第 9 卷第 3 期。

4 月　〈深溪清流──評亞汀詩集《向大地》〉發表於《暢流》第 17 卷第 5 期。

5 月　〈月月紅和玫瑰〉發表於《海風》第 3 卷第 5 期。

　　　〈散文與小說寫作經驗瑣談〉發表於《自由青年》第 19 卷第 9 期。

8 月　18 日，〈小鎮〉發表於《中華日報‧副刊》5 版。

　　　22～29 日，短篇小說〈昨夜〉以筆名「孫家褆」連載於《徵信新聞‧人間副刊》6 版。

9 月　透過夏承楹、林海音夫婦介紹，轉任臺北溝子口（今文山區木柵路一段）成舍我創辦的「世界新聞職業學校」（今世新大學）任教。但因宿舍附近草木蔓生，妻子遭大蜈蚣咬傷，深感害怕，兩人便於該學期結束後搬回中部，在妻子任教的草湖國小附近賃居。

10 月　6 日，短篇小說〈旅情〉發表於《徵信新聞‧人間副刊》7 版。

本年　長子楊煦出生。

1959 年　1 月　10 日，〈蕈菜〉發表於《徵信新聞‧人間副刊》6 版。

　　　22 日，〈時代的歌手──兼介「旭日」〉發表於《中央日報‧副刊》7 版。

　　　長篇小說〈黑繭〉連載於《自由青年》第 21 卷 1～12 期，至 6 月止。

2 月　短篇小說〈明滅〉發表於《自由談》第 10 卷第 2 期。

3 月　17～23 日，短篇小說〈愛與賭〉連載於《徵信新聞‧人間副刊》6 版。

5 月　短篇小說〈貓的故事〉發表於《自由談》第 10 卷第 5 期。

短篇小說〈潭〉發表於《文壇》季刊第 4 號。

6 月　2 日，長篇小說〈十姊妹〉連載於《徵信新聞‧人間副刊》
6 版，至 9 月 20 日止。

8 月　經歷八七水災，深感災後鄰居的關心與溫情，成為後來創作
《犁牛之子》的重要素材，也因而從此視臺中為第二故鄉。

9 月　至南投中興中學（今中興高級中學）任教，遷居中興新村。

11 月　2 日，長篇小說〈陰晴圓缺〉連載於《徵信新聞‧人間副
刊》7 版，至隔年 2 月 17 日止。

12 月　〈脫鉤的魚〉發表於《亞洲文學》第 3 期。

1960 年　3 月　長篇小說《罪人》（原〈黑繭〉）由高雄大業書店出版。

4 月　25 日，〈眺望〉發表於《中央日報‧副刊》7 版。

5 月　4 日，出席中國文藝協會在臺北實踐堂舉行的成立十週年紀
念大會及第 17 次會員大會，獲頒該會創設的「中國文藝獎
章」第一屆小說獎章。

短篇小說〈山神〉發表於《文壇》季刊第 6 號。

7 月　短篇小說〈女郵差〉發表於《自由青年》第 24 卷第 1 期。

10 月　5 日，次子楊照出生。

11 月　〈評介〈華夏八年〉〉發表於《自由談》第 11 卷第 11 期。

12 月　9 日，〈雪的懷念〉發表於《聯合報‧副刊》7 版。

1961 年　1 月　長篇小說《十姊妹》由高雄大業書店出版。

〈文藝創作：教員宿舍〉發表於《中國語文》第 8 卷第 1
期。

2 月　長篇小說〈廢園舊事〉連載於《文壇》季刊第 10～24 號，
至隔年 1 月止。

5 月　1、16 日，〈對寫作專業化的渴望〉連載於《臺灣民生日
報》5 版。

3 日，〈父親滋味〉發表於《中央日報‧副刊》6 版。

6 月　短篇小說〈第二站〉連載於《幼獅文藝》第 80 期～81 期，
　　　至 7 月止。

7 月　〈四十歲〉發表於《詩・散文・木刻》第 1 期。

8 月　29 日，〈士而懷居〉發表於《中央日報・副刊》7 版。

9 月　1 日，〈木瓜樹〉發表於《中央日報・副刊》9 版。

10 月　〈師道〉發表於《自由青年》第 26 卷第 7 期。

11 月　27 日，〈窩窩頭〉發表於《中央日報・副刊》7 版。

12 月　〈史坦默茲這個人物〉發表於《中國語文》第 9 卷第 6 期。

1962 年　1 月　17 日，〈玩具〉發表於《中央日報・副刊》7 版。

　　　　　　　20 日，〈我是爸爸！〉發表於《中央日報・副刊》7 版。

　　　　　　　〈保本與生息〉發表於《幼獅文藝》第 16 卷第 1 期。

　　　　5 月　12 日，〈山後〉發表於《中央日報・副刊》7 版。

　　　　　　　29 日，〈一家之主〉發表於《中央日報・副刊》7 版。

　　　　8 月　長篇小說《廢園舊事》由臺北文壇社出版。

　　　　10 月　〈前塵〉發表於《自由談》第 13 卷第 10 期。

　　　　11 月　16 日，《廢園舊事》於中廣《小說選播》節目開播，至 12
　　　　　　　月止。

　　　　　　　〈寫在《廢園舊事》播出之前〉發表於《空中雜誌》第 47
　　　　　　　期。

　　　　12 月　26 日，長篇小說〈黑牛與白蛇〉連載於《中央日報・副
　　　　　　　刊》6 版，至隔年 7 月 14 日止。

1963 年　1 月　〈不患人之不己知〉發表於《幼獅文藝》第 18 卷第 1 期。

　　　　3 月　〈我怎樣寫《廢園舊事》〉發表於《文壇》季刊第 33 號。

　　　　4 月　〈文學：自求多福〉發表於《中國語文》第 12 卷第 4 期。

　　　　5 月　短篇小說〈恩愛〉發表於《自由談》第 14 卷第 5 期。

　　　　11 月　長篇小說《黑牛與白蛇》由高雄大業書店出版。

　　　　本年　長子不幸夭折，為免觸景傷情，辭去中興中學教職，遷居臺

北。

|1964 年|1 月|31 日，《黑牛與白蛇》於中廣《小說選播》節目開播。|

3 月　13 日，長女楊明出生。

7 月　27 日，中篇小說〈二十五里大窪〉連載於《徵信新聞報‧人間副刊》10 版，至 8 月 4 日止。

長篇小說〈三陽開泰〉連載於《自由青年》第 32 卷第 7 期～第 33 卷第 12 期，至隔年 6 月止。

8 月　短篇小說〈無墓之碑〉發表於《文壇》第 50 期。

9 月　至臺中第一高級中學教書，自此定居臺中。

1965 年　3 月　4 日，〈深宅大院〉發表於《徵信新聞報‧人間副刊》6 版。

14 日，短篇小說〈交棒〉發表於《聯合報‧副刊》7 版。

19 日，短篇小說〈老友〉發表於《徵信新聞報‧人間副刊》7 版。

4 月　30 日，短篇小說〈晚景〉發表於《徵信新聞報‧人間副刊》7 版。

7 月　23 日，〈人各有才〉發表於《徵信新聞報‧人間副刊》7 版。

8 月　長篇小說《廢園舊事》改編為電影《雷堡風雲》上映，李嘉執導。

9 月　19 日，《插曲》於中廣《小說選播》節目開播，是楊念慈特為中廣寫的第一個廣播劇本。

10 月　11 日，短篇小說〈犁牛之子〉發表於《徵信新聞報‧人間副刊》7 版。

28 日，〈人間書簡〉發表於《徵信新聞報‧人間副刊》9 版。

11 月　8 日，〈轟花〉發表於《徵信新聞報‧人間副刊》7 版。

27 日，〈搬家〉發表於《徵信新聞報‧人間副刊》2 版。

28 日，〈羨慕植物〉發表於《徵信新聞報・人間副刊》7 版。

30 日，〈遊魂〉以筆名「孫家褆」連載於《徵信新聞報・人間副刊》7 版，至 12 月 1 日止。

12 月　12 日，〈監考有感〉發表於《徵信新聞報・人間副刊》7 版。

14 日，〈雪〉發表於《徵信新聞報・人間副刊》7 版。

1966 年　1 月　7 日，〈新居離情〉發表於《徵信新聞報・人間副刊》7 版。

2 月　2 日，〈憶六伯父〉發表於《徵信新聞報・人間副刊》7 版。

10 日，〈太極健身〉以筆名「楊柳岸」發表於《中央日報・副刊》6 版。

5 月　24 日，短篇小說〈枯楊生稊〉連載於《徵信新聞報・人間副刊》7 版，至 6 月 5 日止。

10 月　26～31 日，短篇小說〈旅伴〉連載於《徵信新聞報・人間副刊》9 版。

1967 年　2 月　17 日，短篇小說〈蛻了皮的〉連載於《徵信新聞報・人間副刊》6 版，至 4 月 9 日止。

4 月　長篇小說《犁牛之子》由臺中臺灣省新聞處出版。

8 月　應總政治作戰部之邀，參加「國軍新文藝運動」擔任「第四輔導小組」至嘉義、臺南、金門參訪。同行者有朱介凡、劉枋、紀弦、蔣芸等人。

9 月　28 日，〈謁金門〉發表於《中央日報・副刊》9 版。

11 月　4 日，〈入蜂巢記〉發表於《徵信新聞報・人間副刊》9 版

1968 年　2 月　短篇小說〈二十年風水〉發表於《幼獅文藝》28 卷第 2 期。

1969 年　1 月　短篇小說〈勇者之姿〉發表於《中央月刊》第 1 卷第 3 期。

6 月　短篇小說集《風雪桃花渡》由臺北立志出版社出版。

　　　　　獲教育部文學獎金。

　　　　　《黑牛與白蛇》改編為同名電影上映，由國聯影業有限公司
　　　　　出品，李翰祥策畫導演，林福地執導。

　　7月　1～2 日，〈生活的藝術之一自得其樂〉連載於《中國時報‧
　　　　　人間副刊》10 版。

　　8月　〈故園喬木〉發表於《中央月刊》第 1 卷第 10 期。

　　9月　出席教育部第 12 屆文藝獎金於臺北市空軍新生社舉辦的頒
　　　　　獎典禮，獲頒文學獎金。

　12月　4～28 日，中篇小說〈金龜背的風水〉連載於《中國時報‧
　　　　　人間副刊》18 版。

1970 年　1月　長、短篇小說集《巨靈》由臺北立志出版社出版。

　　4月　長篇小說《黑牛與白蛇》由臺北皇冠出版社出版。

　　5月　21 日，中篇小說〈薄薄酒〉連載於《中國時報‧人間副
　　　　　刊》10 版，至 6 月 30 日止。

　　6月　1～7 日，短篇小說〈星星閃閃‧懦夫與勇士‧接力小說第
　　　　　三棒〉連載於《聯合報‧副刊》9 版。

　　9月　16 日，中篇小說〈春寒〉連載於《聯合報‧副刊》9 版，至
　　　　　隔年 1 月 30 日止。

　11月　短篇小說集《老樹濃蔭》由臺北愛眉文藝出版社出版。

1971 年　1月　短篇小說集《恩愛》由臺北愛眉文藝出版社出版。

　　4月　兒童文學《愛的畫像》由臺中臺灣省教育廳出版。

　　6月　《廢園舊事》改編為同名電視劇於臺視播出。

　　本年　購房，搬至北屯區國校巷定居，結束抵臺以來的賃居生活。

1975 年　8月　詩作〈青春頌〉、〈玳瑁的夜〉、〈夢〉、〈愛的畫像〉發表於
　　　　　《幼獅文藝》第 272 期。

　　　　　短篇小說集《風雪桃花渡》由臺北水芙蓉、星光出版社聯合
　　　　　出版印行。

　　　　　　本年　　自臺中第一高級中學退休。

1976 年　　2 月　　至中興大學中國文學系兼課。

　　　　　　5 月　　中篇小說〈捉妖〉連載於《明道文藝》第 2～6 期，至 9 月
　　　　　　　　　　止。

　　　　　10 月　　〈旅遊隨筆——臺中港禮讚〉發表於《中央月刊》第 9 卷第
　　　　　　　　　　1 期。

1977 年　　8 月　　29～31 日，出席中央文化工作會於臺北市劍潭青年活動中
　　　　　　　　　　心舉行的「全國第二次文藝會談」。

　　　　　12 月　　《楊念慈自選集》由臺北黎明文化公司出版。

1978 年　　1 月　　短篇小說〈老來福〉連載於《明道文藝》第 22～23 期，至
　　　　　　　　　　2 月止。

1979 年　　5 月　　28 日，長篇小說〈少年十五二十時〉連載於《中央日報·
　　　　　　　　　　副刊》11 版，至隔年 1 月 14 日止。

　　　　　　7 月　　中篇小說集《薄薄酒》由臺北世界文物出版社出版。

　　　　　　8 月　　《黑牛與白蛇》改編成臺語連續劇，在中視播出。
　　　　　　　　　　詩作〈故事〉發表於《明道文藝》第 33 期。

1980 年　　6 月　　長篇小說《少年十五二十時》由臺北皇冠出版社出版。

　　　　　　7 月　　散文集《狂花滿樹》由臺北九歌出版社出版。

　　　　　12 月　　21 日，出席聯合報第四屆小說獎頒獎典禮。

1981 年　　3 月　　29～30 日，〈我寫「大海蕩蕩」〉連載於《中央日報·副
　　　　　　　　　　刊》12、11 版。

　　　　　　　　　　29 日，長篇小說〈大海蕩蕩〉連載於《中央日報·副刊》
　　　　　　　　　　12 版至 1983 年 3 月 3 日止。

　　　　　　夏　　自曉明女中退休，為照顧讀大學的兒女遷至臺北，在中央新
　　　　　　　　　　村賃居一年。

　　　　　12 月　　12～13 日，出席由國民黨文化工作會於陽明山中山樓舉辦
　　　　　　　　　　的全國第三次文藝會談，與會者有司馬中原、蓉子、羅門、

梁實秋、趙岳山等八百多位藝文界人士。

1982 年　4 月　與尹雪曼、周錦共同受邀出席高雄市第三屆文藝季「小說欣賞與創作座談會」。

　　　　5 月　9 日，出席第二屆「全國學生文學獎」頒獎典禮。

　　　　6 月　10 日，出席由文建會、國家文藝基金會、《中央日報》合辦的「三民主義的文學觀與詩創作的時代性」座談會。

1984 年　2 月　12 日，出席《中央日報・副刊》茶會。

　　　　9 月　與朱炎、姚一葦、高陽、黃慶萱、齊邦媛、鄭清文共同擔任聯合報第九屆小說獎中短篇小說決審委員。

1985 年　3 月　5 日，應臺中在地報紙《臺灣日報》副刊主編陳篤弘之邀撰寫專欄「柳川小品」，至隔年 4 月 15 日止。

　　　　12 月　〈掛起純文學的大招牌〉發表於《文訊》第 21 期。

1986 年　6 月　〈評「親情」〉發表於《臺灣月刊》第 42 期。

　　　　7 月　〈短篇小說徵選總評〉發表於《臺灣月刊》第 43 期。

　　　　12 月　〈也要「白話」也要「文」〉發表於《文訊》第 27 期

1987 年　7 月　27 日，長篇小說〈纏綿〉連載於《青年日報・副刊》21 版至隔年 2 月 11 日止。

　　　　9 月　30 日，〈我女楊明〉發表於《中央日報・副刊》10 版。

　　　　11 月　和司馬中原共同出席文化建設委員會舉辦的「文藝作品討論會」，談論各自作品和心路歷程。

1988 年　本年　擔任《金太白國語／臺語姓名學雙解大辭典》首席編撰顧問，辭典原應由臺中金太白出版社出版，後未發行。

1989 年　3 月　〈傾蓋論交，白首如故〉發表於《文訊》第 41 期。

　　　　9 月　出席臺港作家團結座談會，與會者有鄭明娳、司馬中原、林保華等人。

　　　　10 月　6 日，〈有恥就有救〉發表於《臺灣日報・副刊》17 版。

1990 年　3 月　〈46～55 宜嫁娶〉發表於《文訊》第 53 期。

	5月	12 日，〈讓百姓居無寧日〉發表於《中央日報・副刊》16版。
1991 年	5月	突發心肌梗塞，復原後體力大不如前，也因而延宕〈大海蕩蕩〉三部曲的計畫。
1992 年	1月	17 日，〈木板屋紀事〉發表於《中國時報・人間副刊》31版。
		20 日，出席文訊雜誌社於臺中縣立文化中心主辦的「臺中藝文環境的發展」座談會，與會者有陳千武、陳其茂、彩羽、白萩等人。
	10月	6 日，〈戒菸〉發表於《聯合報・副刊》24 版。
1993 年	1月	16 日，〈四十三年半〉發表於《中國時報・人間副刊》22版。
2000 年	2月	15 日，〈喚不回的青春〉發表於《中央日報・副刊》22 版。
	3月	28 日，〈老人老書〉發表於《中央日報・副刊》22 版。
	5月	12 日，長篇小說《廢園舊事》、《黑牛與白蛇》和長女楊明新作《小奸小詐之愛情習題》由麥田出版公司出版，共同舉辦新書發表會。
2004 年	2月	12 日，〈昨夜有夢〉發表於《中央日報・副刊》4 版。
	7月	29 日，出席文訊雜誌社主辦，於臺中市文化局大廳展出的「少年十五二十時——作家年輕照片展」。
	9月	散文〈文壇隱士——懷念端木方先生〉發表於《文訊》第227 期。
2005 年	3月	24 日，〈一生四季〉發表於《中央日報・副刊》17 版。
	8月	1 日，〈鹿角溝的夏天——懷念老友木刻板畫家陳其茂先生〉發表於《中央日報・副刊》17 版。
2006 年	4月	〈《廢園舊事》及其他〉發表於《文訊》第 246 期。
2007 年	1月	長篇小說《大地蒼茫》（原〈大海蕩蕩〉）由臺北三民書局出

版。

2 月　三民書局於臺北國際書展舉辦《大地蒼茫》新書發表會，楊念慈因身體微恙不克出席，由長女楊明代表與會。

7 月　〈詩人王聿均〉發表於《文訊》第 261 期。

2012 年　7 月　長篇小說《少年十五二十時》由臺北釀出版社出版。

於臺北紀州庵文學森林舉辦《少年十五二十時》新書發表會，楊念慈不克到場，由其妻女代表出席，本人則以預錄影片發表感言。

2013 年　1 月　〈為古之紅兄送行〉發表於《文訊》第 327 期。

2014 年　夏　接受陳憲仁訪問，訪問文章〈無人能及的快筆作家楊念慈〉後刊載於《文化臺中》特刊號。

2015 年　5 月　20 日，辭世，享年 93 歲。

25 日，家人依照遺囑於神岡舉行樹葬，長眠於楷樹之下。

7 月　1 日，文訊雜誌社製作「大海蕩蕩弦歌不輟」楊念慈紀念特輯，王鼎鈞〈廢園舊事今猶新──悼念楊念慈先生〉、司馬中原〈悼念「故事罐子」楊念慈先生〉、李瑞騰〈我的老師楊念慈先生〉、張端芬〈留得殘荷聽雨聲──憶楊念慈老師〉、楊明〈大海蕩蕩弦歌不輟〉刊載於《文訊》第 357 期。

參考資料：

・曾詩頻，〈楊念慈小說中家園主題之研究〉，中央大學中國文學系碩士論文，李瑞騰教授指導，2004 年。

・楊明，〈播種、扎根的文學旅途──楊念慈與臺中情緣六十載〉，路寒袖主編，《臺中文學地圖》，臺中：臺中市政府文化局，2015 年 12 月，頁 78～85。

・楊念慈，《狂花滿樹》，臺北：九歌出版社，1980 年 7 月。

輯三◎
研究綜述

依依垂楊柳
楊念慈文學歷程與研究綜述

◎張瑞芬

　　2015 年 5 月，楊念慈（1922～2015）先生以九三高齡辭世，「長眠於居住逾半世紀的臺中，在一株將會日益茁壯的大樹下」。女兒楊明〈播種、扎根的文學旅途〉[1]點出了老作家的臺中在地情、泱泱風骨與極簡樹葬。時光荏苒，這本《臺灣現當代作家研究資料彙編・楊念慈》出版時，離他 2015 年過世，又忽忽已過兩年了。

　　不消女兒提點，事實上這籍隸山東城武的老作家與臺中的緣分，在他 1985 年作為《臺灣日報》專欄「柳川小品」[2]卷首〈柳川注〉一文，說得更加明白。1980 年楊念慈散文集《狂花滿樹》曾提到「故鄉柳樹最多，老寨子的四周，臨風拂水，遮牆蔭屋，全是高大茂盛的柳樹」[3]，《黑牛與白蛇》裡故鄉老宅也有南園子，綠柳坊，而這篇〈柳川注〉更道出他鄉早已成故鄉，這柳川之畔的家居，就是他提筆為文，所思所想的憑依：

> 在臺中設籍落戶，已經長達三十年之久，也就是說，我有生以來二分之一的時光是在這裡度過，由少壯而衰老。而我十年前買下的這棟房

---

[1] 楊明，〈播種、扎根的文學旅途——楊念慈與臺中情緣六十載〉，《臺中文學地圖——走讀臺中作家的生命史》（臺中：臺中市文化局，2015 年 12 月），頁 78～85。

[2] 1980 年代中期楊念慈曾於《臺灣日報》寫作方塊專欄「柳川小品」約四十篇，每篇文長不超過千字，卷首言明「小品」是對照大塊文章之意，「就自己觀感所及，略抒胸臆，以消塊壘，乘興命筆，興盡則止」，具體由 1985 年驚蟄開筆至 1986 年 4 月 15 日終篇。「柳川小品」用雜感隨筆的方式道出不少創作論，可惜未正式出版，2012 年筆者採訪時偶然由楊老師處取得，據剪報影印留存。

[3] 楊念慈，〈折柳〉，《狂花滿樹》（臺北：九歌出版社，1980 年 7 月），頁 92。

子，位居柳川上游，如果我也像某些朋友那樣有命名癖，替自己的房子取個堂號，大概就可以叫它「柳川小築」或「柳川別墅」。現在，我特取「柳川」二字做這專欄的總題，是表明我和臺中市的情誼，也標示出即將在這個總題下發表的若干篇文字，是在什麼地方構想，什麼地方寫作的，其中含有一些自負，也含有幾許感激，豈非饒有深意？[4]

　　楊念慈輩分與陳紀瀅、王藍、端木方、郭嗣汾、潘壘、姜貴約同，作品橫跨 1950 到 1980 年代初，詩、散文和小說都寫，實際出版的不到發表的一半，以小說最為馳名。三十餘年間，結集小說總數 18 部[5]，散文只有 1980 年的《狂花滿樹》，有人還曾打趣作一對聯曰「落日殘荷彎腰柳，廢園舊事斷魂橋」把他的小說篇名連串起來。楊念慈不獨與「柳」結緣甚深，居停中部，也絕對不只「三十年之久」。具體說來從離開臺北日本公墓木板屋的 1953 年夏天，連員林實中，豐原、草湖與南投中興新村都算上，近一甲子，比任何一位外省遷臺作家，如張秀亞、童真、孟瑤、繁露都久。

　　楊念慈的臺中生涯，一直伴隨著教職。1964 至 1975 年楊念慈在臺中一中教書，和端木方、楚卿號稱「一中三劍客」，1976 至 1985 年應孟瑤之聘，在中興大學中文系兼課，教授「小說選及習作」課程，期間也在曉明女中專任。1985 年自中興卸下教職，那也是他開始寫《臺灣日報》專欄「柳川小品」之時。1990 年左右楊念慈突發心肌梗塞，之後身體大不如前，念念要寫的「楊念慈十大傳奇」與《大海蕩蕩》第二部「烽火絃歌」，第三部「大海蕩蕩」，終究還是沒能續完。1985 至 1986 年的報紙專欄「柳川小品」是最後的作品，未曾結集出版。2000 年麥田改版重印他的舊作

---

[4]楊念慈〈柳川注〉寫於 1985 年春，文中指出十年前買下臺中北屯國校巷的家居，位置正在柳川上游，有一水泥橋上鐫「進化柳橋」四字，因此把這專欄取名「柳川小品」。
[5]據《2007 臺灣作家作品目錄》所錄楊念慈小說凡 18 部，若扣除盜版的《暖葫蘆兒》（即《陌巷之春》）則是 17 部。楊念慈許多作品僅發表未結集，所出的書連一半文字產量也不到。

《廢園舊事》、《黑牛與白蛇》，2007 年三民出版了他 1980 年代的〈大海蕩蕩〉第一部曲《大地蒼茫》，2012 年秀威資訊改版重印《少年十五二十時》。1990 年代後，楊念慈寫作動能大致停止，怡性情，享天倫，靜如深海，幽隱林泉。而文壇與學界風向丕變，似乎也靜靜的遺忘了他。

　　據女兒楊明所稱，預計一百六十萬字的「大海蕩蕩」三部曲，曾寫到第二部曲[6]，這部應《中央日報》孫如陵之邀，紀念民國開國 70 年的史詩鉅作，總題「大海蕩蕩」，是一個民初到北伐二十年間，父（劉大成）叔（劉大德）和子姪（劉一民）三條主線進行的故事。張素貞〈人如何安身立命？〉[7]讚譽其文筆流暢，布局懸疑，只是故事結束在革命軍光復南京，後續如何發展？楊念慈 2006 年證實「寫了八十幾萬字的〈大海蕩蕩〉，到現在還靜靜躺在書櫃底層，恐怕已經發了霉」。[8]身老體弱，〈大海蕩蕩〉未能終卷，楊念慈頗有遺憾，對寫作教書兩相耽誤，兩方都無法全力施為，更後悔無及。

　　臺中年輕一輩的在地作家石德華，曾於 1990 年代感受楊念慈歇筆後，靜如深海的悲哀，「愛國有錯嗎？不反共真值得那麼驕傲？」楊老師問話的神情令她動容。國家意識模糊，正統主流崩潰，老一輩逐漸不合時宜了。石德華也不禁慨歎：「對 1950 年代曾締洛陽紙貴盛況的小說家而言，處現今之世，確實有不得不的尷尬與失落」。[9]正如楊明〈濃蔭不老，狂花滿樹——我的父親楊念慈〉記父親退休後對社會環境與文化現象頗感無力，但仍然心心念念，早報讀完讀晚報，就是放不下。[10]像他早年發表在《笠》詩刊的詩，被譽為比楊喚還成熟的那首：「我是孤獨的／孤獨的像流浪人／最後

---

[6]楊明，《鄉愁美學——1949 年大陸遷臺作家的懷鄉文學》（臺北：秀威資訊科技公司，2010 年 10 月）。

[7]張素貞，〈人如何安身立命？——談楊念慈《大地蒼茫》〉，《文訊》第 258 期（2007 年 4 月），頁 10～15。

[8]楊念慈，〈《廢園舊事》及其他〉，《文訊》第 246 期（2006 年 4 月），頁 34～37。

[9]石德華，〈靜靜的深海——記楊念慈先生〉，《風範：文壇前輩素描》（臺北：正中書局，1996 年 10 月），頁 28～32。

[10]楊明，〈濃蔭不老，狂花滿樹——我的父親楊念慈〉，《文訊》第 74 期（1991 年 12 月），頁 112～115。

的一個銅角子／在霉濕的衣袋裡／振不出音響／被吝惜的手指／摸得發亮」。[11]

身為一個資深小說家，楊念慈不求聞達，恬淡自安，多年來在臺中作育英才，更是貢獻良多。2010 年我在臺中某郵局寄資料給他，鐵窗後探出一花媽頭，胖臉像沒睡醒，大驚小怪曰：「楊念慈還在啊？」，而後自稱是曉明女中的。據楊念慈自己的說法，「我只是一個服務三十多年而後屆齡退休的教書匠」。吳敦義、李瑞騰與作家保真，也曾在不同時期，成了他座下的學生。

李瑞騰多年後在〈我的老師楊念慈先生〉一文回憶楊念慈任教臺中一中時期，「一身文人風範」，李瑞騰當時年輕氣盛，洋洋自得寫現代詩，楊老師只靜靜聽著，說了一句：「心裡不要只有詩，要了解的東西很多。」年輕的李瑞騰在老師面前，當然是班門弄斧了。據詩人張默〈現代詩壇鉤沉錄〉[12]一文所記，楊念慈初期寫作以詩為主，經常在《自立晚報・新詩週刊》發表詩作。老詩人紀弦於 1952 年 8 月在臺北創辦《詩誌》，楊念慈曾以「木板屋詩輯」為題，發表詩作五首，才華令人驚異。後來紀弦《現代詩》於 1953 年春創刊，楊念慈也是基本班底之一，他的詩作且曾入選《中國新詩選輯》及《中國新詩之葩》，可惜停筆太早，據張默所稱，以楊念慈的才華，能在現代詩壇掀起巨大浪花亦未可知。

魔鬼班長加詩意文青，很違和，卻在楊念慈身上完美合一。他為人無黨派，無色彩，生性狷介，不喜交際，但由於寫作且久居臺中，他和楊逵、笠詩社的桓夫（陳千武）、白萩、詹冰、孟瑤、趙滋蕃、端木方、古之紅、陳定山、陳其茂、彩羽、陳篤弘、陳憲仁都熟識，本土派加外省掛全算上，堪稱臺中文壇最資深老大哥。至於「反共作家」、「軍中作家」這種稱謂，他頗為敬謝不敏。楊念慈在 2000 年《廢園舊事》麥田新版序中，還

---

[11]楊念慈，〈笠下影〉，《笠》第 51 期（1972 年 10 月），頁 88～89。
[12]張默，〈現代詩壇鉤沉錄〉，《文訊》第 25 期（1986 年 8 月），頁 193～195。此文歷數了幾位詩壇逃兵，沉默之聲，楚卿、黃用、吳望堯、葉笛、方旗等。

念念不忘澄清：「我的征戰生涯到臺灣就結束了，實在不算『軍中作家』；二是《廢園舊事》一直被歸類為『抗戰小說』，或者稱作『反共小說』，其實，我寫這部書的心情，和寫《黑牛與白蛇》是一樣的。兩部書都是抒發個人感情的懷鄉憶舊之作。《黑牛與白蛇》中有我的影子，《廢園舊事》裡也有。」

　　老作家會有與「軍中作家」撇清之說，且在《廢園舊事》新版序中說「依據臺灣當局對『退役軍人』所下的定義，『榮民證』、『授田證』我都沒有資格領」，「若承認自己是『軍中作家』，那就有冒充軍人的嫌疑」，可不是沒有原因的。

　　1949 年楊念慈隨軍來臺，駐在鳳山時以「楊柳岸」為筆名向《全民日報‧副刊》主編劉枋投稿，開啟了在臺寫作歷程。[13]然而 1949 年底即被迫退役。張瑞芬〈初夏時期的荷花──2012 訪小說家楊念慈〉一文中，首度揭露箇中原委。原本籍隸青年軍 265 師，任知識青年大隊第二隊少校連長的楊念慈，在鳳山五塊厝孫立人第一軍 340 師麾下，硬生生被降了一級，之後部隊自清，被關了一陣放出來，分文退伍金皆無，一身軍裝走到火車站，坐車到了臺北，開始了「木板屋時期」鬻文為生，難民兼貧民的專職寫作時期。[14]這段時間，從 1949 年隆冬，到 1953 年盛夏，總計三年半。詩、散文、小說都能寫，「也編過舞臺劇、廣播劇和電視劇」[15]，被稱為十項全能的楊念慈，結交了覃子豪、劉枋、穆中南、鍾鼎文、孫陵、李莎、亞汀、彭邦楨、方思、季薇、王聿均、楚卿諸多文友，1952 年還擔任過《自由青年》編輯，當時這些「臺北市副刊作者編者聯誼會」諸人，即是

---

[13]據劉枋〈汨汨蕩蕩楊柳岸〉回憶，初接獲楊念慈投稿是 1949 年 6、7 月間，當時楊以為劉枋是男的，又同是山東人，信上恭稱「枋兄鄉長」，劉枋驚豔楊念慈文字的老到，在《全民日報》副刊有時一天刊出他兩篇不同風格的作品。見劉枋，〈汨汨蕩蕩楊柳岸──記楊念慈〉，《非花之花》（臺北：采風出版社，1985 年）頁 187～193。

[14]此段經歷由楊念慈自述，未見於其他資料。楊念慈並言，在臺灣的前二十年，他一直背後都有人跟蹤，有時莫名其妙就被抓走，也說不上什麼理由。還附上一句，「這些事情，內幕很多，我不應該告訴你，你也不該打聽」。詳見張瑞芬，〈初夏時期的荷花──2012 訪小說家楊念慈〉，《荷塘雨聲：當代文學評論》（臺北：爾雅出版社，2013 年 7 月），頁 322～341。

[15]楊念慈，〈文字很重要〉，《臺灣日報》，1986 年 3 月 5 日，8 版。

後來「中國文藝協會」的成員。

這段在臺北中山北路正由里蒸籠般的小屋寫作，鍋盔、滷牛肉和高粱酒待客的克難時光，都重現在楊念慈〈木板屋紀事〉和季薇〈鬼才怪物楊念慈〉[16]，也具體呈現在短篇小說集《陌巷之春》（大業，1955 年）裡。《陌巷之春》寫外省人 1950 年代初在臺北的生活，計有〈陌巷之春〉、〈暖葫蘆兒〉、〈氓〉三個短篇。其中〈陌巷之春〉裡，一群陌巷里民團結擁護徐三哥當選里長，擊敗金權主義的錢姓候選人。傅怡禎〈關不住的鄉情〉分析了其中徐三哥踩著三輪車，載主角從中山北路經過總統銅像到羅斯福路，隱然是有國父革命、蔣中正領導北伐，以及二戰勝利的歷史意義。[17]約同時期楊念慈的《十姊妹》與《金十字架》裡，也見證了外省人在臺灣的活動軌跡，時代意義上相當重要。例如楊念慈寫外省退役軍人擺攤營生，戀上年輕的本地下女的《金十字架》〈老王和阿嬌〉一篇，可不就是林海音《燭芯》裡的〈蟹殼黃〉[18]，本省外省一家親的翻版？

1950 年代戰後初期，生活克難，稿酬微薄，據楊念慈〈木板屋紀事〉所記千字六元，甚至義務寫稿。劉枋〈汨汨蕩蕩楊柳岸──記楊念慈〉就說：「民國 41 年秋當時的唯一的大型純文藝刊物《文壇》創刊，我榮任主編，豈能輕易的饒過楊念慈？《文壇》當時是不給稿費的，我硬從他這以稿費維生的人那兒逼來兩萬多字」。多年後，楊念慈回憶當年連載轟動的《廢園舊事》總共只拿了幾千塊（而他還喜孜孜說當年小說在雜誌上一口氣刊完，給作者多大的鼓勵）。[19]

---

[16]楊念慈，〈木板屋紀事〉，《中國時報》，1992 年 1 月 17 日，31 版。季薇，〈鬼才怪物楊念慈〉，《自由青年》第 23 卷第 10 期（1960 年 5 月），頁 20。

[17]傅怡禎，〈關不住的鄉情──從兩篇五零年代小說看懷鄉意識的幽然產生〉，《大仁學報》第 14 期（1996 年 3 月），頁 131。

[18]林海音，〈蟹殼黃〉，《燭芯》（臺北：文星出版社，1965 年 4 月），頁 129～141。寫的是三個外省人合開早餐店，賣蟹殼黃燒餅，老闆老黃後來娶了本地女工阿嬌，成就一段良緣，頗有本省外省一家親的意味。

[19]楊念慈的稿費糊塗史，除了義務供稿，還包括好幾本書版權至今莫名其妙拿不回來，許多小說盜版本他從沒見過，例如水芙蓉版《風雪桃花渡》。見張瑞芬，〈初夏時期的荷花──2012 訪小說家楊念慈〉，《荷塘雨聲：當代文學評論》，頁 322～341。

　　丁貞婉〈楊念慈和陳其茂的自畫像〉[20]談到版畫家陳其茂當年年輕時與楊念慈初識於木板屋，在這個楊念慈稱「醜也醜極了，美也美極了」的三教九流貧民窟，人們雖然身處困境，卻相互扶持，陳其茂說起楊念慈和文友們，總是眼睛發亮：「一個個都是貧窮匱乏打不敗的靈魂」。在 1953 年楊念慈正打算離開臺北木板屋，準備去員林實中教書時，路過嘉義大林，還曾在陳其茂住處留下一幅自畫像。漫畫筆觸瀟灑有味，足見「鬼才怪物」著實名不虛傳。

　　楊念慈當年初投稿即令劉枋眼睛一亮的的文字功力，其實其來有自。他出身濟南大明湖畔大地主家庭，「鄉下那座老宅子，從東寨門到西寨門整整一里路」。[21]楊念慈幼時念過家學私塾，打下極好的文言詩詞舊學基礎，《狂花滿樹》〈憶六伯父〉一文，道出他寫作受了中過秀才、開辦鄉學、當過縣長的六伯父啟發。在隨軍來臺的作家中，像這樣兼具了文人與軍人雙重身分的並不多（會巴結一點，不知做到什麼官去）。楊念慈來臺時已經 27 歲，在第一代外省作家中算青壯一輩，年歲輩分頗高於王鼎鈞、尼洛、朱西甯、梅新、田原、舒暢、姜穆、司馬中原、段彩華諸人。

　　楊念慈的生平經歷，未經戰亂者是難以想像的。小小年紀，就被迫捲入時代的風暴，正要考高中時，適逢蘆溝橋事變，「從 16 歲到 20 歲，在淪陷區的家鄉打游擊」。[22]這段歷程具體呈現在 57 歲發表的《少年十五二十時》中。[23]張素貞〈時代淬礪的「英雄」姿采——楊念慈的《少年十五二十時》〉盛讚此書純美的少年心性與鮮明形象，技巧獨特。[24]《少年十五二十

[20]丁貞婉，〈楊念慈和陳其茂的自畫像〉回憶丈夫早年與楊念慈的交誼，見《文訊》第 336 期（2013 年 10 月），頁 82～86。

[21]楊念慈，〈深宅大院〉，《狂花滿樹》，頁 157。同書〈憶六伯父〉說到那座大寨子，兩重寨牆，四道寨門，連同佃戶長工在內，三百戶左右。

[22]楊念慈，〈《廢園舊事》及其他〉，《文訊》第 246 期（2006 年 4 月），頁 35。

[23]《少年十五二十時》原發表在蔡文甫編的《中華副刊》，1980 年皇冠出版社初版。2012 年 7 月 7 日，楊念慈先生《少年十五二十時》改版重出，因身體狀況無法出席紀州庵文學森林新書發表會的他，用抖抖索索的字體為此書寫了新的序文，慨嘆「這是蘆溝橋事變後的第 75 個『七七』……再過幾年，等我們這批和它有關聯的老朽辭世入土，世上就再也沒有人記得它是什麼日子了。」

[24]張素貞，〈時代淬礪的「英雄」姿采——楊念慈的《少年十五二十時》〉，《全國新書資訊月刊》第

時》裡，15 歲主角「我」在縣城淪陷後原想到後方當流亡學生，被祖父母留住了。同鄉綽號「大頭哥」的大哥秦邦傑從前線負傷回鄉，不幸被日本鬼子抓住，斬首棄市，熱血沸騰的五哥、「我」、扁頭等大雪天裡葬了屍首，發願結合楊家寨的武力為他報仇。他們組成游擊隊偷營劫寨闖入城中，綁走漢奸「維持會」王會長，換回老秀才一條性命。而後數年楊家寨全村避走柳河口，「我」也終於遠去後方，跟上了流亡學生的隊伍，自此亡命天涯。[25]

其後，是西北師範學院國文系肄業後投筆從戎，正式入中央軍校軍官隊受訓，十年軍伍，曾在魯籍名將李仙洲麾下，槍林彈雨，戰火洗禮。這種經歷，想虛構都難。據楊念慈自述，他槍法、馬術俱精，「幹過很久的步兵和輜重兵」。[26]早期用「楊柳岸」筆名，原因之一是本為「楊」姓，其次是戎馬征戰之中，河岸、墳堆、荒地、壕溝，隨軍駐紮，時常醒來不知身在何處，深切感受到柳永詞「今宵酒醒何處，楊柳岸，曉風殘月」的蒼涼。

即使出身行伍，寫作卻很早。1940 年代楊念慈時在軍中，就常在朱光潛先生辦的期刊上發表作品，也在《大公報》發表詩作。1948 年楊念慈於河南開封任《征輪雜誌》主編時，還出版過一本詩集《牧歌》。他的小說成熟得早，原因在於經歷豐富，且文學科班出身，古文造詣深厚，鄉音口語又非常道地，天生是寫小說的人才。早期於 1950 年代寫的小說，就已經顯露出說故事的詩意與流暢了。當時的自敘意味較為明顯，《殘荷》、《罪人》（連載時名「黑繭」）都幾乎是自敘傳的意味。林少雯〈楊念慈的《殘荷》〉、季薇〈愛的試練——讀楊著〈黑繭〉〉對此都有評述。《十姊妹》難得的觸及戰亂中流亡學生在臺灣求學的處境，十個結拜的異姓姊妹各自在

---

163 期（2012 年 7 月），頁 48～50。

[25]2012 年 7 月，紀州庵文學森林《少年十五二十時》新書發表會時，臺灣文學館館長李瑞騰親做年表一張。

[26]楊念慈《狂花滿樹》〈騎馬〉、〈射擊〉、〈好槍法〉諸篇中，曾有「空中摺起三隻茶杯，落地之前，把它一一擊碎」之語，足見當年勇。

人海中浮沉。這些早期小說主題頗為正面，包括《犁牛之子》（臺灣省新聞處，1967 年）[27]裡那個鼓勵放牛小孩張志雄讀書成材的「楊老師」，隱然就有著自己的縮影。

　　目前臺灣文學史家及學界對楊念慈的評價，和許多早期遷臺作家一樣，似乎有些低估了。至目前為止碩士論文只有 2004 年中央大學曾詩頻《楊念慈小說中家園主題之研究》（李瑞騰指導）一本，學術論文有 2010 年張瑞芬〈荒村野寨裡的人性試練——論楊念慈小說〉一篇。同被稱為「軍中作家」的舒暢（1928～2007）和段彩華（1933～2015），與楊念慈處境近似，他們很早就卸下軍職專事寫作，同樣較少得到官方獎項與學界注意。[28]楊明《鄉愁美學——1949 年大陸遷臺作家的懷鄉文學》稱，1949 年大陸遷臺作家，在臺灣文學史上，堪稱「邊緣中的邊緣」。[29]正如朱天文說的：「他們是，整個一代都被低估了」。

　　1994 年瘂弦曾在〈創世紀的批評性格〉[30]一文指出，相對於《笠》的土色，《創世紀》是「血色」的文學。戰爭與流離經驗，使軍伍出身的詩人受難意識與邊緣性格都特別明顯。將這句話延伸出去理解，小說家也是一樣的，甚且比詩人更貼近土地，呈現真實，與臺灣在地更貼合。正當洛夫和羅門在歌頌死亡、頭顱、沙包與鐵絲網時，舒暢正寫著《那年在特約茶室》、《院中故事》，楊念慈更早，1950 年代就寫了《陋巷之春》、《金十字架》、《十姊妹》。

　　臺灣土地上的「異時空」，一群異鄉人、零餘者或邊緣人相聚取暖的獨特空間和語境，是大陸人和臺灣生活的混搭。從王謝堂前燕，到尋常百姓

---

[27]易安《《犁牛之子》》對此書有簡介，收入《省政文藝評介選輯》（臺中：臺灣省新聞處，1972 年 6 月），頁 35～41。

[28]段彩華 2015 年 1 月辭世，比楊念慈早數月。2011 年東吳大學中國文學研究所余昱瑩有碩士論文〈段彩華小說研究〉（何寄澎指導）；舒暢 2007 去世，2013 年臺灣大學臺灣文學研究所徐薇雅有碩士論文〈舒暢及其小說研究〉（柯慶明指導）。

[29]楊明 2003 年就讀四川大學博士班，《鄉愁美學——1949 年大陸遷臺作家的懷鄉文學》為其博士班論文（曹順慶指導），2003 年由秀威資訊出版。

[30]瘂弦，〈創世紀的批評性格〉，《聚繖花序 I》（臺北：洪範書局，2004 年 6 月），頁 165～171。

家。這是從白先勇《臺北人》場景轉入鄰近陋巷裡的亂離人生，正如「眷村文學」對臺灣不可抹滅的意義一樣。齊邦媛 1983 年〈從灰濛凝重到恣肆揮灑——五十年來的臺灣文學〉中，就說過一句公道話：「實際上，在那些年月中認真寫下重要作品的作家都不是『戰鬥文學』口號的呼喊者」。[31]在這篇文章中，齊邦媛提到了楊念慈、田原、尼洛、姜穆這些名字，稱許他們為當年的反共懷鄉文學開拓了寬廣的領域。

　　我 2010 與 2012 年採訪楊念慈時，直率的他曾坦言對某位評論者很有意見，原因是「他把臺灣的反共作家都當作政府豢養的」。如此嫉惡如仇，重視寫作主體性的人，哪堪忍受被稱為「反共作家」、「戰鬥文藝」呢？

　　如今看來，楊念慈與 1950 年代官方機制、國家機器或反共政策唯一連得上邊的，就是第一屆「文協」小說獎。楊念慈說，「我這輩子，只參加過一個文藝團體，就是文協」。[32]所謂「文協」即「中國文藝協會」（1950～），成員 1290 人，多為男性。文協的分流團體「臺灣省婦女寫作協會」（「婦協」，1955～）也被視為反共戰鬥政策下的分支群體。1950 年張道藩與陳紀瀅主導「中華文藝獎金委員會」（「文獎會」）和「文協」成立，反共政策取向強烈，當時能在文獎會（1950～1956）「五四獎金」中奪魁，作品刊載於《文藝創作》（1951～1956）的，都是端木方、郭嗣汾、尼洛、潘壘、尹雪曼、段彩華、司馬桑敦的反共小說。[33]

　　而楊念慈當時不曾參加文協「小說研究班」，作品也未在「文獎會」得獎。原來，「我已經是評審」，「裡邊兒當老師的，和我也很熟。和趙友培、李辰冬都在一塊，稱兄道弟的，要去做他們的學生，好像很古怪，而且也沒有必要」。[34]1950 年代楊念慈在臺北寫作，與張道藩、陳紀瀅、潘人木、

---

[31]齊邦媛，〈從灰濛凝重到恣肆揮灑——五十年來的臺灣文學〉，《霧漸漸散的時候》（臺北：九歌出版社，1998 年 10 月），頁 16。

[32]張瑞芬，〈初夏時期的荷花——2012 訪小說家楊念慈〉，《荷塘雨聲：當代文學評論》，頁 322～341。

[33]尹雪曼，《中華民國文藝史》（臺北：正中書局，1975 年 6 月），頁 962。

[34]張瑞芬，〈初夏時期的荷花——2012 訪小說家楊念慈〉，《荷塘雨聲：當代文學評論》，頁 322～341。

郭晉秀、郭良蕙、林海音時相往還。創作豐沛，作品早受肯定，主要發表在《文壇》、《暢流》、《中華日報》、《自由青年》，擔任過《自由青年》編輯，也因此成為文協最早創始者之一。趙友培、李辰冬、張道藩、陳紀瀅，這些可都是黨政大老。他多年後回憶：「從 1940 年代、1950 年代，文藝界流動著一種氣氛，或者說，一種迷信，每逢成立一個文藝團體，或是推行一項文藝活動，總要借重幾位黨國元勳或中央級民意代表的聲光，招牌掛出去，名氣才夠響亮」。[35]說的正是當時的黨國政策，文學江湖。

　　他是幸運的，臺北寫作時期只維持了三年多，沒有扯上太多政治紛擾，1954 年楊念慈接了(以流亡學生為主)的員林實驗中學聘書，指導學生文藝寫作，移居中部。在那兒認識了員林實中的李燕玉，這美麗溫婉的女學生畢業後成了他的另一半，1957 年二人結婚，生活初定。1959 年楊念慈遷居草湖國小寫《廢園舊事》。1961 年任教南投中興新村中興中學時完成《黑牛與白蛇》。遷居中部使楊念慈未曾涉入文藝圈裡「文協」與「青年寫作協會」的互鬥，甚至後來「文藝清潔運動」、「戰鬥文藝」，以及 1970 年代鄉土文學論戰。「他們喊的口號，我就不大同意，不過並不影響和他們做朋友」。文壇諸人沒忘記他，李升如、童世璋的「文協中部分會」、「臺灣省文藝作家協會」多次拉他參與，楊念慈一概不參加：「寫就寫，搞那些團體幹什麼？」君子和而不同。他始終維持著一個寫作者的孤獨，也免去許多無謂的風波。

　　楊念慈著作頗豐，一生卻只得了兩個獎：1960 年第一屆「文協」小說獎及 1969 年教育部年度文學獎。1960 年「中國文藝協會」創立十週年，舉辦第一次的「文協」文藝獎章選拔。甄選條件是年紀 45 歲以下，寫作資歷十年以上，加上在文學上有特殊貢獻。[36]楊念慈獲第一屆「文協」小說類文藝獎章時，年近四十，執教於中興新村省立中興中學。與他同時獲獎的是張秀亞（散文類），王鼎鈞（文學評論類），施翠峰（翻譯類）。楊念慈獲獎

[35]楊念慈，〈作家的地位〉，《臺灣日報》，1985 年 4 月 14 日，8 版。
[36]應鳳凰，〈風格樸實的小說家——楊念慈〉，《文藝月刊》第 189 期（1985 年 3 月），頁 8～20。

的具體成就是小說《殘荷》、《落日》、《陋巷之春》、《金十字架》、《罪人》、《十姊妹》，和 1959 年在《文壇》連載並轟動的《廢園舊事》。發表獲獎感言時，謙遜的他表示獲獎深感光榮：「我知道許多位文友的成就比我高得太多，已不需要獎勵，在此心情下，我始敢領獎。」[37]事實上在 1960 年，要「寫作十年以上」，作品受肯定，真是萬中選一。爾後 1970 年代他著作甚多，卻未再獲得任何獎譽，他卻一貫的謙遜自抑，君子不爭，「寫作不一定得獎嘛！我甚至給楊明說，得獎不如不得獎」。[38]

　　楊念慈的低調與耿直，表現在極少受訪、演講或公開露面（「寫就寫，搞那些活動幹什麼？」）。聲稱此生只做了三件事：當兵、教書、寫稿（做官、得獎或攀關係，大概都不在選項中）。小楊念慈三歲，與楊念慈有同鄉之誼的王鼎鈞，二人兩地相隔，不相見已三十餘年，〈廢園舊事今猶新──悼念楊念慈先生〉一文，仍把楊念慈的「亂世為人，卻稜角分明」，寫得入木三分：

> 有人告訴他，某公提到他的名字，甚表欣賞，勸他送一本書給某公加深印象。此人叮囑贈書題款時上款稱公，下款稱晚。念慈鄉長當時不置可否，後來我問送書了沒有，他說當然不送。「為什麼？」他說簽名時那個「晚」字他寫不下去。我說某公曾為大學校長，內閣部長，年齡幾乎和我們的父輩相當，我們還不算「晚」嗎？他的態度依然堅決。[39]

　　據王鼎鈞所記，當年《廢園舊事》、《黑牛與白蛇》上中廣「小說選播」，他暗助一臂之力，卻遇上某人阻撓，當時楊念慈小住臺北，王鼎鈞勸他前去拜訪，走個過場，也被他拒絕了。

　　楊念慈小說技巧成熟期的 1960 年代扛鼎之作，無疑是長篇的《廢園舊

---

[37]〈首屆文藝獎得獎人簡介〉，《中國時報》，1960 年 5 月 4 日，2 版。
[38]張瑞芬，〈初夏時期的荷花──2012 訪小說家楊念慈〉，《荷塘雨聲：當代文學評論》，頁 340。
[39]王鼎鈞，〈廢園舊事今猶新──悼念楊念慈先生〉，《文訊》第 357 期（2015 年 7 月），頁 50～52 。

事》與《黑牛與白蛇》。發表於《文壇》季刊第 33 期，1963 年 3 月號的
〈我怎樣寫《廢園舊事》〉一文，是楊念慈極早且極重要的一篇創作自述。
早在 1951 年，楊念慈就寫了《廢園舊事》其中一部分發表在彭邦楨《中國
青年》，醞釀十年後才在穆中南主編的《文壇》以長篇方式連載。為了寫這
長篇小說，也很吃了一些苦頭。作者且明白點出，寫作這部長篇的動機，
絕非響應什麼「戰鬥文學」或「反共意識」，而是作為一個親歷戰事的帶兵
官，槍林彈雨中留下這未死之身，「為那些我所熟悉的勇士義民繪像立傳，
捨我其誰？」

　　《廢園舊事》轟動一時，影響極廣，改編電影時，因片商認為「廢
片」之稱不甚吉利，就易名為《雷堡風雲》。一個文學氣息的篇名，就此變
成了雷霆萬鈞，氣吞山河的戰爭片。比《廢園舊事》稍晚一、二年寫的
《黑牛與白蛇》，也是先連載於孫如陵主編的《中央日報・副刊》，和《廢
園舊事》一樣登上中廣公司廣播節目「小說選播」、改編電影，並拍成電視
劇，名噪一時。《廢園舊事》、《黑牛與白蛇》這兩部長篇，奠立了 1960 年
代楊念慈小說不可移易的地位。

　　據尉天驄評價，楊念慈《廢園舊事》這部長篇，少見的能夠呈現 1930
至 1940 年代砲火下北方農村的真實面貌，純就藝術技巧來論，絕不遜於姜
貴《旋風》（胡適、夏志清力薦）。有關《廢園舊事》的評論也多。例如宇
文化〈評《廢園舊事》〉、羅盤〈楊念慈及其《廢園舊事》〉、李宗慈〈大時
代小人物──《廢園舊事》、《荒原》的省思〉、侯如綺〈倫理秩序和政治秩
序的一致〉[40]與楊明〈走進《廢園舊事》的情義天地〉等。

　　侯如綺論《廢園舊事》，從雷部游擊隊這種血緣鄉親的組織，看出作者
懷念舊社會道德禮義的美好，並追求倫理秩序和政治秩序的一致，這是對
的，但作者有心作為「道德文化的捍衛者」則未必。楊念慈擅長寫小人

---

[40]侯如綺《雙鄉之間：臺灣外省小說家的離散與敘事（1950—1987）》（臺北：聯經出版公司，2014
　年 6 月）第三章「文化斷裂的危機──離散者的道德文化信仰與敘事策略」第二節「反共主張下
　的倫理命題」第二小節「倫理秩序和政治秩序的一致：《廢園舊事》」，頁 146～154。

物，在他著名小說中，有幾個故事配角，寫得鬚毫畢現，栩栩如生。《大地蒼茫》裡收賄的縣府錢師爺嘴臉，《廢園舊事》愚直卻忠誠的大酒簍，《黑牛與白蛇》懦弱而義氣的涼帽禿兒馮二尾子，加上主線人物──蠻勇但護子心切的馬志標，溫婉又堅毅的白娘子。這些參差對照的性格與命運，成了楊念慈筆下真正精彩的關目。在楊念慈的心目中，世間似乎沒有絕對的善人與惡人。《大地蒼茫》那貪婪陰險的縣太爺與錢師爺，對比猶有孝親善念的土匪「朱大善人」，就是一例，善惡黑白，世道人心，從來不是那麼截然二分的。「土匪絕對不是很壞的人」他曾正經八百的說：「我比較接近土匪，也喜歡土匪」，「在我記憶中，北伐前的山東是兩種人，山上一群土匪，城裡一群土匪，只是城裡的穿軍裝罷了。兩批人鬥來鬥去，老百姓過的是苦日子」。「其實土八路就是土匪，給他一個番號就成了軍隊」。[41]這可有多諷刺！

　　《廢園舊事》是土八路（共軍）以製造誤解來分化一支剿匪游擊隊（非正規軍）的故事，其中環繞著游擊隊雷司令家的家族親情、主僕道義、謀殺事件，劇情抽絲剝繭，高潮迭起；《黑牛與白蛇》則是土匪綁票贖人的驚險戲碼。「三山六洞十八澗」的茅草坡「老紅毛」土匪，綁了七歲小孩馬思樂，在綠柳坊與馬志標、白娘子夫婦全力營救下，白娘子最終以身易子，命喪老龍潭。《巨靈》中用年輕排長丁紹震與匪寇出身的雙槍魏老七對比，呈現性格反差與「罪與罰」的因果；〈風雪桃花渡〉裡兩個返鄉過年的學生雪夜迷途，撞進一個桃花宿頭裡，險些丟了性命；〈捉妖〉則是奉派駐守老墳崗的國軍部隊，遇上土八路綁架民女並裝神弄鬼，後來在年輕連長膽大心細下識破一切，並一舉殲匪。這麼多奇情豔色，戰爭鬼怪的交織，印證了楊念慈認為小說是所有文類中最難的說法。[42]

　　陽剛熱血，寫實中又有象徵意涵，知名評論家齊邦媛教授與尉天驄教

[41]張瑞芬，〈初夏時期的荷花──2012 訪小說家楊念慈〉，《荷塘雨聲：當代文學評論》，頁 322～341。
[42]楊念慈，〈文字很重要〉，《臺灣日報》，1986 年 3 月 5 日，8 版。

授都極肯定楊念慈小說的獨特性與成就。《廢園舊事》固然充滿戰爭的硝煙味，更多的卻是土匪和地方游擊隊的人性角力，如《黑牛與白蛇》（1963 年）、《巨靈》（1970 年）、《大地蒼茫》（2007 年），以大時代為背景，精彩處卻在主角的內心戲裡。他的小說布局迂迴懸疑、人物性格到位，語言生猛鮮活，尤其擅長類似電影的運鏡手法與精彩對白，使得戲劇張力瞬間達到最高。鄉野奇譚像〈風雪桃花渡〉與〈捉妖〉這些故事，簡直完勝司馬中原鄉野傳奇。曾詩頻碩士論文〈楊念慈小說中家園主題之研究〉第四章第二節「改過向善的盜匪」，著重於土匪與良民的辯證，張瑞芬〈荒村野寨裡的人性試練——論楊念慈小說〉探究了《黑牛與白蛇》中「綁架」事件的意義。

　　楊念慈小說好看，自然不在話下。「一個成功的長篇需要具備什麼條件？」楊念慈的回答是必須同時具備娛樂性和教育性。他這一生沒寫出來的故事，恐怕還很多。能讓擅寫鄉野奇譚的司馬中原說「紅極一時」，「其為人也，一肚子故事」，堪稱「故事罐子」[43]，當真不容易。打過游擊，走過江湖，幹過不同的雜牌軍，做過伙夫，當過雜役，也當過排長之類的低階軍官。這些經歷，遠非王藍《藍與黑》寫抗戰時期從淪陷區流亡到大後方的知識分子；未親歷八二三炮戰的朱西甯寫《八二三註》，或司馬中原寫《荒原》歪胡癲兒的故事可以比擬。[44]1987 年 11 月在文建會舉辦的「文藝作品討論會」裡，楊念慈曾和司馬中原聯袂出席，暢談其小說作品和心路歷程。也有人把楊念慈《廢園舊事》和司馬中原《荒原》並列討論[45]，事實上《荒原》裡的主角歪胡癲兒，負傷的英雄，在雪地裡壯烈捐軀，寫下一

---

[43]司馬中原，〈悼念「故事罐子」楊念慈先生〉，《文訊》第 357 期，2015 年 7 月，頁 53～55。

[44]據楊老師說，《旋風》寫的是寧漢分裂期間，是姜貴親身經歷。《藍與黑》寫抗戰時期從淪陷區流亡到大後方的知識分子，其實寫得不大成功，因為王藍家世太好，是有錢人。司馬中原來臺時才十幾歲，梅新、段彩華、桑品載等少年兵庶幾近之。由於年紀還小，不可能親歷，很多事多半是聽來的。見張瑞芬，〈初夏時期的荷花——2012 訪小說家楊念慈〉，《荷塘雨聲：當代文學評論》，頁 322～341。

[45]李宗慈，〈大時代小人物——《廢園舊事》、《荒原》的省思〉，《自由日報》，1987 年 12 月 14 日，8 版。

頁不朽的史詩，就有那麼點楊念慈《少年十五二十時》裡大頭哥的影子。

　　「壞文字寫不出好小說」。[46]楊念慈 1980 年代中期專欄「柳川小品」〈生活經驗與寫作〉中，曾揭示寫小說的重點；「把素材寫成小說，要像拿大骨頭燉湯那個樣子，不怕材料粗糙，只要耐住性子用小火慢熬，撇去浮油，熬出精髓，那才是原湯真味」，「材料並不能決定作品的精粗美惡，關鍵在於作者處理材料的手法和態度」，「寫小說所需要的生活經驗，和寫論文、寫遊記、寫回憶錄的資料，不是同一種性質，而運用材料的方式，也大有差異。」「生活經驗對小說當然是很重要的，然而，寫小說所需要的生活經驗，包含了一些很細緻、很精微、很深刻、很獨特的東西。」[47]

　　很細緻、很精微、很深刻的，都是經驗的轉化。《殘荷》裡的男主角、《少年十五二十時》裡的「我」、《廢園舊事》裡的余志勳、《黑牛與白蛇》裡的小少爺祖壽、《大地蒼茫》裡的劉一民、《罪人》的劉家祜，包括《巨靈》中年輕氣盛的排長丁紹震。每一部小說中的第一人稱，似乎都有作者自己的影子在其中。從楊家寨裡的小少爺到年輕氣盛奉派異地的軍官，虛實真假之際，格外引動讀者的心弦。作者稱，「情節是真實的，只是經過了作者有意的變動」，包括「被綁架」這回事。

　　楊念慈有他自己的創作論，1980 年代中期接受楊錦郁採訪時提及，一個寫作者應該先讓自己過得舒展些，再向人群散發些光熱，為世間增添些色彩。要將小說寫好，必須具備幾個基本條件，第一是文字的基本修養，第二是作者對人生的了解，文學看法需準確，第三則是小說理論的確立。他也曾想在寫作上有一番大突破，「寫實太久，在思路和技巧的表現上容易造成自我限制」。[48]他相當注意作品的民族性，曾說當前小說作者，「他們寫作前的準備顯然不夠，就是說他們有的甚至未能懂得一件事物的全部真相便開始寫了」。他推崇川端康成筆下道地的日本情致，「一個中國人寫出來

---

[46]楊念慈，〈文字很重要〉，《臺灣日報》，1986 年 3 月 5 日，8 版。

[47]楊念慈，〈有容乃大〉、〈讀下去有味道〉、〈生活經驗與寫作〉，《臺灣日報》，1985 年 4 月。

[48]楊錦郁，〈向人群散發光與熱——楊念慈談寫作〉，《幼獅文藝》第 393 期（1986 年 9 月），頁 129～134。

的東西像外國人的作品，那能好到哪裡去嗎？」[49]

在《臺灣日報》「柳川小品」裡，自首篇〈柳川注〉以下，還有〈寫作這一行〉、〈生活經驗與寫作〉、〈名利之外〉、〈自己找題目〉、〈兩句口訣〉、〈最怕不耐煩〉、〈自動與被迫〉、〈寫小說不難〉、〈再談結構〉、〈別人的理論〉、〈小說的前途〉、〈小說的主題〉、〈以文會友〉、〈最怕不耐煩〉、〈小說與非小說〉、〈文字很重要〉、〈作家的地位〉、〈看起來像樣子〉多篇楊念慈的創作心法，於今觀之，仍然極有價值，堪稱初學者的入門須知：

> 「武俠小說寫得好，也算純文學」
> 「寫你最熟悉的，寫你最有興趣的，寫你認為最值得寫的」
> 「寫作所需要的生活經驗，深度比寬度更重要。一個人要想二者兼得，那是極不容易的」
> 「寫小說不難，寫得好很難」
> 「只有不會創作的理論家，沒有不懂理論的作家」

2017 年夏天，七七抗戰已滿 80 週年，老作家一個人在天上大概還是認真數算著吧！他的小說反共因素其實不高，說鄉土也窄化了。其人其文，都是這個時代最美的傳奇，最珍稀的聲音。老樹濃蔭，悠悠苔綠，這柳川之畔，埋著怎樣一份對家國的情感與可貴的真心。

---

[49]雁蕪天，〈文學！請走回中國吧！訪楊念慈先生談文學的道路〉，《中華文藝》第 84 期（1978 年 2 月），頁 90～97。

輯四◎
重要評論文章選刊

我怎樣寫《廢園舊事》

◎楊念慈

　　《廢園舊事》是我最近出版的一本小說，寫成於今年四月間，八月初由「文壇社」出書。可是，如果以它在我肚子裡孕育的時間而言，卻比我別的幾本小說都來得早。大概是民國 40 年的冬天，我就曾經把其中一段寫了出來，被彭邦楨兄拿了去在《中國青年》發表，當時所用的題目，就標明著它是「長篇小說廢園舊事之一章」，而由於我的字跡太草，「廢園舊事」被印成「慶園橋事」，四個字錯了兩個，「慶園」二字猶可解，這「橋事」是什麼意思？連我也不大懂得。由此可知，它在我肚子裡最少住夠了十年。一直到民國 50 年的春天，穆中南兄要我給他的《文壇》寫一個長篇，才把它逼了出來。

　　這本小說不是一口氣寫成的，寫一期，登一期，從開始發表一直到全書刊畢，每期的稿子，都是在每月二十號左右才用限時掛號寄了去。有好幾次，都害得印刷廠漏夜趕排，幾乎就誤了事。穆中南兄很為它著過幾陣子急，氣狠啦，他就跑到中興新村來罵我一頓。雖然他罵得夠厲害，卻也沒有把我的毛病給改了過來，終於有一次稿子到的太遲，趕排不及，斷了一期。我囉囉嗦嗦的把這些瑣事告訴讀者，一來是藉向穆中南兄道歉並致謝，因為他是這本書的「助產士」，要是沒有他的鼓勵和催逼，可能它還會在我的肚子裡住了下去；二來，我要說明我為了「生」它也很吃了一些苦頭，日子到啦，常常一熬一個通宵，所得不過二千字，還未必能要，天亮以後，又把填滿了的稿紙一氣撕掉，第二天重新來過。每期不過只平均刊出兩萬來字，我卻能一連熬它半個月。這份辛苦，除了我，只有我的太太

知道，連穆中南兄都不見得真能諒解。寫成了這本書之後，我曾經罰誓賭咒，往後寫長的稿子一定要全部寫成才交人發表，再也不敢像從前那樣邊寫邊發的充英雄了。

以上所說，都是題外的閒話。大概編者先生代我擬出這個題目的用意，不是要聽我訴苦。而我卻不得不說，因為這些話一直壓在我的舌頭底下，必須先把它倒出去，然後才能說到別的。

中國廣播公司的「小說選播」節目，剛剛播過這本書。在播出之前，該節目的主持人王玫小姐曾經光臨寒舍，對我做了一次錄音訪問。她一共向我提出了五個問題，後來我把問答的話筆記下來，寫成一篇小文，題作〈寫在廢園舊事播出之前〉，發表於該公司所辦刊物《空中雜誌》。一說一寫，等於是把同樣的話題重複了兩次。所以，那次說過的話，在這篇文章中都避免涉及。

奇怪的是，王玫小姐提出的五個問題當中，竟不曾問到我寫作這本書的動機，我現在就從這一方面說起。為什麼我肚子裡會孕育著這樣的一個故事？是誰把這顆「種子」撒了進去？說到這裡，我不得不向讀者揭露我過去的一部分的生活史。任何作品，不管是用第一人稱或是用第三人稱寫的，必有作者自身的生活經驗投影其中，作品由作者產生，兩者的關係可謂骨肉相連，是作者自己的血淚賦予作品的生命，否則，那作品必然是病弱痿頓，蒼白而無血色。我在抗戰剿匪期間，曾經從軍多年，而且，和一般文人投筆從戎的情形不同，我幹的是帶兵官，而不是軍佐軍屬之類。後方，前線，游擊區，我都待過一些時間，對於一個軍人所應當經歷的軍營、戰場、以及敵後那各種類型的生活，都算得相當熟悉。所以，我過去所寫的小說，幾乎有半數以上是取材於那種生活。我在游擊區待的時間最短，所留的記憶卻最為深刻。因為我奉派進入的那個游擊區，恰在我的故鄉鄰近，游擊部隊中的一些軍官和戰士們，有我的親戚、我的宗族、我的鄰居和我的朋友，官方關係之外，又多了一份私誼，於是我對於他們所創造的那些英勇史蹟，格外感動而敬佩。從抗戰初期到今日，我們的戰士面

對著兩個獰惡奸狡的大敵：日寇和共匪，這二十多年的長期戰爭，有多少可歌可泣的事蹟湮沒不彰？有多少成仁取義的英雄不曾得到表揚？過去，文藝界的朋友在這一方面的貢獻實在不多，我認為這是一種「失職」。前些時候，當局有意攝製一部以抗戰史實為題材的影片，沒有劇本，沒有故事，也沒有現成的小說可資改編，竟逼得公開徵求，尚不知有無收穫。由此事為證，可見我們過去對於這類題材寫得太少，看了報紙上刊出的那則徵求啟事，能不感到羞愧？我是有過一段實際戰鬥經歷的人，對過去那些和我並肩作戰而光榮殉國的夥伴，我比別位作家更多著一份責任，既然上天從槍林彈雨中留下我這後死之身，豈無深意？為那些我所熟悉的勇士義民繪像立傳，捨我其誰？我這種想法，也許是過分的抬高了自己，然而，鑑於目前肯走這條寫作路線的作者人數不多，我也就不敢妄自菲薄。雖然時下文藝界的風氣和讀者的愛好，都不利於這類小說的寫作，我的書，沒有一本暢銷，但我仍不退縮。有少數的朋友給我支持，少數的讀者給我鼓勵，我就已經不覺得寂寞。

有一位作家竟因此而批評我的寫作路線太窄，說我只「會」寫這類小說：燈紅酒綠，紙醉金迷，數典忘祖，亂倫敗德……那類的人物和故事，我就是想寫也寫不好。他甚至說我正是因為寫不好那種題材才不得不獨行其是，而罔顧讀者之愛惡。這位朋友知我太淺，不必作辯。他用「獨行其是」這四個字來評論我，倒用得十分恰當。我的確就是如此。對於讀者，我是抱著和交朋友一樣的態度，寧缺勿濫。讀者對於我的書，也不妨以一種下館子吃菜的態度去對待它，我這裡出賣的全是大餅饅頭，口味不合，請走別家。我從來不指望靠寫書而發財，稿費版稅之外，寫書在我還有著一種更崇高的意義，即上文所寫那一段自說自話的道理。我寫《廢園舊事》，也就是出於這種動機：替那些勇士義民們畫一張像，為那些火光槍聲血花淚影留一些痕跡，縱然未必就能人以書傳而不朽，我總算做過了。至於說成績低劣，那是我才力不逮，愛護我的讀者，應該是鼓勵多於責備，一切期諸來日。

　　說到這本書的表現手法和寫作技巧，我不敢自吹自擂，但也有幾點作者自己感覺到的長短得失，願藉著這篇文章指說出來，以就教於讀者。首先，我要談一談語言運用的問題。若干年前，就有人提出「文學的國語、國語的文學」這個口號，他們要求文學家製作各種作品，在語言的運用上，都不得超出「國語」的範圍。我是一個中等學校的國文教員，深知學說「國語」和研讀「國文」對於培養學生寫作能力大有助益，然而，作為一個寫小說的人，我卻並不擁護那種論調。十年前，我曾在《中華日報・副刊》寫過一篇論文，而提出一些與彼不同的意見；時至今日，我對文學用語這個問題的看法，仍然沒有改變。我並不反對那種論調的立論精神，值得商榷的是今日某些專家學者對「國語」一詞所加的許多解釋和許多限制。我覺得，儘管在文化和文學上我們已經是一個古老國家，「國語」卻是誕生未久而且正在成長，以我們悠久的文化歷史作比，可以說它還是一個「嬰兒」。對於一種正在成長的東西，我們不該從現在就給它許多約束，那會使得它因營養不良而貧血，當然也就會有損於它的生長，有害於它的健康。我認為，在目前這個階段，對於「國語」，我們還不能規定太嚴，專家學者們的工作，應該只限於統一讀音那個方面，所應該致力研究且訂出標準的，也只限於「聲韻」。至於文法、語式、詞彙、乃至於用字，都應該把尺度放寬。放寬尺度，才能作更縱深的挖掘，更寬廣的吸收，而使得我們的「國語」內容越發豐富起來。致力於推行「國語」運動的先生們，常常在心中懸著一個理想，那就是盡量減少人們日常所用的字和詞。這份工作，可稱之為「語文的簡化」。單就「國語」的推行而言，這種理想如能實現，必有很多方便；而對於一般寫作者，尤其是各種文藝作品的寫作者，這理想卻是一個錯誤的路標，它會把文學引入一片瘠土。從事寫作的朋友們，大家都有一個感覺，也可以說是一種苦惱，即是在寫作時常常感到筆下的字彙太少，特別是寫小說，遇有故事的情節複雜，或是人物的感情正做著多種變化，我們就會苦於字彙貧乏，不能做最妥善、最完美的表達。在這種情勢下，如果我們再立下藩籬，畫地自限，豈不恰似蠶之作繭？人

在學習時期，不得不遵循各種「原則」，學數學要記「公式」，學物理要記「定律」，學「國語」和「國文」也要接受課本字典的注釋和指示，有各種的限制和各種的禁忌，不如此，則老師、學生將徒費心力而毫無效益。可是，同樣的一些對國校學生或中學學生有過幫助的法則，加之於一位發明家或是一位作家，有時候卻會變成累贅。箇中道理，不易宣說，唯身受其苦者，始能體會得到。總而言之，我的主張是：以今日「國語」現有的內容，不足以範圍文藝創作，我們要更擴張，更富有，盡量增多我們口頭的用語和筆底的詞彙，才能應付在文藝作品中敘事、狀物、表情、達意各種工具性的需求。我在《廢園舊事》一書中，對於語言運用這個問題，曾經作了相當開明的處理，我不否認其中頗有所謂「文言」的成分，也頗有所謂「方言」的成分，甚至有些文句──極少數的──略受所謂「歐化」影響，很不純粹。我所以這樣做，一來是為了貫徹我的理論，二來是基於事實上的需要。也就是說，必須這樣做法，我才能把這個故事依照我所理想的形式表達出來，否則，它就不會是現在這個樣子。我知道這種做法容易引起某些人士的非議，但我決心置之不理。在文學用語這一方面，我的理想比他們更高；他們要守成，我要創業；他們要畫出方格、打下繩墨，我要獨造。實際上，所謂「創業」、「獨造」也者，這是我大言不慚，我所做的，不過是把文學用語的疆域拓大了一些而已。我不要求我的作品完全符合「國語」，也不讓它全是純粹的「口語」。但它並非毫無標準，它的標準是：「一個現代中國人日常所使用、所聽聞的語言」。當然，這標準也很難定，可能會因為各人教養、環境的關係而有深淺、高低、雅俗、多寡的不同，所以我只好以我自己所接觸、所吸收的語言為限。我，一個平平凡凡普普通通的現代中國人，在整個社會和各個階層之中，應該多少的有一點點代表性，則我所使用的語言，絕非大多數人所不能懂，其理甚明。

另外，我還有一種狂想，這又要說回到「國語」的範圍那個話題上，我覺得，如果說一個作家對於「國語」負有協助推廣的使命，那麼，他應該不止是為現有的「國語」做宣傳員，且應為未來的「國語」貢獻一份力

量。英國之有莎士比亞,而後英語益臻優美;德國之有歌德,而後德文的各種「生存條件」始能大備;我們中國的作家又何獨不然?這些話,當然不是指的我自己。我只是說,如果我們能一直循著這個途徑走下去,不束手縮腳,不作繭自縛,則以中國文物之盛,人材之眾,焉知在未來數十年間不會出一個「莎士比亞型」或「歌德型」的人物,繼往開來,為中國「國語」創出一嶄新的境界?我們懸鵠以候,各盡綿力,這番用心,總未可厚非吧?

即以《廢園舊事》而論,雖然書中用語頗有「文言」和「方言」的成分,卻也並非只可默讀而不可朗誦,訴之於聽覺和訴之於視覺所獲致的效果,並無顯著不同。王玫小姐選播此書,曾自動向我保證:盡量保持原著面貌,不作任何改動。後來,她果然做到了這一點。主講人毛威先生也配合得很好,在播出的時候,書中幾大段「獨白」式的描寫或敘述,他都按著原文照唸,除了極少數的一兩個詞彙,為了求其更通俗,他曾經換用別的字眼,絕大部分都能做到一字不刪。我最關心的是如此播法是否能為廣大聽眾所愛聽?播出期間,我曾經做了一番調查,向幾位收聽過這個節目的熟人詢問,不管對這本書的印象是好是壞,單說書中語句,只聽不看,他是否能夠懂得?我詢問的對象,有我的同事,我的學生(高中二年級的),有低級公務員和低級軍官,也有朋友的太太——家庭主婦,和賣饅頭的山東老鄉……結果,我發現他們聽起來並無晦澀難懂之感,我才放了心,也因而更堅定了我對語言運用這個問題的信念。

其次,我要說到這本書所用的表現手法。先要聲明的是:雖然從事寫作生活已近二十年,但我對文學上的各種主義、各種流派,向來不甚注意。所以,我也說不出我的作品風格是屬於哪一派的。以《廢園舊事》為例,勉強的分析一下,它大部分都是寫實,而有些地方卻也犯了「寫實主義」的忌諱。再說得坦白一些,這本書裡,我曾經苦心經營的運用了一些象徵手法,對某些情節,避免用直接的敘述;對某些人物的心情,避免用正面的刻畫。論評家王鼎鈞兄曾經注意到這一點,並且頗予謬讚。而有些

地方，大概是由於我的表現能力薄弱，在讀者們中間，似乎並未得到它應有的效果。例如書中第九章陽光下啜粥和第十章「大酒簍」捉過蝨子又餵鴿子的那兩段，穆中南兄就頗不欣賞，說我是故意拖長，好多騙他幾百塊錢的稿費。其實，在這些地方，我寫來最為費力。《廢園舊事》這本書在結構上是求其堅實厚重，故事的推展，可以說是相當緩慢，為了在氣勢上不教它一瀉無餘，當情節逐漸演變，而緩緩趨向最後的結局，我必須注意使它自始至終保有著一種鬱結不散的力，一個高潮過去，要有一段暫時平靜的「峽谷地帶」來養精蓄銳，這就和打架一樣，拳頭打出去要再收回來，手臂一伸一縮，氣氛一緊一鬆，上面所說的那些穿插就有著這種作用。此外，更重要的，它們在故事的進行中也並不多餘，譬如捉蝨子和餵鴿子的那一段，捉蝨子是表示「大酒簍」這老者嫉惡如仇，衰老的體軀，也隱藏著一片殺機，為後文「單打一」終於死在他的鳥槍下那段情節預作伏筆；至於餵鴿子，冰天雪地中飛來一群「和平使者」，由「大酒簍」和「王大山」這一老一少殷勤餵食鴿子的情景，顯現了亂離人對太平盛世的懷念與嚮往，也為抗戰勝利後「廢園」的復興（書中未寫到）作了一個「預兆」。如果沒有這些用意，這兩段文字誠然都是浪費。至於一般讀者之不能注意及此，那也只能怪我表現手法拙劣，有心無力，是無可奈何的事。

　　最後，還有一點「遺憾」不吐不快，就是這本書的結尾部分未能寫好，可以說整個的第十二章都是敗筆。發表時，因為全書即將收結，穆中南兄為了提前出書，索稿甚急，逼得我草草收場，寫得很不如意。而發表後到單行本問世這段日子又太緊湊，而且天氣正熱，蝸廬如籠，只能捱命，無法寫作，雖然穆中南兄答應我可以把結尾部分改寫，也終於因循苟且，放棄了這份權利。這不但對不住愛護我的讀者，也對不住書中的重要人物「大響鞭」，我一路把他逼上死境，對他的「死事」卻未作正面描寫。原擬的寫作大綱，最後一章的「廢園之戰」，那個「我」是應該留在「廢園」之中的，「大響鞭」就死在他的眼前。這樣寫法，當然要費些力氣。為了要早些把它寫完，免得再像欠債似的捱罵受氣，我竟然想了一個主意，

把那個「我」從「廢園」給調到「羅樓」去，等到再把他送回來，「大響鞭」已經傷重待斃，只說了幾句話，就死在「大酒簍」懷裡。這一來，果然避重就輕，省了許多筆墨，只是委屈了「大響鞭」，以致他死時的壯烈，不能更深更強的感動讀者。作者在一本書的寫作過程中，甚至在全書寫成許久許久以後，書中的人物，在作者心裡都還是一些「活人」，如果作者對某個人物有欠公平，那人物會在睡夢裡向它的塑造者提出抗議的。為了「大響鞭」這個人物，我的良心就曾經屢受責備。當時應如此寫而未如此寫，出書時又可改而未改，現已經打成紙型，縱然有機會再版，怕也不許「訂正」，看將起來，這件「遺憾」會教我抱愧一生，那又怪誰？（轉載《中華日報‧副刊》）

——選自《文壇》第 33 期，1963 年 3 月

木板屋紀事

◎楊念慈

　　從民國 38 年隆冬，到民國 42 年盛夏，我在臺北市賃屋而居，做了三年半的「職業作家」。

　　所謂「職業作家」，這是往自家臉上貼金的一種說法。事實上，以當時臺灣各方面的條件（發表園地、出版場所和讀者數量等等），根本不可能有寫作這門子行業。我之所以會淪落到如此地步，只有兩個理由：第一，人地生疏，沒有誰主動的替我安排工作；第二，我自己又心情惡劣，不打算拉關係、找門路，弄一個噉飯之處，既然有這麼一條現成的謀生之途，儘管生活情況不怎麼好，我也得過且過的熬下來了。

　　初到臺北，最急迫的事是租房子。頭兩夜，我住在火車站前懷寧街的一家小旅館裡，第三天，就認識了一位拉三輪車的徐三哥，經由他介紹，又認識了開小吃館的呂掌櫃。這兩位，都是山東老鄉，心直口敞，古道熱腸。靠著他們兩位的幫忙，我很容易的找到了住處，免得餐風露宿，流落在臺北街頭。

　　我住的那地方，地名兒聽起來有些恐怖，附近人家都叫它「日本公墓」。一點兒不假，它的的確確是一座公墓，臺灣光復，日本人把骨灰罈子搬走，只留下一些石碑和墓穴。當我住進去的時候，「陰宅」已經變成「陽宅」了。裡面的住戶，都是追隨政府、播遷來臺的「義民」，各省籍的都有，而以山東人居多。他們用火柴箱子洋鐵皮，搭建成一座座簡陋的木屋，日本人遺留下來的這塊土地，現在歸他們接收占領了。

　　我租的那間木板屋，最初房租每月 30 元，恰好是一塊錢一天。你說很

便宜？我還嫌它太貴呢！民國 38、39 年間，稿費標準大約是一千字六元，我每個月都得把五千字的稿費交到房東手裡，才能保有居住的權利。而且，以現今的標準來看，那樣的「建築物」根本不能叫作房屋，靠它來遮風避雨，不過比幕天席地略略的勝了一籌。可是，木板屋雖然簡陋，我卻在這裡一住就住了三年半之久，一直到民國 42 年夏天，才以養病為由離開臺北，移居中部。

當時受窮受苦，事後回想，那段「木板屋時代」，對我也有過不少好處。好處之一，是我在那段歲月裡結交了許多位好友，患難真情，久而彌篤。不但在當時是我貧困生涯中的精神支柱，就是在這四十年過後，昔日翩翩年少，而今垂垂已老，聲氣互通，相濡以沫，也藉著友情的滋潤，彼此不感到太寂寞。

那段歲月裡結交的朋友，最使我感念不置的，是上文提到的徐三哥和呂掌櫃。

徐三哥在家鄉做過「聯保主任」，是「地主」階級，逃難來臺，如魚失水，為了生活，不得不出賣勞力，大部分時間拉三輪車為業，偶爾也挑起兩隻大簍子，撿拾破爛，維持家計。由於他天性樂觀，見義勇為，在鄰居中間，頗著聲譽，後來編定戶籍，這塊地方被稱為「臺北市、中山區、正由里」，徐三哥當選第一任里長，幹得有聲有色。我曾把這段真人實事，寫成一篇小說，題目「陋巷之春」，收入中國文藝協會編輯的一部選集裡。後來，張永祥拿這篇小說改編成舞臺劇，參加軍中競賽得過大獎的，日後他那極其輝煌的影劇事業，就從這個舞臺劇開始。對我來說，這也是與有榮焉的一椿得意之事，所以特別在這裡記上一筆。

呂掌櫃也是富戶出身，卻學會一手廚下技藝，蒸饅頭，包餃子，炒幾樣山東口味的家常小菜，也有滋有味的。那段時間，我就在他小吃鋪裡包伙食，伙食費每月結算一次。遇上我手頭不便，拖欠個十天半月，也是常有的事，他對我卻始終是和和氣氣、熱熱火火的。散文作家季薇有一篇憶舊的文字，說我那時候常以「高腳饅頭、大鍋盔、酸辣湯加滷牛肉，外帶

一小瓶高粱酒」請客，地點就是呂掌櫃的那家小飯鋪。其實，那種寒酸的吃法，不能叫作「請客」，只因為那時候大家都正年輕，沒有家室之累，吃飯也是打游擊式的，走到那裡，吃到那裡；承蒙朋友們不嫌棄，我那座木板屋是「聚首」的地點之一，聊到該吃飯的時候，總得弄些吃的填飽肚皮，於是就前頭帶路，大隊人馬開到呂掌櫃的小吃鋪去。好在呂掌櫃對我完全支持，吃多吃少都不必付現錢的，就算囊空如洗，也不會洩底漏氣。

除了這兩位，其他有來往的人，大多是文藝界的同類。民國 38、39 年間，臺北市上可以賣文章、賺稿費的地方，主要是幾家報紙的副刊，藉投稿之便，我最先結緣的文友，就是當時各報副刊的主編，像《全民副刊》的劉枋、《中華副刊》的徐蔚忱、《中央副刊》的耿修業、《新生副刊》的馮放民、《民族副刊》的孫陵、和公論報「日月潭」的王聿均……等等。緣分淺的，僅止於編者、作者的關係，緣分深的，就成為一生一世的知己。在「中國文藝協會」成立以前，有一個非正式的組織，叫作「臺北市各報副刊作者編者聯誼會」，因為人數不多，感情容易交流，很快的，都成了熟朋友。不過，雖是同類，寫作以外的身分地位卻有高有低，來往也有疏有密，無論如何，在這四十年過後，都有資格稱一聲「老朋友」了。

常在我木板屋走動的，除了上文已經提到的聿均、季薇二兄和劉枋大姐，另外幾位全是寫詩的：覃子豪、紀弦、彭邦楨、方思、李莎、亞汀……等等。這也有個緣故，因為那時候子豪創辦「藍星詩社」，紀弦成立「現代派」，各有各的「山頭」，而苦於人手不足，又知道我在抗戰期間開始寫作是從新詩入手，於是就拉我充數，所以結交了一大批寫詩的朋友。

凡是來過我木板屋的，對它的印象都十分深刻。劉枋大姐曾經做過素描，說它：「方圓不足四疊，一几、一塌、一破椅，四壁琳瑯，不是古董字畫，而是以舊報為壁紙。但，室雅何須大，他案頭堆積的雜書，攤開的稿紙，已使滿屋書香馥郁……」季薇則使用象徵手法，把那間木板屋比作蒸籠，說我那段時期的許多作品，都是我蓬頭赤背，揮汗如雨，「像蒸饅頭一樣蒸出來的」！總而言之，那座木板屋的簡陋，已經到了不宜人居住的地

步，可是，他們並不因為它簡陋而裹足，這份兒情誼，使我在承受之餘，滿懷感激。

　　我和這幾個人能交成朋友，而且來往很密，只能用「緣分」二字，才能解釋。論籍貫，天南地北，十個人當中就占了八種不同的省籍：覃子豪是四川、紀弦是陝西、方思是湖南、彭邦楨是湖北、季薇是浙江、亞汀是安徽、李莎是山西；只有劉枋、王聿均和我是山東老鄉，劉大姐是濟寧，聿均兄是費縣，我是城武，方圓不出二百里路以內。其中以覃子豪兄的籍貫最有意思，他生前，我們是無話不談的朋友，只曉得他是「四川耗子」，擺龍門陣和寫情書都是高手，而在他去世二十幾年之前，他的家鄉四川廣漢為他建造了一座「覃子豪紀念館」，彭邦楨人在美國，應邀參加開幕典禮，回程路過臺灣，到臺中看我，很神祕的告訴我說：「去了一趟廣漢，見到子豪的弟弟，才知道他們不是漢人，是苗族！」我聽了，也嚇了一跳，繼而又覺得好笑：漢族、苗族，這和交朋友有什麼關係？

　　萍水相逢，又互相吸引，除了靠緣分，還要有相同的志趣。年紀接近，思想觀念上沒有距離，也是交朋友的條件之一。我們十個人，年紀最大的覃子豪和紀弦，當時也還不滿四十歲，年紀最輕的，也都二十好幾，年近「而立」。滿懷理想，一身傲氣。除了劉枋大姐，她長期的住在北平，練出一口爽脆的「京片子」，其他人說的都不能算是國語，而是一種經過改良的家鄉話，南腔北調大雜燴。不過，這沒有關係，幾個人湊到一起，一樣吵得面紅耳赤，唾沫星飛。現在回想起四十年前的舊事，聚在我木板屋裡高談闊論的那批年輕人，包括我在內，都有些愣頭愣腦，傻里傻氣。而他們可愛可敬之處，也許就在於此。

　　三年半之後，我是怎樣結束掉那段「職業作家」的生活？劉枋大姐有一段替我解釋的話，大意是說：「自由中國沒有職業作家。楊念慈在他的木板屋裡，受了三年半的煎熬，終於承認他無法用一枝筆養活自己，不得不低頭認輸，跑到中部改行吃粉筆灰去了。」別的朋友也都同意這種說法，認為我是不堪其苦。這是朋友們關心我，愛護我，依據當時外在的狀況，

作出一種善意的推想，實際的情形，並沒有這樣淒涼。

　　園地少，稿費低，筆路藍縷，生存不易，這都是事實。當時各大報的副刊，通常只有七八批的地位，三千字的文章就得分（上）（下）刊出，編者最歡迎的，是千把字的小品文。還記得，劉枋大姐主編《全民日報‧副刊》的時候，把我的一篇七千字的小說一次刊完，惹得報社內部天下大亂，都說：「編副刊，那有這樣編法的？」可是，幾年過後，好幾家報紙都推出一日刊畢的「星期小說」，大家這才習見不怪，卻沒有誰記得劉枋大姐那次破天荒的壯舉了。寫稿是論字計酬的，篇幅小，稿費自然就多不了。民國 39 年以後，臺北市上已經有了定期發行的文學刊物，只是稿費很靠不住，例如：劉枋大姐幫穆中南主編《文壇》創刊號，命令我寫一篇兩萬多字的小說，不但事先明言，稿費全免，而且十萬火急，限時交卷。別的刊物，凡是私人經營的，情況大都如此。只發表不給錢的稿子，我寫過不少，收入自然又打了折扣。

　　這些都嚇不倒我。對我來說，寫作是一種嗜好，發表是一種快樂。對稿費、版稅我從來不曾爭多嫌少，生活能過得去就好。而且，我先天的本錢很足，當兵鍛鍊出來一副好體格，吃得了苦也耐得住勞。原以為，就憑這些條件，做一個安貧固窮的「職業作家」應該不難，所以我才很勇敢的做了一次試驗。

　　試驗的結果，也不算完全失敗。既然能支撐三年半，就不怕時間更長久些。後來，是一場小病驚醒了我，好漢就怕病來磨，我恍然大悟：寫作生命要想持久，必須先享有不寫作的自由！生命可以燃燒，但不能讓它油盡燈枯！於是，把那場小病養好，我就接受了　張寒暑假也有薪水可領的教書匠的聘書。

──選自《中國時報‧人間副刊》，1992 年 1 月 17 日，31 版

《黑牛與白蛇》自序

◎楊念慈

　　兩部絕版多年的舊作，忽然時轉運來，又能以嶄新的面貌，呈獻給年輕一代的讀者，對作者而言，實在是有些喜出望外。

　　《廢園舊事》是在「八七水災」那一年（民國 48 年）寫成的。在那之前，經夏承楹、林海音賢伉儷介紹，我從中部的公立學校，轉到臺北溝子口成舍我先生剛創辦的「世界新聞職業學校」任教，承蒙成校長厚待，在「本校不供應眷舍」的原則下，特別給我準備了一間單身宿舍，以免我把每個月 400 塊錢的薪水，都拿去付房租。那間宿舍位於校區底端的山谷深處，三面都是高崖，而且像院牆一般，就矗立在窗前，風景是美到了極點，只是開闢未久，野草亂石間難免蟄伏著一些毒物，好幾回夜晚到溝子口雜貨店買香菸，在通往考試院大門的那條曲折小徑上，都碰到過毒蛇攔路。好在當時人正年輕，手腳夠快，耳目很靈，只是略受驚恐。可是，在那間宿舍裡只住了不到一個學期，我那新婚夫人就再也不敢住下去了，不是受到毒蛇的騷擾，而是一條像筷子般長短的大蜈蚣，一天夜裡爬上床去，往她的玉趾輕輕咬了一口。好容易熬到學期結束，我得到成校長許可，找到筆名「楊柳青青」的黎中天替我上課，就陪著太太回轉中部，她在臺中縣大里鄉的草湖國小教書，我做她的眷屬。以每個月 40 元的房租，租到兩間用檳榔樹幹做棟梁的土角厝，過了一段半職業性的作家生活。半年之間，大有收穫。《廢園舊事》就是那段時間完成的，二十幾萬字的長篇小說，從起筆到脫稿，大約只費了我兩個多月。

　　脫稿之後，被穆中南拿去在他主編的《文壇》上發表，所占篇幅之

多，幾乎可以稱為專號。[1]《文壇》這份刊物，早在民國 40 年就創刊了，最初是劉枋、王藍、穆中南三個人搭檔合作，後來就由穆中南一人獨挑，從它的創刊號，我就被劉枋大姐拉住給它寫稿，而後就成慣例了，除非因事因病請假，每期都要報到應卯。《廢園舊事》在《文壇》上刊登完畢，順理成章的，就由「文壇社」印了單行本問世。論銷路，和現今的暢銷書自然不能比，在當時，也著實替「文壇社」賺了一筆。

《黑牛與白蛇》成書的時間，比《廢園舊事》略晚了一兩年。這篇小說，寫來不像寫《廢園舊事》那樣輕鬆，原因是我這時候又回到了教書匠的崗位，接了「省立中興中學」的聘書，家也搬到南投縣中興新村去。多了一份固定的薪水，寫作時間再也不能隨心所欲，而這篇小說是應《中央副刊》老主編孫如陵之邀特意趕寫的，他給我的檔期很急，沒有時間讓我從容布置，只寫出一萬一千字，就開始刊登，從此主編和作者的生活都進入「非常時期」。我幾乎是夜夜趕稿，第二天一大早，到學校上課以前，先趕到郵局去寄限時，而一次所寄，往往只夠一日之需。《黑牛與白蛇》的篇幅比《廢園舊事》還長了些，而故事一經展開，就不是作者可以任意縮短、提前結束的，壓力再大，也只好苦苦支撐下去。連載長達數月，天天都有「續稿未到」的危機，主編內心的焦慮也可想而知。當全稿連載完畢，我特別找機會和如陵兄見了一面，為著我在他平靜生活裡製造的緊張空氣表示歉意，兩個人握手互賀之際，並彼此告誡：「這種事情，絕對不讓它發生第二回！」可是，一個另有工作的寫稿人，應邀寫每日見報的長篇連載，要想全稿殺青，一次繳卷，那實在是不容易，數十年賣文生涯，我又曾不止一次的犯了規。

這篇小說還在連載期間，就有兩三家出版社表示很有興趣，其中高雄市的大業書店老闆陳暉興趣最為濃厚，因為過去已有幾次合作的經驗，我

---

[1] 編按：作者於 1963 年發表的〈我怎樣寫《廢園舊事》〉中表示：「這本小說不是一口氣寫成的，寫一期，登一期，從開始發表一直到全書刊畢，每期的稿子，都是在每月二十號左右才用限時掛號寄了去。」與此處所述有所出入。據家屬回憶，所謂「兩個多月完成」者，可能是指初稿。

也很信得過這位「上海文化生活出版社」出身的陳老闆，所以，當他寄來合約書，我沒有多做考慮，就立即簽署。等全稿連載完畢，中央日報的出版部忽然有了意見，說是按照慣例，凡是在該報發表的稿件，該出版部都有優先出版權。這件事，教我很為難。幸而有人居中轉圜，中央日報破例相讓，這部小說仍由大業書店出版。

幾年過後，不知道什麼緣故，一向作風穩健、營業正常的大業書店，忽然關門歇業，《黑牛與白蛇》改由「皇冠」接手，重新排版印刷，呈現嶄新面目。「皇冠」老闆平鑫濤也是相識已久的老朋友，他一番好意，想把我的書聚在一處，我也巴不得如此，可是，第一個目標想收回《廢園舊事》，卻在穆中南那裡碰了一個軟釘子。當初《廢園舊事》交由《文壇》出版，根本沒簽合約，穆二哥拿「朋友間的道義」拘住我，向我訴說辦出版社的種種苦楚，好說歹說，就是不肯鬆手，我也無可奈何。

除了賣書，我給這兩部小說賺取的「延伸性的利益」也著實不少。在有電視以前，中廣公司率先以「小說選播」的形式，播出了《廢園舊事》，那時候一般家庭娛樂項目不多，晚飯後的餘興就是闔家團聚聽廣播，所以，它留給聽眾的印象十分深刻，很多人到如今還記得。不過，無情光陰催人老，當年跟著父母一塊兒收聽這次廣播的「小朋友」，最年幼的，應該也都年過半百了。

《廢園舊事》的電影攝製權，是賣給香港的「國際電懋」，簽約不久，「電懋」的老闆陸運濤來臺公幹，在臺中潭子上空飛機失事，不幸罹難，後來這部影片是以「合作」的名義，由臺灣的「中央電影公司」完成，片名也改成了《雷堡風雲》。他們向我解釋改名的原因，是原著書名第一個字不好，拍片期間的宣傳工作很重要，而記者們寫稿，都喜歡取第一個字做代表，例如，《廢園舊事》，就簡稱「廢片」，「您瞧，讓記者這麼一寫，片子還沒有推出哪，就成了廢片啦，多不吉利呀。」他們有他們的看法，抗議也是白搭，改就改吧。不過，經一事，長一智，後來《黑牛與白蛇》拍電影的時候，我就先做聲明：不管什麼理由，題目絕不更動。拍片期間，

果然又有異見:「明明是彩色大銀幕,又是黑、又是白的,觀眾還以為是黑白片呢!」雖然也有道理,但由於我聲明在先,沒有討論的餘地,他們也就不再堅持。

民國六十年前後,「臺視」一口氣簽下四部書,在八點檔陸續推出,當時不叫電視連續劇,而叫作「電視小說」。這四部書,臺港各兩部,香港的是徐訏的《風蕭蕭》,徐速的《星星、月亮、太陽》;臺灣的是王藍的《藍與黑》和我的《廢園舊事》。當時的製作條件,雖然不如今日,演出的成績,卻是有目共睹的。前幾年,參加文藝界的重陽敬老大會,和幾位老演員在會中相遇,握手敘舊,他們還提到《廢園舊事》,說是「要演那種戲,才能過戲癮」,其中有一位還特別加了一句:「現在已經沒有那種戲了!」口氣竟然有些唏噓。

《黑牛與白蛇》出版後的際遇,和《廢園舊事》很相似,也是先廣播、後電影,最後又上了電視。《黑牛與白蛇》的電影攝製權是賣給李翰祥的,他從香港到臺灣創業,在臺北成立「國聯公司」,有一天,忽然透過小說家高陽兄找到我,表示對這部小說有興趣。高陽和我,素心之交,平日見面不多,見了面總有不少知心話要說,這回他幫我做成這票生意,又怕我沒有討價還價的本事,便在我和李翰祥會晤之前,先透露消息,面授機宜,說是「國聯公司」剛剛買下一位女作家的小說,要我向李翰祥提出條件,照那位女作家的價碼加倍。見了李翰祥,我真的當面表達了這個意思,李翰祥二話不說,一口答應,先拿出和那位女作家簽的合約讓我過目,然後就取過支票簿,填上我希望的數字,一樁交易,進行得十分順利。

事後,高陽卻不止一次的嘲笑我,說我那天突然變成結巴嘴,幾句話說得支離破碎,還多虧他在一旁幫襯著,李翰祥才把我的話聽明白。說來真是慚愧,我一輩子最大的弱點就在這裡,凡是牽涉到錢的事,縱然是分所應得,我也從來不會主動去爭取。寫稿、出書,也都是別人先找我,稿費厚薄、版稅多少,全憑對方開銷。年輕時臉皮子薄,很多事情不好意思

做；現在年老皮厚，這症狀卻依然故我，看樣子是痼不可醫了。

　　儘管人不夠精明，我仍然覺得上天待我很好，就拿這兩本舊作來說，發表、出書以後，承蒙讀者們抬愛，朋友們協助，雖然我自己不會主動爭取，只是被動承受，各項好處是應有盡有，所得已多，我也十分知足。

　　在我一生所著十幾種小說當中，論銷路，《廢園舊事》和《黑牛與白蛇》這兩部舊作賣得最好，引發的議論也較多。我不學白居易說什麼「時之所重、僕之所輕」那一類的話，上一代的讀者肯接受它，想必有他們的道理吧。

　　只是有兩點關於我的書，也關於我本人的「誤解」，我應該提出來澄清一下：

　　第一，《廢園舊事》一直被歸類為「抗戰小說」，或者稱作「反共小說」，其實，我寫這部書的心情，和寫《黑牛與白蛇》是一樣的，兩部書都是抒發個人感情的懷鄉、憶舊之作。《黑牛與白蛇》中有我的影子，《廢園舊事》裡也有。《黑牛與白蛇》反映我的少年時期，《廢園舊事》則是摘錄我從少年進入青年的一段戰鬥歲月。別人稱它為「抗戰小說」、「反共小說」也不能算錯，而作者寫它的時候，心底並沒有先設下這樣一個大題目；我寫它，是因為我確確實實有過這樣的一段生活，在回憶中醞釀醱酵，寫成小說，剪裁和組合的工夫必不可少，但絕非出自編造。在一次以《廢園舊事》為研討對象的座談會上，詩人洛夫提出一個問題：「書中人物怎麼和我們身邊的人不一樣呢？」以此質疑書的內容是否真實。這問題提出的很有意思，時間相去六十年，空間阻隔數千里，人們的思想、觀念、衣著、打扮……處處都有很多變化，如果把那個時代的人物寫成現代人的樣子，豈不唐突、怪異？洛夫比我年輕不了幾歲，只因生活經歷不同，尚且有些懷疑，對年輕一代的讀者，我願另做提示：書中故事，真偽難知，信不信由你，信呢，就承認它是「歷史」；不信，就當它是「傳奇」。事實上，在這幾十年後回顧當年足跡，幾乎人人事事，都有著幾分「傳奇」意味。

第二，也是由於《廢園舊事》和其他幾種寫軍隊、寫戰爭的小說，又看到我和朱西甯、司馬中原幾位老弟意氣相投，交情深厚，很自然的把我列入「軍中作家」一類。不錯，抗戰期間，我是當過幾年兵，而且一大半時間是在我淪陷後的家鄉打游擊。全盛時期，游擊隊的保安旅，改成正規軍的暫編師，我才有了被保送軍校受訓的機會。抗戰勝利，我一度脫離軍隊，後來為了逃難方便，又自動投效，跟隨軍隊來到臺灣。和朱西甯、司馬中原這些朋友所不同的是，他們穿軍裝的日子來臺灣以後才開始，而我的征戰生涯是到臺灣就結束了的。依據臺灣當局對「退役軍人」所下的定義，「榮民證」、「授田證」，我都沒有資格領，如果承認自己是「軍中作家」，那就有冒充軍人的嫌疑。在臺灣，除掉「作家」這個頭銜，我的身分只是一個服務三十多年而後屆齡退休的教書匠。

粗略的推算，這兩部書絕版，大約已經超過二十年。這中間，也曾遇到一些熱情的讀者，或當面索討，或來函打聽向何處購買，我家裡囤積的幾十冊水漬風耗的舊書，就這樣陸續送走，最後是一本不留。二十年過後，忽然有一家頗具規模的出版機構，表示要重印這兩部書，乍聞此訊，我真是有些喜心翻倒，可是，當陳雨航先生寄來合約書，我卻又瞻前顧後的猶豫起來了。

我顧慮的是，一個跟不上時代的老人，兩部不合時宜的舊著，對這一代文學的讀者，還能有些吸引力嗎？兩部書的本頭都不算小，萬一印出來銷路不好，那就一動不如一靜了，靜雖難掩寂寞，動則易惹煩惱。

最後，還是太太的話打動了我。太太說：

「我覺得，這看書就好比聽歌。各人口味不同，有人喜歡聽新歌，有人喜歡聽老歌。看老書不就像聽老歌一樣嗎？」

西元 2000 年 2 月　臺中市

——選自楊念慈《黑牛與白蛇》
臺北：麥田出版公司，2000 年 5 月

《少年十五二十時》新版序

◎楊念慈

　　《少年十五二十時》，在蔡文甫主編的《中華副刊》連載完畢，交由平鑫濤的「皇冠」初版出書，當時我自稱「已入老年」，其實還不滿 60 歲，現在「秀威」發行新版，我已經九十出頭。60 歲稱老，只能算初入老境，90 歲可真的是老了，很老很老了。

　　可是，你信不信？我也曾經年輕過。民國 11 年出生，26 年我 15 歲，正是初中畢業，準備升高中的年紀，家鄉沒有完全中學，鄰縣的學校也只有初中不設高中，要升學只有兩個地方可去：去府城升六中，或是去省城升一中。這兩個學校是山東全省數一數二的名校，而省城濟南和府城曹州也都是繁華熱鬧的大地方，可以這麼說，更小的時候，胡吃悶睡，沒有想那麼多，而進入初中以後，朝思暮想，升高中就成了我人生的大目標。

　　「七七事變」，對日抗戰，這都是註定要發生的歷史事件，為什麼它不早不晚，偏偏就在我緊鑼密鼓，擦槍磨劍準備升學的這個關鍵時刻，突然間，盧溝橋槍砲聲大作，壞消息一下子傳遍全國，我整個的人生，從此就變了調。

　　家鄉原是幾省交界處的一個三等小縣，雖然離運河、鐵路都不算很遠，卻又不靠近碼頭車站，平時偏僻冷落，幾乎和外地完全隔絕。「七七事變」過後，倒有過一陣不平常的熱鬧，先是山東省主席兼第三路軍總指揮韓復榘，率領他的文武官員和幾個師旅級的大部隊，從省城撤退，人喊馬嘶，把城鄉各地的官舍民宅，都塞得滿滿的。

　　幸虧這種混亂場面沒有持續多久，接著是韓復榘被召到開封參加軍事

會議，在會場被拘捕，押到武漢執行槍決，他遺留的省主席和總指揮等要職，都有人接替，這段抗戰初期不合調的插曲，就這樣揭了過去。第三路軍在新總指揮率領下，北上抗敵，山東省政府也留在省境以內，只是全省108個縣市，大部分都成了「淪陷區」。

「淪陷區」三個字很不吉利，當時就是這麼寫，也是這麼唸的。我考上高中，是家鄉成為「淪陷區」以後的事；考上的學校，不是六中，也不是一中，而是另有其名，簡稱「流亡學校」。在校的學生被稱也自稱為「流亡學生」，校址常有變動，白天扛著圖板，提著小板凳，由老師率領，在荒山野林裡隨機教學，晚間無事可做，就成群結隊，在星月光下，或坐或臥，啞著嗓子，唱「流亡三部曲」，一邊唱，一邊流淚。凡此種種，對我都是刺激。一忍再忍，到最後忍無可忍，就毅然脫隊，走自認為對的路，做自認為對的事。

當時民間有一股傳言，說是東北軍的張少帥抱著「不抵抗主義」退出關外，那地區出了一位抗日英雄，名叫馬占山，正在號召全國熱血青年，到東北去參加他領導的「義勇軍」。這傳言很有吸引力，我身邊的夥伴們就有好幾個人躍躍欲試，可是，冷靜下來一想，這件事行不得，路途迢遙，關山阻隔，而且沿途經過的都是所謂「淪陷區」，很可能連馬占山的影子還沒有見著呢，就先落在日本鬼子手裡。幾個毛頭小夥子關起門來討論了幾回，結論是：「要抗日殺敵，不必去東北，在自己的家鄉行事，更有許多便利！」就這樣，我們打消去東北找馬占山的念頭，在自己的家門口，組成自家的「義勇軍」。

《少年十五二十時》書中所述那些殺敵除奸的事蹟，就是那個階段做出來的，現在看著，會覺得那全是幼稚可笑的行為，當時的心情卻十分嚴肅，不會承認自己幼稚，更不肯接受可笑的評語……

「七七」又快要到了，這是「盧溝橋事變」後的第75個「七七」。《少年十五二十時》是我三十年前寫成的一本小書，現在新版出書，恰巧碰上這個日子，就算是我個人的一點紀念吧。也許再過幾年，等我們這批和它

有關聯的老朽辭世入土，世上就再也沒有人記得它是什麼日子了。

楊念慈　寫於臺中

2012 年 6 月 8 日

——選自《中華日報》，2012 年 7 月 7 日，B7 版

鬼才怪物楊念慈

◎季薇[*]

「四郎探母」，請以戲名打一人名，答案：楊念慈。

據悉，在臺北叫做楊念慈的人有半打以上。這裡所說的，是住在中興新村，既教書又寫小說的山東楊念慈。

「四面荷花三面柳，一城山色半城湖」，念慈兄的老家，在濟南大明湖畔。如果說地理環境對於人有什麼影響，那影響是若隱若現，而又非常深沉的。山光水色，多采多姿，清麗灑脫，念慈兄的作品，正含有這一份清心明目之美。大家都知道，他以小說聞名，其實，他的文學天才是多方面的，散文、詩、理論、戲劇……，都有極高的造詣。只是來臺後，以小說發表得最多，小說家的帽子很自然的戴在他頭上，大家也就好像註過冊似的，公認他是最會說故事的小說家。

由於他的寫作修養是多方面的，寫什麼就寫得好，文藝界的朋友把他喻之為文壇十項全能的「楊傳廣」。也有戲稱他是鬼才。更有人說他是怪物！

鬼才，並非一肚子都是鬼，他滿口說的是人話；怪物，也不是青面獠牙三頭六臂，他是平平實實的一個人。只是有時候訥訥於言，不善交際，看起來好像有些驕傲，老實說，這都是盛名害了他。

朋友們和他相交逾十年，都知道他是宅心忠厚的人，不做作不矯情，樸樸實實，這些性格上的美，不是一天兩天可以體會出來的。

---

[*]季薇（1924～2011），本名胡兆奇，浙江臨安人。散文家、文學評論家。發表文章時為《自由青年》編輯。

　　請不要誤會，楊念慈得了小說獎章，筆者厚著臉皮「攀龍附鳳」，沾點「我的朋友」之光，非也，楊念慈的創作成就，大家有目共睹，不用我來錦上添花。文協成立十週年紀念大會的第二天，接到本刊主編呂天行先生的電話，說要撥出篇幅介紹首屆文藝獎章的四位得主，他指定要我寫楊念慈，這可有點不敢當，但推辭不掉，只好應命。

　　一位擅長拿別人做題材，說故事的人，他自己竟也有著不少的故事，更不客氣的說，他自己也正是一位小說人物：摸過槍桿帶過兵，現在又抓起筆桿兼握教鞭，文武兩項都有成績，這中間的經歷，已經很夠一部小說的材料了。

　　一般寫作的朋友，多少都有點敝帚自珍的習慣，可是，楊念慈的作品，隨寫隨丟，不要說保存原稿，連剪報也懶得。他印集子的時候，還得向一位喜歡剪報的朋友討「救兵」，一封限時專送的信，十萬火急的說：「要印書，請寄某連載全份，越快越好！」一天，兩人見面，打趣說：「你乾脆做我的私人祕書算了。」檢視剪報，他的作品積累盈尺，其中有一篇散文〈鬥羊〉，十年前發表的，他自己早已經忘記曾經寫過那篇東西，他的朋友笑著說：「這是你的檔案。」

　　十年前，他客居臺北中山北路正由里，那原來是日據時代的公墓，當時已廢棄，搭起了許多木板屋，儼然小村落，住戶以山東老鄉居多。他租的一間，小得可憐，除一床一桌一椅之外，就沒有太大的活動空間了，他在斗室裡寫了不少小說，散文次之，另外是詩（木板屋詩抄）。那小屋很熱，像個蒸籠，當時的作品，都是像蒸饅頭一樣蒸出來的。

　　民國 39、40、41 這幾年，可說是最值得回憶的一段日子。王聿均、亞汀、彭邦楨、李莎諸人，差不多三天兩天聚首，木板屋裡擠滿了人，「怪人」常以高腳饅頭、鍋盔、酸辣湯、滷牛肉、大蒜頭待客，有時加一瓶白乾。那一段時期，他完全靠寫作為生，物質生活過得很苦，但是由於友誼，精神上挺愉快。

　　有一天傍晚，朋友們逛馬路，在中山北路一家冰果店裡吃西瓜，說明

由楊念慈請客（剛領到稿費），吃到一半的時候，他老人家忽然檯子一拍，站起來就朝店外的馬路直奔，大家嚇了一跳，不知道他發什麼神經病，連忙會鈔，趕出店門追上去；只見他三腳兩步的已經跨過鐵路，剛巧平交道的鐵路遮斷機放下，鈴子噹噹的響著，一列由基隆來的快車飛駛而來，大家捏一把冷汗。等車子開過，朋友們趕到木板屋，只見他，滿頭大汗，直揮蒲扇。李莎問他：「好好的西瓜不吃，好好的客不請了，犯什麼毛病。」木板屋的主人，可不客氣，乾脆下逐客令：「別嚕囌，有話明兒個再說，俺得趕篇稿子，明天到期，對不起人啦！」大家深知他的脾氣，笑笑也就走了。第二天，果然從口袋裡掏出八千多字的一篇小說〈綠丫頭〉，交給《當代青年》發表。

　　他有一身傲骨，民國 39 年雖然生活很困苦，有某巨公曾自動接濟，送錢送米，都被他婉謝了，他的理由是：我有一個大腦袋，和一雙手，豈可偷懶。那年冬天，他衣被單薄，有一位朋友想送他一床毛毯，他也以同樣的理由拒絕了，雖然他和那位朋友，是天天見面的。

　　耐得住貧窮、耐得住寂寞，不好高鶩遠，不求聞達，十年來如一日，這就是楊念慈給人的深刻印象。

——選自《自由青年》第 23 卷第 10 期，1960 年 5 月 16 日

風格樸實的小說家——楊念慈

◎應鳳凰*

　　他是民國五十年代最重要的小說作家之一。喜歡看小說的讀者。一定記得《黑牛與白蛇》、《廢園舊事》這兩部長篇小說，也一定記得作者的名字——對，他就是「楊念慈」。

　　楊念慈是山東人，出生於一個大地主家庭。童年居住在濟南的大明湖畔，中學到省城念書，然後，以大學生身分投筆從戎，參加抗日聖戰。隨軍來臺以後，曾當了一陣子專業作家，之後，教書寫作，後半生全與教鞭稿紙為伍。

山東大漢　生性樸拙

　　「我的故鄉，原是一個土瘠民貧多災多難的地方，黃河在故鄉的土地上翻身打滾，時而在南，時而在北，大平原上縱橫的留下好幾道巨人的乾河床……因為故鄉地勢太低，幾百里外的上游河堤決口，故鄉也免不掉淪為一片汪洋……」

　　楊念慈寫回憶童年的文章，把各篇收集起來，收成為一散文集，民國69年由「九歌出版社」出版，書名叫《狂花滿樹》。看了前引的一小段，便見其文字的功力。在這本散文集中，陸陸續續談到他故鄉的種種切切，如玩伴、鄉情、民風等，字裡行間，顯現出山東大漢的細膩感情。

　　比如他寫曾祖父：「原是一個愛鳥的人，他養的畫眉、鵪鶉之類，數以

*作家，發表文章時為中央銀行職員，曾任成功大學臺灣文學研究所副教授、臺北教育大學臺灣文化研究所教授，現已退休。

百計。」寫〈折柳〉:「故鄉柳樹最多,老寨子的四周,臨風拂水,遮牆蔭屋,全是高大茂盛的柳樹。」他又說:「我是一個大地主的後代,當然這並不值得驕傲,但我也從來沒有過一絲一毫負疚引愧的感覺,因為我知道我的祖先們都不是剝削階級。」他還提到,故鄉的民性,可以「樸、拙、古、硬」四字盡之,他的鄉人,無分貧富,都有節儉、樸素的美德,家有良田百頃,仍是一襲布袍,大富翁和他的長工佃戶,光看外表,並無顯著的分別。

受六伯父的影響最多

他的六伯父是個道地的讀書人。

年輕時也當過半年多縣長的六伯父,相熟的人,都了解他的性格比較「適合教書」,其後確也一生都在中學裡教書的六伯父,曾不少次被人舉薦、延攬,他都辭而不就。

和他那個時期的許多讀書人一樣,他六伯父愛書成癖,也有餘錢可以供他大量購求。「他有多少冊藏書,我記不清楚,只知道他有十幾隻特製的大木箱,每年夏天,總要曬上幾次,纍纍疊疊滿院子都是,足夠教我一個沒有見過大世面的小學生嘆為觀止。六伯父把他的藏書看作寶物,珍貴的不得了,至親好友,概不借閱,卻獨獨厚我,從來不會受到拒絕……他主動的指引、鼓勵,翻箱倒櫃的找出一大堆,要我抱了回去。六伯父對我有許多好處,不限於借書一事,現在回想起來,卻是這一件事令我感激。」在三、四十年以前,讀書不像今天這樣方便,有書的人自以為奇貨可居,不會輕易落到小孩子的手裡,「若非六伯父愛我甚於愛書,我小時候恐怕就不會對讀書有那麼濃厚的興趣,更可能也像我族中那些伯叔一樣,由頑童、而惡少,自幼耍刀弄棒,年歲稍長,再加上一根『大煙槍』,從此株守田園,老死故丘,當一輩子土財主而自滿自足,我的這一生就將是另一個樣子。」

「入中學以後,六伯父恰好是我們那一班的國文老師,親承教益,更

為我日後做人、處世、讀書、寫文……各方面都奠立了基礎。大概每一個人心靈的神龕上，最低都供奉一尊偶像，以我而論，供奉最久的就是我六伯父，我對他不止崇敬而已，甚至有意無意的亦步亦趨，說話學他的腔調，走路學他的神氣。」

投筆從戎　軍旅十年

抗戰期間，楊念慈以大學生的身分從軍入伍。他在給筆者的信上說：「不是十萬青年十萬軍，比那還早著兩、三年呢！」

楊念慈畢業於中央軍校 18 期，曾任排、連、營級的正副主官，參加過不少次戰役，以中校軍階離職。所以，他不僅僅是玩筆桿的能手，對於手槍、步槍以及輕機槍這些輕兵器，也都玩得極熟。「在靶場上打滿分，或是打獵的時候射殺幾隻鳥兒獸兒，都稀鬆平常，不足一道。」他又加了一句：「倒是在戰場上打『活靶』，比較有意思些。」

多年沒有摸過槍了，想起過去生活在槍林彈雨中那些火辣辣的日子「不禁手癢」。和槍分別了多年，他說：「槍怕是已經不認得我了。」

還有騎術。在一篇文章的第一段，他說：「不是吹牛，我的騎術甚精。」

他的騎術是從小訓練出來的。他的故鄉離海岸太遠，沒有河流，也沒有鐵路，主要交通工具是馬和車。楊念慈家裡養著幾十匹馬和騾子，一半是拉車的，一半是騎的。

十來年的軍旅生涯，更是和馬結下不解之緣。他幹過很久的步兵和輜重兵，「官兒升到連長之後，就有資格分得一匹坐騎了。我騎得最久的是一匹日本馬，抗戰時期從豫東戰場上俘獲來的。那匹馬很漂亮，渾身棗紅色，找不到一根兒雜毛。按牠的那種毛片兒和骨骼兒，大概和關雲長的那匹赤兔馬差不多。牠善嘶，嘶聲悠曼動聽，如鄉下土臺子戲開場之前挑門簾兒吹的那根長長的銅喇叭。」看了這些文字，也不難想像楊念慈當年馳騁沙場的馬上英姿了。

臺北「小木板屋」時期

民國 38 年，他到了臺灣。脫下軍服，當了幾年的「職業作家」。

那一段時期很窮，但卻是令人回味的，回憶起來最有意思，好幾位文友提到那段日子，都有「甜蜜的回憶」。

那個時候，他客居臺北中山北路正由里，那原來是日據時代的公墓，當時已廢棄，搭起了許多木板屋，儼然小村落，住戶以山東老鄉居多。他租的一間，小得可憐，除一床一桌一椅之外，就沒有太大的活動空間了，他在斗室裡寫了不少小說，散文次之，另外是詩（木板屋詩抄）。「那小屋很熱，像個蒸籠，當時的作品，都是像蒸饅頭一樣蒸出來的。」（季薇句）

筆者在民國 49 年的一期《自由青年》上，找到一篇散文家「季薇」寫的〈鬼才怪物楊念慈〉，也從那本 24 年前的舊雜誌上，看到一段楊念慈的小故事，特別挑出來，在此地複述，那則故事不但叫人噴飯，且對介紹他這個人的性格，極具代表性。

民國 39、40、41 這幾年，可說是最值得回憶的一段日子。王聿均、亞汀、彭邦楨、李莎諸人，差不多三天兩天聚首，木板屋裡擠滿了人，「怪人」常以高腳饅頭、鍋盔、酸辣湯、滷牛肉、大蒜頭待客，有時加一瓶白乾。那一段時期，他完全靠寫作為生，物質生活過得很苦，但是由於友誼，精神上挺愉快。

有一天傍晚，朋友們逛馬路，在中山北路一家冰果店裡吃西瓜，說明由楊念慈請客（剛領到稿費），吃到一半的時候，他老人家忽然檯子一拍，站起來就朝店外的馬路直奔，大家嚇了一跳，不知道他發什麼神經病，連忙會鈔，趕出店門追上去；只見他三腳兩步的已經跨過鐵路，剛巧平交道的鐵路遮斷機放下，鈴子噹噹的響著，一列由基隆來的快車飛駛而來，大家捏一把冷汗。等車子開過，朋友們趕到木板屋，只見他，滿頭大汗，直揮蒲扇。李莎問他：「好好的西瓜不吃，好好的客不請了，犯什

麼毛病。」木板屋的主人，可不客氣，乾脆下逐客令：「別囉嗦，有話明兒個再說，俺得趕篇稿子，明天到期，對不起人啦！」大家深知他的脾氣，笑笑也就走了。第二天，果然從口袋裡掏出八千多字的一篇小說〈綠丫頭〉，交給《當代青年》發表。

〈綠丫頭〉這篇小說收在《金十字架》一書之中，是民國 44 年由「新新文藝社」出版的──那時候，這本書的定價還不過是「七元」大洋。

《金十字架》是他在臺灣出版的第二本短篇小說集，作者在後記上，記錄著當時的生活情形：

> 收在這集子裡的幾篇小說多寫成於民國 39 至 41 那三年間。那些日子，我的這支筆相當勤快，每月總有三、四萬字發表，可以說全是房東和飯店老闆幫忙給逼出來的，應該謝謝他們。那幾年我別無掙錢門路，全靠筆尖兒養活自己。後來在《自由青年》當編輯，有薪水可拿，寫的就少了些。再後來我因病離開臺北，移居豐原鎮大社村江楓兄家裡，化銷大為減省，這雙手也因而更懶了。近兩年幹起教書匠來，吃住全不發愁，於是筆尖兒就生了銹。我就是這樣沒出息，屬狗熊的，吃飽嘍就不耍不練了。回想著，還是在臺北那幾年的生活有意思，誠然是太忙太累太苦了些，但總算苦出來一點點成績的呀。

「新新文藝社」當時由也寫小說的「古之紅」主持，同一時期的出書文友，還有張漱菡、郭良蕙、師範等等。

早期作品　極受好評

楊念慈在民國 50 年以前，總共出版了六本書──只除了已提到的這本短篇小說集，其餘五本書，都是由高雄「大業書店」出版的。

民國 43 年 6 月，他的第一本書《殘荷》出版了，民國 45 年，再出版

《落日》，這兩本都是中篇小說。

民國 44 年 6 月，第一本短篇小說集《陋巷之春》，列入「大業書店‧今日文叢第二輯」，收入三篇小說：〈陋巷之春〉、〈暖葫蘆兒〉、〈氓〉。同時期另在「今日文叢」一道出書的，還有張秀亞、墨人、彭邦楨、雪茵等人。

《金十字架》之後，停了四年，才在民國 49 年出版了長篇小說《罪人》。

《罪人》曾在《自由青年》半月刊連載，從民國 48 年元旦到同年 6 月，在半年之間，分 12 期刊完。

作者特別說明《罪人》這本書，不是在向讀者說一個故事，而是在解剖一個「人物」；或者說，是在「化驗」一個靈魂。

楊念慈不但在臺北專業寫作，教了一陣書之後，在臺中縣草湖村賃屋而居，也又連續幹了好大一陣「職業文匠」，民國 50 年，還出版了另一本長篇小說《十姊妹》。

中間所謂停筆當「教書匠」，是民國 43 年起，到員林「省立實驗中學」任教。很多人不知道，當時朱炎、王尚義、王曾才（王鼎鈞的弟弟，現任「國立中興大學」文學院院長），都是在校的學生。

《廢園舊事》、《黑牛與白蛇》

民國 49 年，「中國文藝協會」創立十週年，設立並頒發了第一次的「文協文藝獎章」，評審標準是：第一、年齡在 45 歲以下，第二、其作品有特殊貢獻，第三、從事文藝工作已滿十年以上，作品具有影響力。得獎人發表了——楊念慈是四個得獎人之一，他得的是「小說類」的文藝獎章，其餘三人是：散文類張秀亞、評論類王鼎鈞、翻譯類施翠峰。

得獎之後的楊念慈，寫作生涯，更加走上頂峰，創作力愈來愈旺盛，民國 51 年，由「文壇社」印行的《廢園舊事》，一時洛陽紙貴。接著民國 52 年，「大業書店」推出《黑牛與白蛇》，尤其轟動，那時尚未有電視，但

有廣播電臺，成千聽眾每天收聽這部「廣播小說」，後來又被改編成電影及電視連續劇，小說中的男女主角，幾乎已成為當時家喻戶曉的人物。我們看看《黑牛與白蛇》之中，作者如何描寫女主角的出場：

> 就像戲臺後頭那個捏糯米人兒的捏出來的一般，捏得很勻稱、很精緻；特別是臉蛋兒那一部分，捏製得格外用心……簡直就像瓷人兒一樣，發光、透亮……

這形容美人的文字也活脫是一幅有形有色的「亮相」畫面。

楊念慈真不愧是成長在濟南大明湖畔的人，「四面荷花三面柳，一城山色半城湖」，這兩句話，出自《老殘遊記》，也令人頓然領悟到他的第一本書，何以書名叫做《殘荷》了。

《犁牛之子》、《風雪桃花渡》

繼前面兩部長篇代表作之後，「臺灣省政府新聞處」也於民國 56 年，出版了他的另一長篇《犁牛之子》。

這本書係撰寫一個貧農兒童如何刻苦奮發，努力向學，以及他如何成功成就的經過。

筆者個人最偏好，也認為是他極成功的小說作品之一，卻是另一本《風雪桃花渡》，楊念慈寫活了那冰天雪地裡一對趕路回家過年的兄弟，更用文字營造了一片懾人心魄的驚險刺激，使讀者在小說裡，像看了一場有聲有色的精緻電影，精彩懸疑，絲絲入扣，是一部很好的鄉土小說，尤其用字精鍊，語句活潑，是那個年代裡，難得一見的上乘作品。

楊念慈的小說之中，幾次出現戲園子裡的人物，他也在散文集中提起「故鄉的戲」：說他小時候是個戲迷，七、八歲的時候，最大的志願是當一個「戲子」，若不是後來在荒廟裡參觀過一個戲班子的內部生活場景，極可能的他這份志願已經實現了。他們家鄉富戶，大都供養著戲班子，他的小

說中，便也常出現一個令他著迷的唱花旦的角色：「綠大褂子」。

　　說來也真巧，某年元宵節有一個燈謎——「四郎探母」，請射人名一，答案便知是——楊念慈。

兩部自傳性作品

　　從他的散文及小說作品中，可以察覺到，這位作者必有美滿的婚姻生活，他在寫到他的賢內助時，總是心服口服，十分得意。

　　民國 44 年底，出版《金十字架》時，他說：

> 這本書問世前夕，我正沉浸於幸福和苦惱之中。我是說我正愛著一個人。愛情的滋味，酸辣苦甜都有，而我遭受到的更是一樁黯淡的絕望的愛情；目前得來幸福愈多，有待將來償還的債務也愈重。已經陷進去了，我無力自拔；已經展開來了，我不能改變。本想在這本書的首頁印上她的名字，又怕那樣太露形跡；好在她知道這本書是獻給她的，她的名字印在我的心裡。

　　這不大像在寫一本書的「後記」，倒像在寫一封情書了。更流露了一個戀愛中的青年，心中如何反反覆覆，心思既甜蜜卻又十分複雜——這是他寫的那麼多文字之中，印在書上最真情流露的一次。楊念慈是位成功的小說家，善於編故事、安排各種情節，但在二十幾本小說作品裡，卻找不到他自己的影子躲在那裡。

　　但有兩本書是他承認的自傳體——一是前面已提過的《狂花滿樹》（他自己說，該開不開，不該開而開的花，就叫作「狂花」……「少年不風流，老來花滿頭」，非「狂花」而何？而且它僅只一棵，兀然獨出，沒有依傍也沒有襯托）。另一本，則是回憶他少年生活的小說：《少年十五二十時》，由「皇冠出版社」出版。

教職退休　退而不休

如今，楊念慈已經從執教多年的「省立臺中一中」退休，但仍然在臺中「國立中興大學」中文系教授「小說選及習作」，每週時數不多，比較輕鬆，寫作仍是他課餘的樂趣及生活目標。

他膝下有一子一女：楊照、楊明兄妹，分別在「臺灣大學」和「文化大學」讀書。

為紀念中華民國開國 70 年，《中央日報》主編孫如陵曾邀請他寫一部長篇，作為對全民的賀禮，那便是在《中央日報・副刊》刊載的〈大海蕩蕩〉。

這篇近作，有〈序言〉一篇，文中比較具體的提到他對文學的抱負：

一個寫作者，遭逢這個大時代，總會情不自禁的滋生野心，要用自己手裡這支筆，替這個大時代錄音留影；並且，不是浮浮泛泛，零零星星，而是要深深切切，完完整整。

算來，我把這個野心壓在胸中，已經有許多許多年代。不是不會寫，寫的時候也不是不肯用力氣，對自己已有的成績，卻實在是不滿意。寫是已經寫了三十多年的，書也出了二十幾種，以數量來說，不能算是很勤快，很多產，但也並非十分懶散，用戔戔幾篇薄薄一本換取「作家」的空頭銜，然後就飽食終日，遊手好閒，或者是見異思遷，另有打算，說到品質，我當然不能厚著臉皮說自己的作品都是一等一的，說別人的作品都是狗屎，然而，有一樁事實，可以證明我把出書看作人生大事，並且做了相當嚴格的「品質管制」。過去這三十多年裡，煮字療飢，自不免也寫過些「論字計酬」的東西，為了換取稿費，或是抵付債務，不得不把它拿出去發表，但也就是到此為止，有人想拿它印書，我是死也不肯的。別的東西不算數，單是長篇小說，只發表而不出書的就有六、七種之多。也有出版商上門索稿，也有好朋友受託勸說，我態度堅決，絕不

動搖。三十多年出書二十幾種，可能連我全部產量的二分之一都不到。熟知我前些年生活情況的人，應該知道我這樣的固執己意，得罪朋友而又斷絕財路，是多麼的愚不可及！當然我並不後悔，否則，那些剪報都還壓在書櫃裡，現在拿出去，也還能撈上一筆。說這些話，既非發牢騷，也不是標榜自己，只是要敘述這樁事實，來證明我把寫作看得很神聖，不拿它當搖錢樹，不拿它當敲門磚，更沒有那種閒散瀟灑的玩票者的心情，我是明媒正娶「嫁」給這樁事業的，今生今世，將從一而終。令我臉紅的是，儘管我自信是如此的奮發淬勵，如此的忠誠不二，截至今日為止，我卻並沒有寫出自己想寫、該寫、並且是非寫不可的東西。不把那些東西寫出來，我實在不配享有「作家」的頭銜，充其量也只是一個略具良知、小有成績的寫字匠而已……

　　這本小說的主人翁劉一民，行年七十，「與國同壽」，楊念慈就藉著他的生命歷程，來表現我中華民國 70 年來的艱難締造與辛苦遭逢，從民國初年的蒼茫灰暗。到北伐底定的曙光初現，以及抗戰前夕的忍辱負重，抗戰期間的捨生捐軀，抗戰勝利的揚眉吐氣；再寫到共產匪幫擴大叛亂，在國家民族元氣大傷之後，所加予中國人民的浩劫大難；到後來大陸局勢逆轉，政府播遷臺灣，在那段天翻地覆神嚎鬼哭的日子裡，多少人家骨肉流離，多少人家生死永隔……。

　　這部作品，堪稱為楊念慈的重要代表作，也是他所說的，為這個大時代錄音、留影的作品。

　　楊念慈從民國 40 年到民國 58 年之間所寫的近二十部小說作品，如今以攤開一頁現代文學史的眼光回顧起來，不可否認，他是那個時代裡優秀的小說作家——他流暢的文字、賞心悅目的家鄉語言、人物的鮮活，在在都為一個大時代的點點滴滴，留下了不可磨滅的痕跡。他其實也是個小說人物——摸過槍、帶過兵，馳騁疆場，後來又握起一管筆寫作不輟，更長時期在臺灣杏壇執教，作育英才。「臺中一中」是中部第一流中學學府。楊

念慈可算是允文允武，兩項都頂有成績，這中間的經歷，本身即是上好的寫作題材。季薇寫他更有「一身傲骨」（這點很像他六伯父）：

> 民國 39 年雖然生活很困苦，有某巨公曾自動接濟，送錢送米，都被他婉謝了，他的理由是：我有一個大腦袋，和一雙手，豈可愉懶。那年冬天，他衣被單薄，有一位朋友想送他一床毛毯，他也以同樣的理由拒絕了，雖然他和那位朋友，是天天見面的。

為了寫本文，筆者致函臺中，與他通信。楊先生在回信上說：「……我性情疏懶，更不習慣用言語或文字來『表揚』自己，教了一輩子書，到現在仍然把演溝、出席座談會、接受訪問之類的活動視為畏途，能躲就躲，能推則推，因此而得罪了不少朋友，卻也無可奈何。」

這也確是他的性情，筆者在寫信給他之前，翻遍了許多雜誌，發現談及他的生活，討論及他的作品的文章真是太少了。楊先生的信上還說：「……民國 43 年起至員林實中教書，至今已三十年之久。可以說我成人以後只做過三件事——當兵、教書、寫稿。生活這樣單純，『傳記資料』那會多得了？……」

這是他的謙虛之詞。他的小說世界那麼豐富多采，為我們寫下那麼多可貴的文學作品，筆者相信，必有更多的，討論楊念慈小說的論文，在未來的歲月裡，源源不斷出現。

——選自《文藝月刊》第 189 期，1985 年 3 月

濃蔭不老，狂花滿樹[*]

◎楊明[**]

其實，對我而言，他只是一個父親，沒有任何的頭銜。

小時候，從別人的口中，我知道父親是一位傑出的小說家，一位盡職的好老師。長大後，我卻在自己的成長過程裡發現，他扮演的最成功的角色之中，除了小說家和老師，還有一個是父親，但是，關於這一點，了解和分享的人卻不多。一位小說家可以同時擁有上萬的讀者，一名好老師可以造就無數桃李，一個父親的愛卻只屬於他的子女，他以自己的行事教導我們兄妹做人的道理，從來不曾埋怨數十年來我們加諸在他身上的負擔。

有人將作品比喻為創作者的子女，如果真是這樣，那麼父親那些比我稍早誕生的《廢園舊事》或者《黑牛與白蛇》，都是一出世便獨立了，只有我們兄妹二人，至今仍讓父親牽掛。

父親出生於書香世家，由於離孔夫子的家鄉極近，自然深受儒家思想的薰陶。然而，儘管家境富裕，但是，祖母早逝，使得父親的童年在缺憾中度過。小時候，每每聽父親談起童年的事，簡直像另一個年代的神話，故鄉的風雪夜和灌滿了辣椒的窩窩頭，串成了我所不能理解的北國生活，磚瓦砌成的大寨子和在門縫裡夾碎的核桃，組合出活在我想像裡的老家。雖然，現實生活中我們家只有小小的庭院，院裡沒有棗樹，只有楊桃；餐桌上沒有窩窩頭，取而代之的是蓬萊米飯。但是，父親口中的大寨子卻成

[*]編按：原刊載於《文訊》第 35 期（1991 年 12 月），頁 112～115。2000 年麥田出版公司發行新版《廢園舊事》、《黑牛與白蛇》時由原作者修改部分內容。
[**]楊念慈長女。發表文章時為《中央日報》記者，現為香港珠海學院中國文學系副教授。

了我可望而不可及的夢想。

　　父親如何帶著他豢養的大綿羊躺在田野裡，對於成長中缺乏寵物陪伴的我，幾近於天方夜譚，我只能用卡通的方式揣想。由於父親的個頭比羊還小，所以家人要找他，總是先看見大綿羊。父親的童年並不算長，年紀還很小，他就離開家了，不滿二十歲，他又離開了學校，揹著槍桿往前線抗戰去了。漸漸的，我才了解，原來有些人的童年是這樣度過的，原來有些人不曾真正年輕過，因為父親的童年還沒真正結束，就已經開始面對整個時代的悲劇，開始承擔近代中國的蒼涼心情。

　　十歲以前，其實我並不明白作家是怎麼一回事，父親寫的書高高地放在書架上，而我有自己的童話故事。年紀較長後，父親幾乎已經不再寫小說了，我才開始讀起架子上他的作品：《風雪桃花渡》、《黑牛與白蛇》、《廢園舊事》等，其中濃厚的地方色彩，形成父親作品的特色。《黑牛與白蛇》先後搬上銀幕及螢光幕，黑牛的粗獷，白蛇的柔麗，都成了典型，而《廢園舊事》裡的大酒簍和大響鞭更是活脫脫的走出了文字。《薄薄酒》、《老樹濃蔭》、《十姊妹》反映遷臺初期外省人的生活及找尋第二故鄉的心情。

　　在父親所有的作品中，《黑牛與白蛇》和《廢園舊事》是最為大家所津津樂道的，可是我特別偏愛的卻是《罪人》一書，或者是因為這本書中有著濃烈的自傳色彩，使我對於父親因為幼年喪母，渴望親情的心情產生極大的悸動，尤其令我印象深刻的是，他渴望付出更甚於渴望得到。

　　對於創作，以至對於子女，父親其實是抱持同樣的態度，他的付出從來一無所求。

　　民國 38 年，國民政府撤守臺灣，父親也隨著政府來到這南方的小島，住在臺北中山北路的違章建築裡，他寫詩寫小說，也編過文藝刊物。後來，他在員林的崇實中學擔任文藝指導員，算是一份兼差吧，結婚前父親生活瀟灑，所謂一個人吃飽，全家不餓，因此並不在意是否有一份收入穩

定的正職。也就是在那裡，他認識了當時還是學生的母親，據說母親是學校裡的校花，父親自然是費了番功夫追求，當時的風氣保守，母親等到畢業之後，兩個人開始正式交往，即使那時父親沒有固定職業，也沒有一磚一瓦可以安身，她還是點頭應允了父親的求婚。

　　母親是個樂觀的人，尤其難得的是她十分愛好文藝，因此才不畏嫁為作家之妻可能面對的艱苦家計。結婚之初，他們曾經將口袋裡僅有的錢拿去看電影，不顧第二天，若不是正好收到一筆稿費就已經沒米下鍋的窘況，這樣的浪漫情懷令我十分嚮往，而他們的愛情必定十分甜蜜，只要兩人相守，明天就沒有什麼事值得他們憂心。

　　當然，父親是十分顧家的，他從沒讓母親為家裡的開支擔過心。除了作家的身分，他同時也是老師，因此，童年時，我對父親最深的印象，便是他總在傍晚騎著一輛腳踏車緩緩的進到巷子裡。等吃過晚飯，並且收看過晚間新聞，他便拿著一杯香片，回到書房裡批改學生的作文，密密麻麻的作文簿裡有他逐字圈點的朱色痕跡。這時候，他的創作明顯地減少了，我不知道是不是我們兄妹的誕生，使得他不能如以往一般，將整個生命投注在創作上，即使長篇小說正在連載，他也是利用改完作文，全家人都入睡之後的深夜，伏案筆耕。

　　報社的催稿電話，父親的趕稿壓力，這些都是在我也走上了這條路之後，自己才漸漸懂得的，父親卻不曾對我們提過。偶爾，當我竟夜伏案試著舒緩一口氣時，我看見了父親的背影，看見他坐在桌前，手上夾著一根菸，筆不停地在稿紙上移動著。對於父親曾經有過的種種心情，我想我是漸漸能夠明白了。

　　父親最後一部小說〈大海蕩蕩〉在《中央日報・副刊》連載時，我已經進入大學了。結束〈大海蕩蕩〉之後，父親僅偶有短作，多次與父親散步長談，父親心中的失望，對整個社會環境、文化現象的無力感，每每令我不忍與難堪，不忍的是父親已逾耳順之齡，原當含飴弄孫，安養天年，卻緣於他對國家的深情，依舊滿心的放不下；難堪的是，自己亦不可避免

地沉浮於令他失望的社會環境中，甚至溺入令他無力的文化現象裡。

　　父親的作品一向以小說見長，而我也是直到黎明文化公司為父親出版自選集時，才知道原來父親早年寫過新詩，事實上，我很難將父親與新詩聯想在一處，記憶中，父親似乎更為偏愛古典詩詞，在我初初迷上《紅樓夢》的那一段時間，我們曾經一起在傍晚外出散步時背誦〈葬花詞〉，那時，我對父親的記憶力十分折服，偶爾，他也會和我講起一些他覺得好的詩句，而我即使讀過，也往往對不上。

　　父親的散文寫作多是逼稿成篇，民國 74 年間，他曾在《臺灣日報・副刊》上寫過專欄「柳川小品」，談些生活雜感，往後，作品便少了。起初，我總以為父親少動筆是緣於創作的欲望不如過去那般衝動；漸漸的，我卻又覺得，父親怕是用情太深，對整個國家、社會，他一刻不能稍忘。退休之後，深居簡出的生活，他花了許多時間在讀報上，除了家裡訂的兩份日報之外，下午四時，他又常踅去巷口買晚報。老友聚餐，有人勸他：少看報，多打牌。父親笑笑，那裡做得到，雖然心裡也明白，每日攤開報紙，總忍不住憂心，卻依然狠不下這個心不看報。

　　我常想，現在對父親而言，哥哥的兩個女兒大概是他最大的安慰，晨昏承歡，兩個小丫頭都自有一套功夫逗得爺爺又疼又愛。哥哥、嫂嫂對父母都十分孝順，全都和和樂樂的，本當別無奢求，我卻總忍不住暗自期望，父親不要就此放下他的筆，能繼續在這條路上堅持下去，為他的讀者，也為他自己，寫出更多的作品。

　　許多人說：做一行，怨一行。尤其嘗過創作的寂寞，更不希望自己的子女重又踏上同樣的路，父親卻從不曾阻止過我，他以自身為例，讓我明白，雖然，寫作所付出的心血與得到的報酬完全不成比例，但是一個人如果能選擇自己喜歡的工作，名利又何值呢？

　　父親對我的了解與寵愛，每每令我擔心這一世都無以為報。

　　小時候，我曾經寫過一篇作文〈我的父親〉，在那篇作文裡我把父親形容得像個梁山泊上的綠林好漢，大碗喝酒、大塊吃肉的豪情干雲，或者

是山東人的大嗓門，使得童年時代的我對父親產生了這樣的聯想。而其實，父親是一個再細心不過的人，即使在我們兄妹都已成家之後，他仍然細心地在不給我們增加任何負擔的情況之下，提供我們一塊不論何時都可以依靠的休憩地。

如今，父親的舊作將以嶄新的面貌和讀者見面，除了老讀者之外，我也全心期待有更多的新讀者，能夠認識父親的作品，以及作品中深厚的情義。

——選自楊念慈《廢園舊事》
臺北：麥田出版公司，2000 年 5 月
——於 2017 年 9 月 20 日修改

靜靜的深海
記楊念慈先生

◎石德華*

　　我與楊念慈先生逢識從風，聚散如雲，在在皆自然，步步在趨近。

　　讀《廢園舊事》的時候，他是已成名的小說作家，我是未成年的青澀學生。

　　參加省新處小說徵文的時候，他是握掌生殺的評審員，我是攤展情節的參賽者。

　　應邀報社舉辦的藝文座談的時候，他是年長一輩的代表人，我是中青一代的入選者。

　　如今，為薪傳而寫文藝界耆老，他是名實雙備的受訪者，我是誠惶誠恐的撰寫人。

　　他慈藹的遷就我的習慣，相約在臺中一家庭園咖啡店晤面，中臺灣午後，秋陽潑灑金亮，70 歲的他脅挾資料，撐把大黑傘，由滾滾塵浪彳亍而來，坐在希臘雕像、藝術花窗、仿銀不銹鋼器皿間，不是他的格格不入，是一屋的精緻典麗因他的樸實厚重而渾身不自在了起來。

　　不期而遇的場合，他對後生晚輩的最是和煦親切，曾令我一眼難忘；把盞宴飲的機會，他的笑語最活、笑聲最遼，曾令我喑喑激賞；至於那一次，藝文界朋友颱風夜遊至苗栗，他懸掛老妻一人在家的孤寂害怕，風狂雨驟也堅持離隊迢迢返家的委婉深情，則令我滿心溫熱；今天，鬧市裡一朵黑色傘雲冉冉向我迫近棲停，就在我面前，凝情的厚重層雲，落義的汪

沛大雨，讓我第一次感受自己微藐生命的纖弱淺薄。

對 1950 年代曾締洛陽紙貴盛況的小說家而言，處現今之世，確實有不得不的尷尬與失落。楊先生落腳部隊，一刀一槍打抗戰，那艱苦的八年，全是血肉模糊的姿像、鮮血淋漓的色彩，絕非輕易的「未央歌」，他親手挖大坑掩埋如山的屍堆，眼見數不清的同袍在他身邊衝鋒又倒下，因此他堅心矢誓要為忠烈祠之外的忠烈立傳，他所承受的來自苦難中國的苦難，是那樣真實而深沉，於是他衷心希望年輕及更年輕的下一代，都能重新了解上一代的，與時代國族不可分的坎坷運命，所以他選擇執筆的方式，以文字為時代人事記錄且留像。如今 1990 年代挾風雷之姿以至，全盤否定才是時髦流行，不反共才顯得特別驕傲，國家意識模糊、正統主流崩潰、究竟是誰領導八年抗戰都開始疑竇叢生，各類轉變迅急無章，直叫人愕目啞言，而真理可改寫、執著已動搖等時代現象的改變，對與黨國生死榮辱與共的老一輩而言，不啻一椿最殘酷的事實，因為同時被否定的，就是大半輩子忠心不渝的自己。

去年楊先生因心臟病突發，幾乎暴斃街頭，病癒後，他毅然戒除五十年的菸癮，他以此證明自己不是意志薄弱的人，雖然思想的改變會如脫胎換骨般切膚苦痛，但所有糾纏不清的死結，不也可以像抽菸一樣當下戒除？儘管楊先生願意放鬆一些自己的堅持，但仍要在燈光暖馨、音樂流洩的典型 1990 年代富麗場景裡沉心重語地問：不反共真那麼值得驕傲嗎？

《聯合文學》創刊不久，楊先生曾在扉頁題字：寫作不等於救國救民，只不過是自娛娛人的事業。從今以後，他將不為百姓、不為稿費，純將寫作當一種享受，作品風格不會再與從前相同，如果再提筆，他將書寫「楊念慈十大傳奇」，用記憶中存在而如今已物改人亡的家鄉為故事背景，以比較浪漫的筆法行文，第一篇作品已定名為「砍頭爺傳奇」，四十年來寫作的責任心使命感曾使他手中的筆無比沉重，「少年不風流，老來花滿頭」，現在，他明白為忠烈立傳也只是掛一漏萬，以文字啟迪下一輩看來大可不必，他只想，輕鬆愉快地執筆。

由儒家到道家，由深刻到閒逸，由使命感到自娛娛人，這分明是一位資深作家的坦誠告白，但我總是不停想到一種深海的心情，廣垠的熱力深棲而無所發，靜靜的，只是海面。

兒女各已成家的楊前輩，目前最是牽掛一身傲骨卻生活狼狽老來分外淒清落魄的文友們，他從不覺得窮有什麼不好，只有想到這些朋友時，才肯定唯有錢方能大庇天下寒士俱歡顏，他也曾想為文友及自己出紀念性全集，但大環境未能確保老作家權益，變遷中世代，價值意義又極容易被曲解的今天，他只好暫時冷卻自己的赤熱衷腸，在含飴弄孫中去獲得穩靠的快樂，然而由大海蕩蕩的磅礡到靜靜深海的幽隱，究竟歲月是因？還是時代有責？

愛國有錯嗎？不反共真值得那麼驕傲？楊先生問話的神情令人無比動容，而所有問題的答案不正如撐在縟麗紅塵裡的那把大黑傘一般，就是持己與逐流的選擇。他說自己是一個能享受寂寞的人，因為孤寂使生命豐腴，但寂寞若可容人優游俯仰，不正意味寂寞的深廣？靜靜的，原只是海面而已。

——民國 81 年 10 月 4 日，《臺灣日報》副刊

——選自封德屏主編《風範——文壇前輩素描》
臺北：正中書局，1996 年 10 月

汨汨蕩蕩楊柳岸
記楊念慈

◎劉枋[*]

　　接到楊念慈的來信，一張《中央日報》便條式的稿箋，上面寥寥兩行大字：「遵囑寄上照片兩張，請筆下留情。」頗似「話不投機半句多」，令人覺得不是滋味；但，當眼睛觸及「弟楊念慈」那熟悉卻又多年不見的簽名字樣，卻又不由得往事如繪。

　　說起往事如繪，繪的絕非綺豔色彩，而是說當年和他初識時，我們有一段為時不短的稱兄道弟的日子。

　　我絕對不是一個崇拜男人，自以做男人為榮的人，可是不幸，這一生之中，偏偏有幾次被迫的假扮男人，以及被別人誤認為男人。想當初，當時的念慈兄，今日的念慈老弟，就的的確確把我這個大姐，當作鄉長老兄過。

　　民國 38 年的 6、7 月間，我主編《全民日報》的副刊，當時少不更事的我，不懂得如何討好老闆，也不懂得如何迎合讀者，很執著的把自己的那塊小小版幅，作為純文藝的園地。編好一個文藝性的副刊，不在編者的審稿水準及編輯技術，而在於有夠水準的作者支持，可以肯定說，那時如沒有楊念慈，我的「執著」會一敗塗地。

　　那時他在鳳山五塊厝，當讀到他的第一篇「投稿」時，我驚於在那窮鄉僻野的地方，竟有如此的「能寫」人。（多孤陋的我，人才都該在像臺北這樣的都市中嗎？）記不起是怎樣通信的了，好像從他文章中我發現了他

[*]劉枋（1919～2007），山東濟寧人。散文家、小說家。發表文章時為金甌女子高級中學國文教師。

也是「老山東」，就如此敘起鄉誼，他就一直「枋兄鄉長」起來。他寫作產量之豐，令人幾乎覺得他每天不眠不休，一直伏案執筆，這樣，我那塊小小地盤，有時可以一天刊出他兩篇不同風格的作品——一篇三千字左右的短篇小說，一篇千把字的散文。楊柳岸就是他那時用過的筆名。在他散文裡，我最欣賞的是〈我與酒無緣〉，原因是我和他「有志一同」。

他的一篇長約九千字的小說〈桂姐〉，我一讀再讀，不忍分割。就一日刊完。曾引起報社編輯部輿論譁然：「那有這樣編副刊的，全版只有一篇文章。」但是，也有很多人說：「這樣看才過癮，以後多登點這樣的好小說。」

那年的雙十節前後，我參加「臺灣業餘劇社」演出《清宮外史》，楊老兄的來信竟問：「不知吾兄飾李蓮英乎？抑或光緒乎？」他這兩「乎」。使我頗為為難，我總不能說：「反串慈禧太后」呀，只好漫應曰：「不足輕重的小角色。」

民國 39 年春，另一位支持我的青年作家余西蘭由南部來，初相見他以為我是劉枋先生之妻，當我說：「我是劉枋」，他低聲嘀咕：「楊念慈怎麼搞的。」

我當然不能囑咐：「勿語楊兄以真相。」

不久《全民日報》和《民族報》、《經濟時報》等合為聯合版（今《聯合報》之前身），我沒做「拖油瓶」，成了無編一身輕。不久，楊念慈也來了臺北。相見之下，兩人訝然失笑，他說：「我一直以為妳是一位長者。」

「我總不比你年輕呀！」

那時他年未而立，我已是雙二八之年（32），大家對我的官稱是「大姐」，他卻好像不甘心如此稱呼。

當時住在「木板屋中」，地址是「日本公墓」。我想他來信中那句「筆下留情」，大概是不願我提他這段與倭鬼為鄰的日子吧？其實，當時只不過生活清寒罷了，一個職業作家，窮是理所當然，有什麼可以怕人知道的呢？

我偏要描寫，他的那間木板屋，方圓不足四疊，一几一榻一破椅，四壁琳瑯，不是古董名畫，而是以舊報為壁紙，但室雅何需大，他案頭堆的雜書，攤開的稿紙，已使滿屋書香馥郁。「往來無白丁」，記得散文家季薇，詩人李莎，亞汀等都是他家的常客，我偶然也往訪，那張椅子就是我的寶座，他們不論幾個人，都得擠坐在床上。

記不得大家都談些什麼了，只是總覺得楊念慈很輕視女人，他說女人只會寫點身邊瑣事，好點的也只能寫寫傳奇。我這個一直被他仰慕尊敬的「鄉長老兄」，此時在他眼中，也變成了有點編輯經驗，並不會寫什麼的「女人」了。

我生平的壞毛病，就是不願輸一口氣。你說我不會寫？好，寫給你看。

假如楊念慈說當年我「栽培」過他，（栽培兩字是他慣用以諷我的）我還真的感謝他「激勵」過我，否則，我不會認真「玩筆」，幹什麼都比寫作好玩得多。

民國 41 年秋當時的唯一的大型純文藝刊物《文壇》創刊，我榮任主編，豈能輕易的饒過楊念慈？《文壇》當時是不給稿費的，我硬從他這以稿費維生的人那兒逼來兩萬多字，他那一篇〈倒下的樹〉是熬了兩夜完成的。現在想來覺得抱歉萬分，可是當時卻理直氣壯。唐朝好漢秦瓊為朋友兩肋插刀，我們山東哥們，原該有那種義氣和豪氣的呀！

臺北居，大不易，何況那時稿費低而又地盤少，楊老弟在這首善之區過的大不如意。「冠蓋滿京華，斯人獨憔悴」！我想假如他斗酒賦詩，或可不自覺其苦，但偏偏他和酒無緣，所以，他只好另覓出路。

他去了南部，好像是「人之患」的吃粉筆灰去了。後來又住臺中，那些年間，他的《廢園舊事》哄動一時，他的《黑牛與白蛇》洛陽紙貴。這兩個長篇不但拍了電影，還改編過電視連續劇，他的筆掘到金窖。

他娶妻，他生子，他家成業就。我沒法子詳細的說他這些事年分先後，反正，他越過越好，當朋友得意之時，用不著人去關心的，何況我又

是個事事漫不經心的人。

他的「賢內助」，也是我們鄉親，年歲比他小著一大截，我想，是她有幫夫運，也是她會持家理財，否則，楊念慈不會是今天這麼面團團。這位李燕玉賢弟妹，在林海音張秀亞等大姐級的人口中，都暱呼做「楊念慈的小媳婦兒」。

歲月催人，如今「小媳婦」早也兒大女大了，楊照楊明兄妹，分別在臺大和文化大學讀書。他們賢伉儷為了照料兒女，前年暑假，遷來臺北，租屋中央新村，和我住處相距不遙。好朋友就是這樣，不論多少年如何疏於聯繫，只要重逢，交情一下子就搭了起來。

他們夫婦完全按照我們家鄉風俗，帶著點心盒來「走人家」，我的小孫女親熱的喊楊爺爺，楊奶奶，我們之間沒有一點生疏之感。只是，我們談家常，談兒女，沒再談寫作。

他的〈大海蕩蕩〉隨同他來臺北在《中央副刊》登場，這真是一個長篇，今天（我執筆此文時）已是第 648 篇次了，故事內容，大概進行還未及半。

我是個不會講好聽話的人，對楊念慈的作品，常常會雞蛋裡挑骨頭，想當年如此，現在仍如此。我當面批評：「楊念慈呀，你筆下就寫不好有知識的女性。〈大海蕩蕩〉裡的王正芳，年輕時候和老了之後，性格談吐行為完全不像一個人。女人，年齡增長，容貌身材會改，也許由美而醜，但思想見解不會由有知變為愚蠢，由高雅變為粗俗……！」

「大姐，大姐，我知道，等全篇殺青我會修正。」

老了老了，他稱我大姐是真的心服口服了。而且，也不抬槓了。

當年，他似乎頗以寫作為樂，今天，他坦白的承認，寫作不是好玩的事，沒人逼稿，空的時間寧可打牌。

打牌！固我所欲也。好朋友畢竟是好朋友，改變的方向都很接近。

有一天，在中副老編孫如老家中，方城之邊有楊念慈、徐蔚忱和我；我忽然感觸頗多，不由得說：「三十年前，怎麼也想不到我們三個人會一桌

打牌。」

　　因為三十年前我還不知中發白，那時楊念慈會擺 13 張嗎？當年徐蔚忱是《中華副刊》主編，大家相聚，也只論文，不及其他的呀。

　　楊太太不喜歡臺北，逛公司、買東西，他會不辭辛勞的回臺中去，他們房租期屆滿，不願續約，「二老」半年又回老家了。他們臺中的房子是自己的產業，當然可以說那裡是老家。

　　當我想到要「寫」他一下的時侯。打電話去要他們的相片，燕玉說：「他出去玩了，回來時教他給你回話。」

　　「不必，找妳一樣。」我說明了所需，而且強調：「找你們年輕時的一些照片，不嫌多。」

　　但寄來只有兩張，我很後悔，為什麼當他們住在這裡時，不抓住機會多照一些。

　　一個作家的成就如何，大眾讀者自有公論，我這記文友的文章，糗人瑣事者多，捧人作品者少。今天楊念慈在臺中中興大學每週有幾小時的課（我不確知他開的是什課），身分是作家兼教授，可是，在我心目中，他不脫我們山東人的泥土味。

　　他的小說，也以寫有泥土味的人物見長。他整個的作品風格，我認為是得一「樸」字，寫詞藻華麗的文章不是太難的事，返璞歸真，才見工夫。而他，一直有偉大寫作計畫。多少年前他和我談過有一篇已定題「大龍河汩汩流」，如今和讀者每天見面的又是〈大海蕩蕩〉，就借他的字，來形容他的人吧！

——選自劉枋《非花之花》

臺北：采風出版社，1985 年

廢園舊事今猶新

悼念楊念慈先生

◎王鼎鈞[*]

念慈鄉長以九三高齡福壽全歸，依例稱為喜喪，消息傳來，我仍然難以接受，他的身體一向比我好，好很多。

我到臺灣後不久，在中國廣播公司找到工作，上班沒幾天就來了他這第一位訪客，體形魁梧，寬肩厚背，一副很有擔當的樣子，九月，天氣還很熱，他穿圓領汗衫，濃眉大眼，沒刮鬍子，一張臉很像某一張照片上的海明威。一握之下，久仰大名，他正在寫〈木板屋詩抄〉，當時的讀者把他定位為詩人，他在中廣有熟人，順便看看我。

既然他是我的第一位訪客，所以印象特別深刻，交談的時間雖短，交換的訊息卻很難得，他也是抗戰時期的流亡學生，到蘭州去讀師範大學，他也是軍人，中央軍校出身的軍官，曾在魯籍名將李仙洲麾下服務，我讀流亡中學時，李將軍是我的「校長」。他比我年長三歲，讀過軍官學校，帶過兵，上過戰場，各方面比我成熟，引我傾慕。就在那一天，我問他為什麼不寫小說，我說，「我們的事情，詩怎麼能說得清楚，」他的回答是小說也在寫，我對寫小說的人一向羨慕崇拜。不僅如此，不久他到臺灣中部的實驗中學去教書，我的弟弟妹妹都是那個學校的學生，這樣日積月累，彼此有了說不完的往還。

1950、1960 年代，我這位鄉長出版了十本小說，產量豐富。那年代，從中國大陸漂流來臺的小說家多人，也都以非常的生活經驗形成創作衝

[*]作家、散文家，著有《碎琉璃》、《左心房漩渦》、《風雨陰晴》、《桃花流水杳然去》等數十本散文集，現旅居美國紐約。

動，寫作十分勤奮，情勢如兄弟登山，各自努力，瞻之在前，忽寫在後。1962 年，念慈鄉長出版長篇《廢園舊事》，在我心目中他殺出了重圍。故事背景是對日抗戰時期，國軍支持的游擊隊和共軍組成的游擊隊不能並存，小說由國軍派出一位正式軍官去擔任某一支游擊隊的參謀長開始，「廢園」是當地大紳巨室雷家的花園，「舊事」是兩支意識形態水火不容的游擊隊在這座花園內外的主力決戰。當時國軍支持的那一支游擊隊發生內爭，形同分裂，參謀長的首要任務是予以整合，內爭的原因是游擊隊的一個重要人物遇害，參謀長必須趕快破案擒兇，消除內部矛盾。

　　我覺得這個題材對小說家有三個挑戰，第一，看他怎樣寫雷家花園，這得狀物寫景，胸中大有丘壑。第二，看他怎樣查出命案真相，這要有編織情節的能力，富於想像。第三是最後決戰，要全局的戰術思想與個別的英烈行為兼顧，湧現小說的最高潮。我覺得寫這樣一部小說難度極高，而我的鄉長固優為之，尤其他寫那座廢園，格局極大，原始規畫經緯分明，一隻筆先隨著新任參謀長的視域一線展開，逐步深入，到了相當的程度，再隨著這位參謀長的了解作「面」的俯瞰，後面一連串情節的伏筆也就布建完成了。雷家花園使我想到賈府的大觀園，大觀園萬紫千紅，雷家花園大木參天，大觀園月夜飛起一隻大公雞，雷家花園白晝跑出來野獸。大觀園是南國風光，盛時綺麗，廢時頹靡，雷家花園是北地氣象，盛時雄偉，廢時肅殺。這種對照比較是很好的功課。

　　中廣公司有個節目叫「小說選播」，那時中廣每週一次的廣播劇擁有極高的收聽率，「小說選播」不啻是廣播連續劇（那時還沒有電視連續劇），小說一經選播，銷路大增，一時盛況至今猶為白頭宮女津津樂道。我搶先把《廢園舊事》送給中廣，排上檔期。第二年，他的《黑牛與白蛇》接著出版，也成為「小說選播」的重頭大戲，其間經過卻有曲折，這時，中廣節目製作的管道上多了一個人，這人為彰顯自己的存在，阻撓我的安排。那時念慈鄉長小住臺北，我勸他到中廣拜訪這位仁兄，走個過場，他立即拒絕。

　　當然，我們節目人員最後還是取得共識，《黑牛與白蛇》如期播出，而且獲得更大的成功。今天思念鄉長，重提舊事，為了談一談他的個性。我們亂世為人，飄蓬飛絮，想不到他還是稜角分明。有人告訴他，某公提到他的名字，甚表欣賞，勸他送一本書給某公加深印象。此人叮囑贈書題款時上款稱公，下款稱晚。念慈鄉長當時不置可否，後來我問送書了沒有，他說當然不送。「為什麼？」他說簽名時那個「晚」字他寫不下去。我說某公曾為大學校長，內閣部長，年齡幾乎和我們的父輩相當，我們還不算「晚」嗎？他的態度依然堅決。那一次，我發現他的性格和我是多麼不同。

　　他在好幾個學校教過書，有一次，某校的校長刻意跟他談到他的伯父楊展雲先生，楊展雲是山東著名的教育家，尤其是抗戰時期主持流亡學校，接引陷區青年，培養國家元氣，歷盡艱難，來臺灣後深受朝野尊敬。念慈一聽滋味不對，馬上正色回應：我在這裡教書是憑我自己的本事，不是靠我伯父的面子！那校長討了一個很大的沒趣。

　　我和朋友相處，常想有什麼可以回饋對方的沒有，咱們無珠無玉，有時只能贈人以言，我的「圭臬」，可能是別人的垃圾，在我們這位鄉長那裡我是碰了不少軟釘子，但是至少有一件事情他接受了我的規勸。我不止一次告訴他，媒體採用我們的文章，絕非發展文學，培養作家，他們的業務裡頭沒有這一項，他們是為了自己的需要才有副刊，才設立文藝節目，他們忙於採花摘果，他們無暇撒種培苗，我們得常常替那編輯設想，那編輯得常常替報老闆設想，他的需要和我們的旨趣互相疊合的部分，那才是我們的空間，我們得耐著性子尋找這個空間。有一天晚上我跟他大辯論，第二天他寫了一封信來表示我言之有理，這封信我保存下來了。

　　兩個性格不同的人相處久了，碰撞多了，就會互相滲透，慢慢的，我也受他的薰陶，以前不為的，我也為了，以為不守的，我也守了，有時跟人較起勁來頗令人刮目相看。一個人的行為模式不能讓人整理出規律來掌握操縱，總得常常教他猜不著。那時新聞界名人張繼高時而言談微中，有

一天，他意味深長地對我說：「一個人，若是常常不耐煩，那就表示他的前途成就到此為止了」。

　　是的，我是到此為止了，有個機會可以出國。我並沒有通知他，沒有通知一切親友，不知怎麼他在中部得到消息，跑到臺北來看我。他認為我不應該出國，他沒錯，那一條一條不該出國的理由我都知道，可是我也應該出國，那一條一條應該出國的理由他不知道，他的理由說得出來，我的理由說不出來。相交三十年，那一刻，我覺得我和他中間隔著一重山。

　　出國就像一個打牌的人離開牌桌，許多因緣斷了，有時想念他，恍如霧裡樓臺。如今他突然大去，一時萬念在心，好像要把幾十年的空隙填滿。懷念他目光炯炯，出自肝膽。懷念他聲音宏亮堅定溫和，如樂器綜合。懷念他不爭不讓不苟，沒有任何爭端由他身上引起。懷念他沉默中的自尊，與他同座的人都得提高道德水準。懷念他大踏步沉著如坦克，從未踐踏別人的影子。懷念他把一路傷心化入美學，成為大眾的精神享受。人皆有死，但是有些人不應該形體朽壞就成空化無，落月滿屋梁，猶疑照顏色，不夠，風簷展書讀，典型在夙昔，不夠，我們要尋找任何藉口認為他還存在，存在得更具體一些，靈魂，天國，眾神之子，不管聖經中有多少妄言謅語，我不放棄有神論。

——選自《文訊》第 357 期，2015 年 7 月

悼念「故事罐子」楊念慈先生

◎司馬中原[*]

　　驚聞前輩作家楊念慈先生辭世之訊，我內心起了極大的震撼。在臺灣早期文壇上，楊念慈曾紅極一時，他的多部作品，都被拍成電影，擴散到世界各國。可以說「獨領風騷若干年」，幾乎沒有幾個人能與其併比。

　　楊念慈的個性爽朗，生活面極為豐廣，而且文筆靈動，且有感人心腑的親和力，並且具有獨特的人生觀照，他自己也承認：養大我的不光是書本，而是廣大的「時代生活」。

　　事實上，他的形容，半點兒也不誇張，他在戰亂中成長，打過游擊，走過江湖，幹過不同的雜牌軍，進過火伕房，當過雜役，也擔任過班長、排長之類的低級軍官。

　　有一次，我們兩三個小兵去他家，興致昂然地聽他講故事，發現他滿肚皮都是精采的故事。他講到某個雜牌軍的一個旅團（按現代說法，就只是一個加強團而已），被派駐到一個邊遠的縣分，那些偏鄉的百姓很迷信，自己住破舊的茅草小屋，但眾多廟宇都蓋得很堂皇，磚牆瓦頂，有模有樣的。

　　一天，一個居民發現，觀音廟裡的觀音菩薩，右手的一根小指不見了，那尊菩薩並不是泥塑木雕的，祂的手全由珍貴的紅玉雕出來的，老百姓都相信，當地人絕沒有這個膽量，敢偷走觀音菩薩的小指頭，就一狀告到當地區公所去，懷疑外來駐軍可能有人偷走了那隻小指頭，區長不得

---

[*]本名吳延玫，作家、小說家，著有《荒原》、《狂風沙》、《狼煙》、《靈河》等數十部小說，曾主持廣播、電視節目《午夜奇譚》、《今夜鬼未眠》、《驚夜嚇嚇叫》等。

已，只好行文給駐軍首長，請求酌情查辦，旅團接報大怒，要求駐鄉各級部隊，帶齊所有裝備，到廟前大廣場集合，一個也不能漏，更請全鄉老百姓，都來當檢查員，只要查到哪個人身上，有一個可疑之處（包括紅玉粉末），就立刻當眾槍決。

數千個老百姓湧上來檢查，包括打開每個人的背包，解開渾身衣物，上下摸索，搞了整個上午，並沒找到任何疑點，大夥歇手後，旅團長上臺講話了。他說：「本軍成軍以來，軍紀森嚴，執法如山，從沒騷擾過老百姓一絲一毫，如今這個區長，竟然聽信謠言，損毀我軍的良好軍譽，斃之不足為惜。」

當地老百姓儘管懷疑，但抓不到一點證據，反而斃死了一位好區長，弄得有話也不敢再講了！

後來，經由當地一位黨國大佬出面，商請省方把這支雜牌軍移調他縣，這案子才「不了了之」。

這故事聽來很平淡，但當下疑點很多，第一，觀音菩薩的右手小指，究竟到哪裡去了？是有人在無意中扳斷了，還是外來的小偷偷去了呢？還是這支雜牌軍裡有人拿走了呢？如果根本找不出異常，它就不成為完整的故事了！

楊念慈當時只把這故事的上半段講完，就打了一個哈欠說：「好了！我昨天打了一夜麻將，太睏倦，要聽下面的一半，下個禮拜再來吧！」

這麼一來，害得我們幾個好幾天睡不好覺，總在想著答案，到了第二週，一早便去聽答案，楊念慈不慌不忙，先問我們的看法，是「Ａ」，是「Ｂ」，還是「Ｃ」？我們的答案中，「Ａ」、「Ｂ」、「Ｃ」都有，他卻搖頭說：「都不是，正確的答案是『Ｄ』。那支雜牌軍的軍紀，確實很嚴格，不會偷拿老百姓的東西，當地老百姓告狀也沒有錯，因為觀音菩薩右手小指確實不見了！

而區長代表區民，正式發文向駐軍查問更沒有錯，他是為全區民眾盡責任！而他被當場槍斃，實在死得冤枉！」最後，問題仍出在雜牌駐軍的

身上。

　　在雜牌軍一個大隊裡面，有一位少尉文書官，他念過中學，有著刻圖章的癖好，當時局勢混亂，一般民眾出遠門，必須要當地政府機關開出路條，證明他確是當地良民身分，為何要出門的理由，比如經商、營運、辦公等事由，以及所隨行的人數、姓名、職業等，經關卡盤查無誤，方可放行。至於雕刻圖章的材料，當然以玉石為最上品，其次為黃楊木、李木、桂木為佳，而桂木又必須在秋季桂花落盡後方可使用，至於棗木，因必須尋覓數十年老棗樹，材料極難取得，這位文書官費盡心機，好不容易找到觀音菩薩的紅玉手指，他摸來撫去，一不小心，把一截小指弄斷了，他就把它收藏起來，作為刻路條之用。誰知事後被鄉民發現，大肆追查，他便把那隻斷指，收藏在門外一盆蘭花的盆土裡面；當時他絕沒料到，以後會鬧出如此巨大的風波，甚至害得區長被當眾槍斃。部隊遷調時，他花錢買了那盆蘭花，帶到外縣市去，但仍不敢把那截斷指拿出來，刻成圖章使用。

　　後來國共內戰，他經歷過許多九死一生的戰役，跟隨軍隊撤退到臺灣，那一塊觀音菩薩的斷指，他仍然帶在身邊，他原先服務的雜牌軍被解散了，他也信了佛，但夜間經常作夢，夢到那位已經病死的旅團長官來責備他，又夢到被槍斃的區長，也來找他索命，萬不得已，他找上了楊念慈，親口告訴他既往之事，他丞盼楊念慈把這事寫出來，表明他深感懺悔的誠意，更盼老天爺原諒他的無心之過，讓他死也死得安心。

　　對楊念慈先生而言，這只是他千百個故事當中，一個很平常的小故事，對我卻有極深的感受，我雖然沒因無心之過害死過人，卻也害死過兩棵樹，一棵是校園裡的金桂樹，另一棵是校園中的黃楊木，同樣是因刻圖章的癖好引出來的。

　　我刻圖章，不能用芍藥枝，也不能用牡丹枝，那些木枝軟弱，下刀容易，變形也快速，因此常用桂樹，用不久，桂樹就死掉了，而全小學愛刻圖章的人，都採用校內大花壇上的黃楊木，刨它的根，挖它的幹，不久

後，黃楊木也逐漸枯死了。

　　楊念慈先生一肚子的故事，我們叫他故事罐子，後來叫他故事簍子，最後叫他故事籮筐，我每次去臺中，必先住在他家，癡之迷之，聽他講不完的故事，於今他魂歸極樂，我失去了聽故事的機會，人世無常此之謂乎？！

　　祝福他的家人永享安康。

——選自《文訊》第 357 期，2015 年 7 月

我的老師楊念慈先生

◎李瑞騰[*]

　　楊念慈老師 43 歲到臺中一中教書的那一年，我也來到這所名校，就讀初中一年級。那時他已出版了八部作品集（長篇六部，短篇小說集二部），其中包括他最重要的小說《廢園舊事》、《黑牛與白蛇》。

　　當然，我是不可能認識他的，更準確地說，到 1971 年 9 月，他成為我高三課堂上的國文老師，著作已累積到 14 本，我也只知道他是著名小說家，但他的小說，我一本都沒讀過，甚至於連書的樣子都沒看過；於今回想，大約也只能歸因於我的文學啟蒙太晚，但老師行事低調，進教室就是上課，在我的記憶裡，他從沒拿過一本他自己的書到課堂上，也不談他的寫作，我唯一記得他說過有關寫作之事，是他曾想讓陸游遇上李清照，而且有那麼一段情，但事實上李清照比陸游大約四十歲，即使見面，也不可能發生戀情，老師的意思大約是，小說可以虛構，但歷史必須尊重。

　　我在高二下由自然組轉社會組，對文史大感興趣；老師五十初度，不論知識涵養，或人生歷練，皆已臻圓熟，對我和班上幾位人文傾向比較強的同學，特有一種吸引力，一下課常會到講桌前問東問西，有一次我問老師，國文課為什麼一定要用課本來教，可不可以改用《古文觀止》？老師沒有正面回答我的提問，他說：「有一天你會發現，讀《古文觀止》也不夠！」多年以後，我才能懂老師說的，學海無涯啊，修習過程要有進階，學生的材質不同，體制內的學習以課本為主，有興趣者，自可旁涉更多，甚至超齡閱讀。

*發表文章時為中央大學中國文學系教授，現為中央大學文學院院長、中國文學系教授。

　　有一回，我在一篇作文上寫到，以後上臺北，我要把中國書城的書讀完。口氣甚為狂妄。其實我一點也不了解，坐落在臺北中華路西門附近的中國書城長什麼樣子，老師在文末的評語略謂：「有一天你會發現，那裡的書也不夠你讀！」那是多大的想像空間，上了臺北，去了中國書城，真的不怎麼樣啊！當我日日沉浸在大學圖書館的浩瀚書海中，也終於懂了，老師一邊抑住我的狂妄，一邊期許著我的未來。

　　對我來說，就是那一身的文人風範感動著我；走上文學這條路，要有可供學習的典型，努力前進，我在想，有一天我可以像他，左通右達，侃侃而談古往今來多少事，裡面盡是天地間一等一的英雄豪傑，宛如也就遊於聖人之門了。

　　我終於進了中文系，努力學著不薄今人愛古人，長期進出古今，就想練就一身文藝與膽識，能解聯綴的珠珠玉玉，能抗迎面而來的風風雨雨。有一段時間，我愛寫詩，寫那種被嫌得一無是處卻自以為是的現代新詩，回到臺中，到老師住的北屯國校巷，得意洋洋高談闊論詩之種種，老師也就靜靜地聽著，告訴我，心裡不要只有詩，要了解的東西很多。更後來，我才陸續發現他也曾寫過許多新詩，詩壇的朋友很多，像李莎就是他好友，黎明版《楊念慈自選集》書前小傳中說他「早歲曾出版詩集及散文集」，現只知他在 1948 年曾於河南出版過詩集《牧歌》，其他無從查考。老師很快放棄寫詩，個中原因不得而知。

　　然後啊！我便這樣一路一步一腳印，讀完大學，讀完碩、博士班，講學上庠，行走文壇。我大三那年夏天，老師從臺中一中退休，轉專任於曉明女中，也短時間應孟瑤之邀在中興大學中文系教小說。很長一段時間，沒去看他，1984 年，我接編《文訊》，1988 年起，每年辦文藝界重陽敬老聯誼活動，最先的那幾年，他都專程從臺中北上，看女兒，見見老友，我可以感受到他的欣喜之情。

　　2000 年，在陳雨航的推動下，《廢園舊事》、《黑牛與白蛇》新版上市，和女兒楊明的新書《小奸小詐之愛情習題》一起辦了新書發表會，老師親

自出席，我應邀發言，除肯定老師的小說藝術，也怨嘆了失衡的當代文學評論；2012 年，他另一名作《少年十五二十時》，在文訊雜誌社的策畫下重印新出，我特為該書編成年表，協助讀者閱讀，這一次老師因身體情況而未能北上，特以錄影致意，師母和楊明代表老師出席，言談中盡是牽繫之情。

　　我的老師楊念慈先生原是一身硬骨，淡薄名利，但他已日愈衰老，我在 2004 年指導研究生曾詩頻研究他的小說，完成論文〈楊念慈小說中家園主題研究〉，過程中也陪著一起閱讀文本；我感受到，大地蒼茫啊！一個苦難的、離散的世代過去了。而我的老師，小說家楊念慈先生，終也走完了他壯闊的一生，以樹葬和臺灣這一塊土地融成一體；而我必須好好想想，我能為他做些什麼。

——選自《文訊》第 357 期，2015 年 7 月

播種、扎根的文學旅途
楊念慈與臺中情緣六十載

◎楊明

　　作家楊念慈一生愛樹，他有一篇題為〈羨慕植物〉的散文，文中寫道：「究竟我們不是植物，不是一株花或一棵樹……如果我真是一株花或一棵樹那麼該多好。作為一個植物的我，比作為一個動物的我，必然會舒展得多，也壯麗得多……任何植物的種子，當它的上端開始萌芽，它的下端也同時扎下根鬚，而自然的擁有它腳下的那一片土地，就這樣根深葉茂，生生不已。」

　　2015 年 5 月 20 日，楊念慈以 93 歲高齡於臺中畫下人生最後一個句點，家屬依照他生前的囑咐舉行了樹葬，在神岡，楊念慈長眠於楷樹下，相傳孔子去世後，子貢將楷木苗植於墓前，因此楷樹成為尊師重道的代表，而楊念慈在臺中教了一輩子書，長眠於楷樹下是再適合不過的了。

　　楊念慈原籍山東，1922 年生，1949 年來到臺灣，初時住在臺北市中山北路一處日軍公墓裡搭起的違建，三年後遷居中部，1957 年，楊念慈與相戀的妻子結婚，臺中是他安家落戶的所在。

　　此時他已經出版了《殘荷》、《落日》、《陋巷之春》、《金十字架》等小說，其中《陋巷之春》寫的就是 1950 年代大陸人初到臺灣的生活故事，從初期的在思鄉之情中適應新環境，到短篇小說〈老王和阿嬌〉裡描寫外省退役軍人擺攤營生，愛上年輕的本省籍女傭的故事（收入《金十字架》中），也透露出一種落地生根的期盼。小說《十姐妹》描寫大陸來臺流亡學校中幾個年輕女孩的故事，靈感則來自新婚妻子。學者張瑞芬曾經指出，這些作品都見證了外省人在臺灣的活動軌跡，相當具有時代意義。

　　楊念慈在他的散文中曾經提到，求婚時沒有房子，他就在紙上畫了一間小房子，有著兩房一廳，許諾將來會給妻子一個幸福的家，離鄉背井的兩個年輕人，幾乎可以說是貧無立錐之地。也曾透過夏承楹、林海音夫婦介紹，由中部轉到臺北溝子口成舍我先生剛創辦的世界新聞職業學校任教，當時世新附近草木蔓生，在宿舍住了不到一星期，妻子就讓一條像筷子般長的大蜈蚣咬傷了，妻子害怕，楊念慈便陪著太太回轉中部。

　　當時太太在臺中草湖國小教書，他做她的眷屬，以每個月 40 元的房租，租到兩間用檳榔樹幹做棟梁的土角厝，過了一段半職業性的作家生活。

　　1959 年在草湖，楊念慈經歷了八七水災，和妻子相擁度過驚魂的風雨，感受到草湖當地溫暖的人情，房東對於兩個外鄉人的關懷，和家鄉的鄉親們一樣，臺中人有濃厚的人情味，在《犁牛之子》中，楊念慈有這樣一段描述：「正自束手無計，外面卻傳來人語，出來一看，原來是離我們最近的一家鄰居，關心我們的安危，特地冒著萬險，前來探視。在這種絕境之中，得此溫情，真讓人感動。……那天的午飯，我們就收到好幾份，雖然沒有什麼好東西，白米飯上澆著醬油，放了兩塊豆腐乳，有那溫熱的人情摻在裡頭，吃起來真不亞於山珍海錯。」這是他在水災後的親身經歷，這樣的溫情，使得臺中在不知不覺間成為他的第二家鄉。

　　不久，楊念慈赴省立中興中學教書，家也搬到南投縣中興新村，生活算是比較安定，1960 年楊念慈獲得中國文藝協會第一屆小說文藝獎章，《廢園舊事》即是這段期間完成的，二十幾萬字的長篇小說，故事場景大部分安排在戰爭的時空中，以廢園為主，發展出過往的回憶與如今人事全非的慨嘆。

　　此時《中央副刊》主編孫如陵邀他寫一部長篇連載，邊寫邊登，他夜夜趕稿，《黑牛與白蛇》就是在這樣的壓力下完成的。這部作品的時代背景在1930 年前後，以楊念慈的家鄉為原型，小說中粗壯的「黑牛」與秀雅的「白蛇」讓讀者留下深刻印象，後來此部小說改編為電影，由李翰祥執導。

　　1964 年起，楊念慈定居臺中，此時他的家庭已經由最初的兩個人增加為四個人，他和妻子生下一兒一女，開始在一心市場附近賃屋而居，不久房東收回房子，他又帶著家人搬至精武路。

　　接著，他進入臺中一中擔任國文教師，學校在進化路附近的錦村東二巷蓋起宿舍，兩層樓的房子，只有 16 坪，雖然小，卻比租屋來得安定，因為有了宿舍可以住，他還寫了一篇題為〈入蜂巢記〉的散文，文中述及臺中一中的教師宿舍發展，1967 年蓋的這一批，也就是楊念慈入住的：「27 戶新宿舍，排列在一塊不足四百坪的窪地上。是二樓的連棟式，密密的擠在一起，兩排宿舍門窗相對，中間的通路，從牆腳到牆腳不足五步。前面如此擁擠，後面也無空地，屋簷底下就是田埂……那片田還成居高臨下之勢，比房屋基地足足高了一公尺有餘，波光瀲灩，大有故鄉黃河岸邊那種堤高地陷、水漲船飛的風味。」

　　此時他和作家端木方、楚卿都是臺中一中同事，好友版畫家陳其茂也住在附近，多有來住。這段期間，楊念慈獲得教育部文學獎，代表作《廢園舊事》改編電視劇，小說中的靈魂人物大掌鞭與大酒簍分別由資深演員曹健、常楓飾演，傳唱多年的〈山南山北走一回〉是該劇主題曲；並且完成了小說《犁牛之子》，作品取材自早年居住草湖的生活經驗。

　　1975 年，來到臺灣二十餘年之後，他終於有能力買一幢屬於自己的房子，一家搬到北屯區國校巷，也算是實現了當年對妻子的許諾。後來，他從臺中一中退休，任教於曉明女中和中興大學中文系，這一個階段，他有幾本與自己生活有關的作品，如 1977 年出版的《楊念慈自選集》，書中難得收錄了年輕時的詩作，這對於以長篇小說聞名的作家而言，別具意義；又如 1980 年出版描寫對日抗戰時期幾個少年的成長故事的《少年十五二十時》，這本長篇小說具有自傳色彩，生動呈現出魯西南的故鄉面貌；另外，唯一的一本散文集《狂花滿樹》，收錄 44 篇散文，記錄了他從山東遷徙到臺中的生活痕跡與懷想，風格醇厚，在日常瑣碎裡讀到真摯情感。書中寫在臺中賃屋而居的情形：「臺中市一共只有兩座塔，舊居和新居的後窗口各

得其一。而寶覺寺的那一座塔離舊居有幾百公尺的距離，雖然在舊窗口也看得見影子，總有些模模糊糊，不甚清楚；新居就在慈航寺右後方，和這座塔只隔了兩戶人家，即在雨中，視線朦朧，也有它在後窗口點綴著那一片風景。」

在此期間，《黑牛與白蛇》再度改編為電視劇，前一次是國語連續劇，這一次是臺語連續劇，可見其影響深遠。1981 年〈大海蕩蕩〉於《中央日報·副刊》連載，為三部曲的長篇巨著，楊念慈原希望在原稿之上進行增修後再出版，但後來因為突發心肌梗塞，復原後體力大不如前，修改速度緩慢，僅第一部《大地蒼茫》由三民書局出版，第二部及第三部尚來不及出版。

1985 年應《臺灣日報》副刊主編陳篤弘之邀，撰寫專欄，名為「柳川小品」，一方面是住家國校巷位於柳川附近，因地緣關係，便作為專欄名稱，同時也因之將臺中與山東故鄉的柳坊寨在鄉情上聯繫一起。

2015 年 5 月，楊念慈在臺中辭世，在家人的陪伴之下走完他的一生，晚年深居簡出，這一生，從他 1949 年踏上臺灣這塊土地起，六十餘年來，從未離開過，如今他長眠於居住逾半世紀的臺中，在一株將會日益茁壯的大樹下。而他的作品也將根深葉茂，生生不已。

——選自路寒袖主編《臺中文學地圖——走讀臺中作家的生命史》
臺中：臺中市文化局，2015 年 12 月

向人群散發光與熱
楊念慈談寫作

◎楊錦郁*

一面操槍，一面揮筆

　　他是一個山東漢子，濃眉大眼，國字臉，眉宇之間凝聚一股英偉之氣，怎麼看，都不像是一個爬格子的人，待他開口，你馬上會發現，憑外表去判斷一個人，很容易造成假象。他溫和的談吐，恬淡的胸懷，在在都說明他是一介儒生。

　　在動盪的時代裡，楊念慈比別人來得幸運，他生長在一個已有四百多年歷史的大家族，家裡是當地的大地主，長輩們不乏留日或者北大畢業，他們讀書並不是為了得意宦途，只想要耕讀持家，所以楊家寨的門口就貼著這麼一副對聯「忠厚傳家遠／詩書繼世長」。

　　當楊念慈還是一個蘿蔔大時，就被送往私塾，和族裡的男女孩一齊擺頭誦讀著四書五經。當時私塾的夫子具有絕對的權威，採取的是打罵的教育方式，夫子規定學生每天要背一段課文。也許是天資聰穎，在別人還吟吟哦哦背個老半天時，楊念慈已經一口氣背上了七、八段。

　　課堂上的教育固然為他紮下堅實的國學基礎，課外的大自然和淳樸的民風，也滌淨了他的心靈，同時在他心底深處蘊育了許多創作的素材。

　　楊念慈在《狂花滿樹》一書裡寫道：

---

*作家。發表文章時為《聯合報・副刊》編輯，現已退休，專事寫作。

故鄉的老寨子是一個富饒而且美麗的所在，有陰暗不見天日但聞鳥鳴關關的大樹林，有到處盛開著玫瑰花和飛奔著野兔的原野；有各種各類的菓園，桃、李、梨、棗、蘋果和葡萄。

這麼一個饒富生趣的祖宅，成為他課餘穿梭的地方。而他日常所居的濟南，更是素有「四面荷花三面柳，一城山色半城湖」的景緻。

濟南是我國的古都之一，鄰近的大平原裡，處處布滿了歷史的痕跡，楊念慈在文章裡曾經提過，故鄉的土地，每一鋤掘下去，都掘不到任何石粒，泥塊裡有的是瓦礫、陶罐和甲骨。

生活在這麼一個濃郁的文化環境，楊念慈也曾不知天高地厚的揮霍一陣少年的時光，但在調皮搗蛋之後，他畢竟仍擁有一顆善感的心。尤其是故鄉自「九一八」事變後，隨時都可聽聞到日人狂焰的氣息。因此，在他小小的胸懷裡早已漲滿了澎湃的民族意識。

對日抗戰後，楊念慈親眼目睹了家破人亡的各種慘狀，再也按捺不下心中熊熊的烈火，毅然以學生的身分從軍入伍。他在戰場上和敵人正面廝殺，一群年輕人高揭著，「殺一個夠本，殺兩個賺一個」的理念，在戰場上奮身拼命。

戰爭畢竟是殘酷的，它摧毀了最美好的一部分，楊念慈看著許多優秀的同袍在戰場上相繼捐生；自己的同胞在日人的蹂躪下永無寧日。一股自肺腑直衝上來的「國仇家恨」逼使他一面操著槍，一面揮著筆，將自己的切身之痛一一記載下來。

楊念慈說，他並不是同儕中最傑出的，然而他活了下來，他一直認為，這是上天有意借助他的一枝筆，為時代做見證，所以他在文章裡一直隱棄小我，希望能將大我揭露於世人的面前。

散發光熱，增添色彩

早在中學時代，楊念慈就已開始了舞文弄墨的生涯，當時除了經常在

校刊充充場面外，偶而也對外投稿副刊。由於年輕，涉世不深，不免有一股青澀抒情的氣息，楊念慈稱這時候的自己是「一個愛好文藝的慘綠少年」。

楊念慈在日後的寫作歷程上，硬是把這段強說愁的創作時期給刪去，他自認真正開始將文藝創作當作終生的事業，是在民國 32 年，當時他 22 歲，是一個效命疆場的低級軍官，他和許多鄉土氣味很濃的小人物一齊作戰，一齊流血，甚至目睹他們犧牲。

在戰爭的臨壓下，楊念慈忽條從少年一躍為愛國憂民的成年人，他秉著「為大時代做忠實紀錄」的目標，一字一淚的刻畫出軍中那些低下人物的情感和對故土的執著。

楊念慈的作品裡，有大多數都和戰爭有關，這些作品裡的故事很多是根據真人真事，在創作過程必須將過往的記憶再重新反芻一次，有時不免一邊寫，一邊掩面而泣，但是他即為了上天賦與他的神聖使命而不辭神傷。

在寫作的道路上踽踽行了 42 個年頭，楊念慈擁有一份傲人的成績，《陋巷之春》、《風雪桃花渡》、《廢園舊事》、《黑牛與白蛇》、《少年十五二十時》等小說均曾膾炙人口，民國 70 年，他更在《中央日報》連載了〈大海蕩蕩〉，藉助著小說的主人翁 70 歲的劉一民一生的故事，來表達中華民國締造以來的艱辛。

在篇篇嘔心的創作和長久的寫實路線下，楊念慈也極思在寫作上做一番大突破，他以為寫實太久，在思路和技巧的表現上容易造成自我限制，而且隨著閱歷增廣和年歲增加，他也對寫作的態度做了一番調整，他說：

「年歲已老，寫作未輟，少壯時期那種『斯文在茲』、『捨我其誰』的氣概卻不再有了。現在只想著：寫作是一樁自娛娛人的事業，一個寫作者應該先讓自己過得舒展些，再向人群散發些光熱，為世間增添些色彩。」

在耳順之年，他計畫以民國初年作背景，撰寫十多種輕鬆有味的傳奇小說。他很清楚時下的年輕朋友對過去的滄桑並不是很感興趣，但是他仍

然堅持要寫出來，他以為總要讓青年人有機會看到，而不能讓他們看不到。

修養文學，開闊胸襟

民國 38 年，楊念慈從軍中退役下來，開始從事專業寫作。他有一群詩人朋友如覃子豪、紀弦、李莎等等，空暇時，大夥兒便湊在一塊煮茶論詩。由於楊念慈童稚時的啟蒙教育完全是文言的，因此他特別鍾情於舊詩詞的格律，對於新詩過度的提倡自由，總無法衷心接受，久而久之，他很自然的跳脫了詩的王國，一頭鑽進小說的世界。

小說是一種另一個層次的創作，長短篇小說在內容和結構的取材上各有所殊，但卻同樣令作者面臨各種挑戰，也令作者在發抒後有一種滿足的快感。

楊念慈以為，要將小說寫好，必須具備幾個基本的條件，其一是文字的基本修養。他說，「文字對作者而言，它是一項工具：交到讀者手裡，它就是小說本身，它就是作品整體，讀者必須透過文字，才能了解作者的心意，接受作者所要傳達的訊息。文字如果不合格，在作者與讀者之間造成的曲解、誤解、乃至於『不解』，必然很多，讓人瞎燈滅火，暗中摸索，那豈不是太難為讀者了？」

尤其中國文字在字義上更有多層次的韻味，如何去推敲斟酌，也成為作者在「鍊」字過程的一種樂趣。

第二個條件，則是作者對人生要有了解、對文學的看法要很準確以及人生觀的確立。

楊念慈認為，一篇小說能否成功，並不在它的形式或者內容，而取諸於作者透過小說模式所表達出來的觀念。他說，「當作者執筆為文，那怕是單純的刻畫一個人物，或者客觀的敘述一段故事，只要那些素材經過了『處理』，其上就不免沾染著作者的『手澤』。」所以作者本身的觀念很可能左右了整篇文章的精神，對讀者也有導向的功能，身為一個作者，務必

訓練自己有一種兼蓄並納的胸襟。

　　第三個條件是小說創作理論的確立。一個初入門者，最開始當然要藉助各家理論充實自己，當有一天，自己的路邁開來，則不妨由己身的創作經驗中理出一套最適合自己的論調。在長期的創作過程中，楊念慈以為自己摸索出來的理論最合用，別家的說法加在自己的創作裡，總有著礙手礙腳的感覺。

　　此外，還有一個條件也相當重要，那就是作者自我期許與自我訓練。

　　寫作就好比在開礦，礦石採掘出來，還要經過一番提煉和切磋，才可以將最好的一面呈現在讀者面前。絕不可隨便將粗糙的語言現出來，這樣會主動排斥讀者。

　　談到這裡，楊念慈說了一個小故事，他說以前在中興大學教小說選時，有一次，他要學生分別舉出自己最喜歡的作家，有一個學生說他最欣賞某某作家，楊念慈問他「為什麼？」學生回答說，「讀他的文章好親切，我寫錯的字他也錯。」

　　作者的素養如果比不上讀者，當讀者成熟升級後，就會永遠遺棄你。

一幅寬廣的天地

　　去楊府拜訪的那一天，我在臺中北屯跳下了車，北屯是一片新興的都市，兩旁的店舖林立，我順著繁華的進化路轉進北屯國小旁，循著地址川迴在巷弄間，一走到侷促的公寓附近，就悚然一驚，期望楊念慈不是被限在裡頭。總神馳他山東老寨子的那一片原野，總以為現在也該有一個寬幅的天地任他伸縮。不免為自己的這種想法感到好笑，卻一直在心裡執著住。

　　一個路過的先生善意的領著我到他們的巷口，我站在楊府的門外，「噓」了一口氣，還好有一個大院落，三十坪左右，裡面植滿了青翠的灌樹，在滂沱的雨中，我被迎了進去。

　　楊念慈一看到我要訪談的大綱，鬆了一口氣，他說：「這樣最好，光談

寫作，我不喜歡一些人老愛追問過去。」

　　他不喜歡談過去，不愛參加文學活動，他靜默時甚至顯得有些木訥笨拙，好像一個連手都不知道擺在那裡的大孩子。

　　我相信楊念慈在揮筆時，思考一定是鮮蹦活跳的，他可以不眠不休一直寫下去，一枝多變化的筆時而刁鑽、時而滑溜、時而揶揄。他的文字一會兒雷霆萬鈞，一會兒又溫婉綽約。

　　我好自私的希望他能一直寫下去，即使沒有人看都要寫。有一天，當時代的軌跡不斷的迭更，當我們都老謝，不朽的文學作品將代替我們的嘴巴，將前人的故事一代又一代的傳下去。

——選自《幼獅文藝》第 393 期，1986 年 9 月

改過向善的盜匪[*]

◎曾詩頻[**]

　　本節所要討論的是一群社會型盜匪[1]，所謂的「社會型盜匪」，指出自鄉間的不法之徒，雖然是地主及官府眼中的罪犯，卻始終留在鄉間社會，濟弱扶傾仗義行俠，是同鄉老百姓心目中的大英雄，是為眾人爭權益、尋正義的鬥士及復仇者，有時甚至是帶來解放、自由的領導人物。他們可以算是另一種類型的勇者，他們的活動範圍不會超出鄉里的區域範圍太多，通常都是因為迫不得已的理由淪為盜匪，如朱世勤原來自一個小康之家，但後來父親為奸人所陷而死，一時氣憤而殺了陷害父親的奸人，最後為了逃避官府的追捕不得已而落草為寇。

　　山東地區連年災荒不斷，加上連年的兵禍，使得百姓獲得糧食的機會大為減少，民國初年各地災荒嚴重，因此產生了大量的流民，他們從糧食不足的家鄉，一路行乞到有糧食的地方，當一地的糧食不足的時候，又迫使本來有糧食的地方的人必須跟著流徙，在生存受到威脅，而又得不到外界的奧援時，許多「盜」、「匪」、「寇」問題就因此產生。

　　在自己糧食不夠數餘的地方逢著逃荒的到來，衝突是可能發生的。如果地區大，難民眾，這個行列不能不藉武力來獲得救濟時，也就成了我們歷史上常見的各種各式的所謂「寇」和「賊」了，但是也有不少是從這

[*]編按：本文選自曾詩頻〈楊念慈小說中家園主題之研究〉第四章「鄉野人物與社會互動」第二節「改過向善的盜匪」，頁 133～150。

[**]發表文章時為中央大學中國文學系碩士生，現為中央大學附屬中壢高級中學國文科教師。

[1]艾瑞克‧霍布斯邦（Eric J. Hobsbawm）著；鄭明萱譯，《盜匪——從羅賓漢到水滸英雄》（臺北：麥田出版社，1998 年）。

些賤稱中蛻變成為「王」為「帝」的。──這是我們小農經濟中相當於
現代工業經濟中危機的現象。[2]

　　社會型盜匪不會盜取不義之財，雖然有時難免殺人立威，但實際上在
讓自己溫飽之餘，還有可能劫富濟貧，因此若百姓不與他們為難的話，他
們實際上是站在百姓這一邊。即使是當了強盜，他們的活動範圍還是不脫
離熟悉的鄉里，在他們的心裡總是為了「當土匪」感到愧疚，因此只要有
機會，找到正當的營生，他們就會放下「盜匪」的身分，回復成為正常百
姓，或是受到政府的徵召，成為為鄉里服務的好地方官。

　　本節的論述對象在於這些出自本鄉本土的盜匪，自從落草為寇之後，
如何與鄉民們互動？他們的交遊情況如何？他們後來的變化如何？有什麼
樣的特性？並深入探討他們的內心世界，以期能對小說中的被逼上梁山的
匪徒，本身德性墮落自願淪為盜匪的匪徒進行比較。以下將就此一族群的
特性，如心中永遠無法抹滅的羞慚、謙遜、重義盡忠、具深藏不露的真功
夫、而且言出必行、以誠待人等特質，一一說明。

一、社會型盜匪的代表

　　作者小說中所描述的匪徒，既沒有光鮮亮麗的外表，也沒有威風凜凜
自大自傲的態度。〈大海蕩蕩〉中的劉先生和兒子劉一民被強行「請」到清
涼寺，為土匪頭子「朱大善人」的母親治病，劉一民所看到的土匪群是這
樣的：

> 到處都是人，有的躺著，有的坐著，有的在那裡擦槍磨刀，更多的是什
> 麼事兒都不做，只是愣頭愣腦的瞪住人瞧，像一群呆鳥。那些難民的臉
> 上，就常常出現這樣茫然的神情。所不同的是，難民們大多是老弱婦

---

[2]費孝通，《鄉土中國　鄉土重建》（上海：上海觀察社，1948 年），頁 38。

孺，很少有年輕的壯丁；而這裡清一色都是男人，沒有婦女，也沒有小孩子。至於衣著裝束，這批人比那些難民也好不了什麼，一樣是蓬頭垢面，衣衫襤褸，身邊卻又放著刀呀槍呀各種凶器，看上去更覺得不倫不類，十分怪異。[3]

土匪和難民在小說中視為同樣的族群。前文已提過生活在黃土地上的百姓們，其實是最安土重遷的，他們可以在同一個地方生活數個甚至數十個世代，而不會輕易改變居住的地點，若是因為家鄉的戰亂，或是因飢荒不得已而離鄉背井，離開家鄉到外地生活的他們，通常會因為突然失去生活的依憑而感到茫然無所歸依，因此會聚集在一個地方，與相熟的同鄉共同生活，並接受他人的資助。如《罪人》劉家祜的家人因逃避匪亂而來到「朱集車站」，舉目無親的他們，只好在附近的會館中和其他的難民聚集在一起，在小小的會館裡，可能同時擠了數百甚至數千人，觸目所見都是黑壓壓的人群，這些難民們因為人數眾多，暫時聚集在這個地方，也只能偶而幫忙做做手工糊口飯吃。離家在外的難民們，由於是逃難而來，一路上可能聽聞了許多駭人的消息，身家性命似乎朝不保夕，好不容易逃到一個可以暫時棲身的地方，驚魂甫定的他們終於可以暫時喘口氣，但心裡仍然七上八下的，因為不知何時又要再度揹起行囊往下一個地點逃命，今天收留他們的人，也許明天就加入了逃難的行列。而不知局勢將如何變化？而何時才可以再度回到那屬於自己的家？由於這些「不確定」，使人無心在落腳的城市裡安身，因此只有必要時才會做些手工，其他時間則與鄉親們聚在一起，偶而想想家鄉，偶而聊聊局勢，大部分的時間則無所事事，瞪著茫然失神的眼睛，望著遠方的天空。

劉氏父子看到的土匪，與常過境鄀鼎集的難民們臉上的神情類似，不同處只在於難民逃難時，帶著一家大小隨行，而土匪則清一色是男性，除

---

[3] 楊念慈，〈大海蕩蕩 18〉，《中央日報》，1981 年 4 月 16 日，12 版。

此之外，就沒什麼不同了。在廟中的大殿裡，人們散坐在四處，有的坐著有的躺著，腦子裡不知道想到了家裡的什麼，對自己的未來也沒有明確的想法，又因為仍是本鄉本土的人，許多人可能原是務農維生的農民，所以仍學不來土匪凶惡的神情，而顯得楞頭楞腦的，十分滑稽。而在衣著方面，因為平日東奔西跑，又要躲避官府的追緝，沒有固定的聚集地，因此生活品質自然不夠好，個個蓬首垢面，衣衫襤褸，顯得十分狼狽。

「土匪」對作者而言，並不全然是「惡徒」，因為他們並非本質上的劣根性自甘墮落，和天性上想當土匪之輩不同，他們是受到現實環境的逼迫，也許受到官府的欺壓，也許一時走投無路，恰好此時出現可以依歸的團體，才會鋌而走險，走上這一條不需本錢的行業。這些在家園中出現的匪類，若有機會最終仍願意改過向善，並和一般百姓成為患難之交的好友。以下將分別針對小說中曾不幸淪為匪類，但後來改過自新的土匪人物，就他們的特色分別加以介紹。

（一）黑大漢馬志標

《黑牛與白蛇》中的馬志標剛出現時，給人的印象並不好，「個子長得太粗，看上去呆頭呆腦，笨手笨腳，嘴皮子也不夠靈活」[4]，因此被綠柳坊的人看作是個什麼也不懂的鄉下二楞子，但後來再細看黑大漢的相貌，才知道他只是不符合「細皮嫩肉」的白面書生式「好看」，但他有著高大威武的身軀，粗獷豪邁的外表，

> 六尺多高的身材，生得胸寬背厚，腳大腿粗，十分威武；臉膛兒不過是比一般人黑了些，黑臉虯鬚，配上那大眼濃眉，高鼻闊嘴，看上去，顯得渾厚而又結實。[5]

這是落難的狼狽掩蓋不住的。作者把他比喻為「安東尼・昆」或「三

---

[4] 楊念慈，《黑牛與白蛇》（臺北：麥田出版公司，2000年），頁21。
[5] 楊念慈，《黑牛與白蛇》，頁70。

船敏郎」這一型的男人，也就是在螢光幕上看到的英雄式人物。這樣的比喻是否也預示了，黑大漢後來的表現將如螢光幕前的英雄豪傑一般英武。

其實初來到綠柳坊的馬志標正帶著白娘子逃亡，因為白娘子被京裡的軍閥老爺看上了，欲收為小妾。當軍閥的小妾，雖然可以享受榮華富貴，但是實際上這位軍閥已經有許多妾了，若再加上白娘子，對元帥而言只不過是錦上添花；但對白娘子而言將是一生莫大的不幸。與白娘子相戀的馬志標當時為低階軍官，為了救白娘子脫離虎口，兩人歷經千辛萬苦，躲避官兵的追緝，邊逃亡邊賣藝營生，最後來到了綠柳坊，成為綠柳坊的一分子。外表憨蠢的黑大漢實際上來頭不小：他曾當過土匪，專門經營不需本錢的行業，後來受到招安而進入軍隊，數年之後也開始當起了低階軍官。民國初年由於連年征戰，兵力損耗極大，加上土匪也是治安上的一大隱憂，因此各地政府將土匪吸收為軍隊，一方面可減少匪股的數量，另一方面又可拓展兵源，但是由土匪轉變而來的軍人，多數仍改不了土匪的氣息，也造成了不少問題，此一部分將在第五章討論。

馬氏夫婦在綠柳坊落腳，成為守南園子的人家。馬志標已回復到尋常百姓身分，安分守己的過起平凡的生活，遠離打打殺殺的江湖歲月許久，身上的土匪與軍人習氣，此時已絲毫不見蹤影，並進一步與綠柳坊的小主人楊祖壽、門官馮二尾子等人結為好友，甚至和大管家認了乾親戚，馬氏一家與綠柳坊的人已聯繫起極為密切的關係。後來經歷了兒子馬思樂被綁架的事件，黑大漢和妻子白娘子無法接受這個殘酷的事實，因此都像是患了瘋病般的失魂落魄，只要聽到一點風吹草動，就以為是兒子回來了。馬思樂是夫妻倆唯一的孩子，所以特別疼愛，也對他寄予無限的期望，因此當知道兒子失蹤之後，黑大漢馬志標如同瘋了一樣的要尋找兒子的下落。但當兒子被救回而妻子卻不幸溺斃之後，含綠柳坊在內的聯莊會決定要攻打匪窩，因此展開了攻擊行動，在這一場攻擊行動中，黑大漢收起悲憤的心情，振作起精神，拿出軍人的本色投入戰場，眼見土匪頭子老紅毛已被大管家用長矛釘死在地上，卻不見這場禍事的罪魁禍首二掌鞭，黑大漢冷

靜的睃視著二掌鞭可能會出現的地方，後來果然見到二掌鞭出現在遠遠的山上，轉眼即將逃出眾人的視線，「黑大漢卻不慌不忙，從別人手中抓過一桿長槍，拉開槍栓，推彈上膛，然後就在原地取了一個立姿。只見他兩隻大腳，穩穩的踏定地面，六尺多高的身軀，峙立如山，槍托緊緊的抵住肩窩，槍口的準星，隨著山頂的人影，緩緩移動……只聽得──『砰！』」雖然已許多年沒有練槍，但是身手仍十分矯健，「槍聲起處，那二掌鞭的身子，在峰頂上晃了幾晃，就像被旋風裹住了的一隻風箏那樣，一個倒栽蔥，向山崖的這一面翻了下來。」臨危不亂的黑大漢彈無虛發，被槍打中的二掌鞭終於得到了他應得的報應。

黑大漢的出身雖在一般的認知裡頗為低下，但他並沒有眷戀過去當土匪那種不被認同的職業，而選擇回歸正常人的生活，當一個戀家的好丈夫，照顧鍾愛的妻子與小孩。在紛亂的時局下，黑大漢有時難免會不經意地透露想要為國效忠，出外闖蕩的心願，卻無奈有個使他掛心的家庭，讓他有後顧之憂而無法大展報國的長才，但實際上來到綠柳坊的黑大漢所有的心思都已放在家人身上，不再是以往那個逞凶鬥狠的土匪，或是在戰場上衝鋒的軍人。

（二）朱大善人

年輕的土匪頭子「朱大善人」，也就是後來在抗戰時守住魯西南要道，使山東地區的後勤補給不致斷絕的朱世勤，首次在小說中露面時，已是單縣地區家喻戶曉的土匪頭子，不明就裡的人，怎麼樣也不會想到這一位面貌清秀，看起來像個文弱書生或是世家子弟的年輕人，就是那個讓鄉民們聞之變色的朱大善人。

一個二十幾歲的年輕人，體格倒長得很魁梧，膀寬胸厚，身高總有六尺以上，只是那張面孔太端正，甚至還可以說有幾分清秀，看著實在不像一個土匪，更不像一個「大桿子頭兒」……看那年輕人舉止徐緩，心裡不禁暗暗納罕。……不但人長得體面，談吐也不粗俗，而且顯出一副很

有教養的樣子，左看像縣城裡那幾家大店鋪的小掌櫃的，右看像部鼎集附近幾座高門樓子的世家子弟。[6]

　　他就像個尋常家庭的子弟一樣，長相一般、裝扮一般、舉止也一般。若以今日的標準來看，許多年輕人到了二十幾歲也不見得有這樣的氣魄與膽識，去領導一個頗具勢力的盜匪集團，而這個集團的紀律並不因為領導者是個年輕人而散漫。反而對領導部屬很有一套，被請去清涼寺為朱老太太治病的「劉先生」父子，本因為劉一民的反抗而騷動，本可能會給劉氏父子一頓苦頭吃，但當頭頭朱大善人出現時，

　　那十幾個惡漢，一個個噤口無聲，連一口大氣都不敢出，看那種神色，就像一班小兵見了大元帥似的，又不得不相信這來者果然是他們的「頭兒」，而且還必然是一個極凶惡、極辣手的人物。[7]

　　底下一班部屬，都是來自鄉間做粗重工作的地方居民，曾是勞動人民的他們，每一個看起來都比朱大善人強壯，但神態上卻對他十分的恭謹，可見朱大善人是一個好的領導者，對領導部屬有一套使人順服的方法。其實若以小說的敘述來看，朱大善人待部屬並不崇尚嚴刑峻法，而是以賞罰分明為主，若看他文弱就覺得他好欺負就大大的錯了，他在當土匪時曾嚴厲的約束部屬的行為，若有不從則施以重罰，因此才能將一干土匪約束得井然有序。朱世勤當了魯西南地區的專員之後，乾兄弟劉一民去拜訪他，手下的部屬侯匕為了表示對劉一民的歡迎，特地以重金向一位老婦人買一顆雞蛋，做成一道炒雞蛋給劉一民吃。這是番好意，但朱世勤一看到這一盤雞蛋就臉色大變，嚴厲的質問部屬雞蛋的來處。因為他曾嚴格禁止部屬向百姓買雞蛋，因為這是物資缺乏時代最營養的補給品，若再跟百姓買來

---

[6]楊念慈，〈大海蕩蕩 17〉，《中央日報》，1981 年 4 月 15 日，12 版。
[7]楊念慈，〈大海蕩蕩 17〉，《中央日報》。

的話，百姓就沒得吃了。由此可知朱大善人不論是當盜匪或游擊隊員，都很重視部屬的紀律，若明知規矩還故意犯規的話，就會受到極為嚴厲的處罰。

二、社會型盜匪的特性

由黑大漢、朱大善人等人的身上，我們可以看到這些曾當過土匪而後來改過自新的人，通常都是有著過人的才能與高貴的情操，如槍法、膽識、氣度等，而且對一般善良百姓都很和善，並不會時時都表現出凶惡的樣子，因此和窮凶惡極的土匪有很大的不同，而這些人在小說中有一些相同的特性，以下一一說明。

（一）寧願歷史被抹去──深以過去為恥

楊念慈小說中的土匪頭子，多半以外貌的特徵作為稱號，如「老紅毛」、「蔡跛子」等，「老紅毛」的頭髮較為粗硬且偏褐色，而「蔡跛子」則是因為腳跛了。而朱大善人，也就是後來劉一民口中的「朱大哥」在當土匪的時候，被稱為「大善人」，可見他是比較有良心的土匪，他的作為並不到殘暴到令人髮指，還可能劫富濟貧，幫助需要幫助的人，但在一般百姓的印象中，總會認為土匪即使再善良，本質上還是土匪，萬變不離其宗。如霍布斯邦認為即使土匪再不願傷人，也不得不偶一為之以殺人立威，讓一般人對他們心生恐懼，才方便做事。所以不論是誰只要做了土匪，一般百姓即使只是聽到他的名號，也會感到心驚肉跳，因為他們的脾性實在怪異地令人難以捉摸，誰也不知何時會淪為土匪們殺人立威的犧牲品。即使後來這些土匪們接受政府的招安擔任官職或軍職，但在消息不靈通的鄉間小城鎮，一般百姓如何能知道當年曾經為害鄉里的土匪們，已搖身一變成為為鄉里服務的地方父母官？而即使知道這些轉變的人，也無法立時扭轉過去對他們的印象，加上也有許多接受招安的軍人，穿上軍人的制服與裝備之後，仍然從事土匪的勾當，所以同樣的事情也發生在朱大善人的身上。

當朱大善人接受招安，由土匪頭子變成山東省政府偵緝大隊的中隊長後，時常要露面去執行公務，有一次在市集上被認了出來，有人大聲喊了聲「朱大善人來了」，一瞬間就造成極大的恐慌，市集上的人片刻之間就跑光光的，留下一片空蕩蕩的市集，和散落一地的貨物細軟。若以旁觀者的角度來看這件事，會覺得像看喜劇片一樣滑稽好笑，朱大善人的角色已轉變，對人們不再造成威脅，人們莫名的害怕已不具任何意義。但

> 「朱大善人」提到這一段兒，說話的口氣也很滑稽，劉一民本來想陪著笑幾聲的，可是，看「朱大善人」的臉色，一臉尷尬，滿面羞愧，似乎他內心懊喪已極，就差著沒有掉眼淚，別人也就不好意思笑他了。[8]

這個可笑的情節，對當事人而言，卻混雜了多種複雜的情緒，包括對過往行為的懊悔與不安，對自己現在仍受人害怕感到羞愧，想必恨不得有部能消除記憶的機器，把過去的自己從大家的記憶中抹去，留下一個改過自新的朱世勤。

另外在中篇小說《巨靈》中的「魏老七」，也有相似的遭遇。魏老七和原為丁家煙店少東的丁排長（小說中的敘述者），在一次一同出任務的時候，經過一個熱鬧市集，正在餐館裡用膳時，被一群私鹽販挑釁。魏老七原想息事寧人，以任務為要，所以盡量不和他們起衝突，但後來逼不得已報出自己的名號後，所有的人呆立片刻，接著人群突然向四處逃散，在短時間內，整條人群原本攘來攘往的街道，頓時顯得空蕩蕩的，每一家店都閉門掩戶，就像遇到凶神惡煞出巡一樣，沒人敢吭一聲氣，店家連飯錢都不敢向他收取。不再當土匪的魏老七，為自己仍然受到土匪規格的「禮遇」感到惆悵，深深為自己的土匪身分感到難過與不恥。就如同一個從良的妓女，滿心想著要脫離過去紙醉金迷的日子，過起簡單的生活，但周圍

---

[8] 楊念慈，〈大海蕩蕩 269〉，《中央日報》，1981 年 12 月 24 日，12 版。

的人仍不時的提起她的過去一樣，令人感到既無力又後悔又難過，因此一
路默默的行走，丁排長形容他此時的形貌：

> 「魏副官」一直搭拉著眼皮，這時候才昂起臉來，滿臉羞惱慚愧的神
> 色，好像他對於這樣被人冷落、被人閃躲的待遇很不過意，因而有些嫌
> 惡自己。[9]

在紛亂的時代裡，人們的心理充滿了不安定的感覺，對許多事物也有
疑慮與不信任，承平時期可以被信任的支柱，到了這個時候也變得不可
靠。如平時被視為地方父母官、青天大老爺的縣太爺，也會縱容屬下錢師
爺對縣民為非作歹，害得「劉先生」受了多天的牢獄之災，還差點丟了性
命；朱大善人的父親也被奸人所害，因而逼使朱世勤憤而殺死仇人，走投
無路之下當了強盜；而平時被訓練來保家衛民的軍人，在那個時代，多半
只要經過一個地方，一定會為那個地方帶來許多災禍，即為俗稱的「過
兵」。[10]

因為以往被信賴的人都可能會成為自己身家性命的加害者，何況是平
時已被視為歹人的盜匪呢？雖然鄉民知道這些土匪有好也有壞，但又要如
何去分辨呢？力量薄弱的人民，又要如何對抗殺人不眨眼的強人呢？種種
問題都無法保持身家性命財產的安全，所以人們唯一的自保之道就是將他
們一視同仁，不管是以前當過土匪，現在已經改過了，還是正在當土匪的
人，只要和「土匪」沾上了邊，就永遠被貼上標籤，要盡量避開，這是鄉
民們面對這些人所採取的態度，正常而且合理，但對這些已經改過歸正的
「昔日盜匪」而言，卻是別有一番滋味在心頭。

---

[9] 楊念慈，〈巨靈〉，《巨靈》（臺北：立志出版社，1970 年），頁 60。
[10]「過兵」是民國初年軍閥割據時常常發生的狀況，因為當時內戰頻仍，因此到處都有士兵流竄，
這些「散兵游勇」帶著槍械，到處向百姓要糧食、錢財，並大肆破壞百姓的房子，因此給人十分
不好的印象，俗諺云：「好男不當兵，好鐵不打釘」，即因軍人的形象和土匪差不多，引起百姓的
反彈。

（二）謙遜待人、重義盡忠

> 官兒越做越大，人卻越來越謙虛，常常顯出一副誠誠惶恐、兢兢業業的
> 樣子。如果把升官不看作權位的提高，而看作是責任的加重，不正應當
> 有著這種戒慎恐懼的心情？[11]

　　曾做過強盜的朱世勤（朱大善人），　對日抗戰時因領導游擊隊抗日有
功，保衛了許多人的性命，因此獲得更高的職位。朱世勤接受招安之後，
因為曾當過盜匪，所以對盜匪有較深入的了解，因此肅清魯西南各縣的盜
匪，而在對日抗戰時，朱世勤最大的貢獻是守住魯西南這個運輸補給的要
道，

> 在這裡，他最被稱道的功績，是肅靖魯西南各縣的盜匪擾害……民國 29
> 年魯蘇戰區成立後，因各種軍事接濟的多由後方運輸，更確定魯西南在
> 軍略上的必要性，所以朱專員為協助運輸，及剿匪殺敵與堅守陣地，其
> 任務愈益繁重與迫切了！唯因於此，故省府戰區與敵周旋數年來，而迄
> 未全被封鎖與窒息者！這實在是因為魯西南尚有一條交通運輸線的存
> 在！[12]

　　這個要道的暢通確保了運輸補給物資補充順利，這時的工作十分艱
鉅，因為一方面要抵抗日軍的攻擊，另一方面又要防備共軍的偷襲，因此
朱世勤在對日抗戰方面立了很大的功勞，有能力的人要做大事，因此讓朱
世勤接受這個職位是實至名歸，但朱世勤不僅沒有志得意滿的表現，反而
覺得是一種不堪負荷、必須秉持著戒慎恐懼的態度來履行的責任。楊念慈
在此寫下朱大哥接受工作後的惶恐，反映出在家鄉的人民，是如何的謙

[11]楊念慈，〈大海蕩蕩 482〉、〈大海蕩蕩 483〉，《中央日報》，1982 年 8 月 7、8 日，12 版。
[12]李繼昶，《八年抗戰之山東》（濟南：聯友書店，1946 年），頁 67。

遜，只想著是否能將工作做好，而不會想著要如何從中趁機撈取油水，除了和以往的當權者做對比之外，也藉此表現出朱大哥懊悔曾當過土匪的心，而希望藉由對鄉里同胞的回饋，表達自己的懺悔，即使為這片土地賣命也在所不惜。

> 看了朱大哥其後的許多作為，才知道他說這句話的時候，就已經萌有死志，是打算把他那條命賠在這裡，要和城武縣這座敵後孤城共存亡的。[13]

〈大海蕩蕩〉這部小說，雖然已發表的篇幅很長，但作者原計畫要從民國初年寫到民國 70 年，但後來只寫到對日抗戰中期就因故停刊，作者寫道朱大哥「已經萌有死志……要和城武縣這座孤城共存亡」，若照小說的內容來判斷，朱世勤應會壯烈殉國，但小說並未寫到這一部分，根據李繼昶《八年抗戰之山東》這本書，可知朱世勤朱專員後來果然在一場慘烈的戰役中壯烈犧牲，

> 魯西南，以軍政意義及形勢上的重要，年來已演成敵匪的交爭之區；尤自魯蘇戰區成立，此為後方接濟魯南總部的唯有之徑，雙方的利害衝突所在，更加促了魯西南的連續紛擾！……自民國 31 年 5 月 4 日，於敵寇數千攻陷潘莊時，朱專員壯烈殉職後，各縣間一時軍政繫力的遽失，倉皇無措，局面驟變；竟遂橫逆紛至，敵匪交逞，不只省府戰區西南的交次命線，長此切斷，即魯西南的整個局勢，亦因而更陷於不堪之混擾矣！[14]

朱世勤是否就是李書中的朱世勤專員，不得而知，但朱世勤要和魯西南的縣分共存亡的心是肯定的。

---

[13] 楊念慈，〈大海蕩蕩 484〉，《中央日報》，1982 年 8 月 9 日，11 版。
[14] 李繼昶，《八年抗戰之山東》，頁 81。

接著再談到曾名動一時的魏副官，這個「副官」並不是一個正式的官銜，曾是土匪頭子的魏副官，本被稱為「魏老七」，他受到師長誠懇勸降的態度感動而接受招安，並在眾土匪的包圍下，護送師長離開危險地區，因此跟隨著師長留在部隊裡，擔任師長的貼身助理，部隊裡的人戲稱他為「副官」，因此「魏副官」的名號就這麼叫響。即使來到軍紀嚴明、「一個口令一個動作」的軍隊，魏副官的態度依然隨便，

　　那個「魏副官」卻依舊吊兒郎當，毫不在乎，在師長的面前，也是那麼鬆散自如，不受禮法拘束。[15]

這些當年曾當過盜匪，但後來接受招安的人，經歷過許多間不容髮生死一瞬的場面，所以在行為舉止上透露著看透世情的世故練達，加上已經習慣了不受拘束的生活方式，即使跟著師長住在部隊裡，魏副官也不會太注意自己的衣著，因此才會讓初出校門的丁排長注意到他。

這裡的幾段話，引自小說《巨靈》，透過曾因魏老七服裝不整而罵過他的排長，描述和魏老七在師長的筵席上再次見面，以及和他一起出任務時，所看到的魏老七，在排長猜忌的描述文字中，可以很清楚的看到魏老七的從容與瀟灑，就如同金庸小說中的洪七公，在邋遢的外表與嬉鬧的態度之外，其實隱藏了嚴肅的生命情懷。也在這些文字中看出排長的年輕與處事的生嫩，自從糾正了魏副官的服裝，並開口罵了他一頓之後，陸陸續續有人告訴他魏副官的底細，才知道原來他是盜匪出身的，又是師長的親信，所以再和魏副官見面時，丁排長對魏副官有了先入為主的成見，就會覺得心中惴惴不安，總覺得這個人「不安全」：

　　當師長介紹的時候，那個「魏副官」點頭幌腦的向我咧嘴兒一笑，正因

---

[15] 楊念慈，〈巨靈〉，《巨靈》，頁37。

> 為他這一笑太和善、太誠懇，我覺得他完全是笑裡藏刀，不定規他那心
> 裡埋伏著什麼樣兒的夜叉妖魔……[16]

　　魏副官明明笑得很和善、很真誠，把丁排長看成一個認真而又有趣的
年輕人，以魏副官和丁排長年紀上的差異，兩者可互為父子，但丁排長硬
是把他想成「笑裡藏刀」，心裡埋伏著夜叉妖魔。心中已先有了偏見，所以
不論魏副官做什麼或說什麼，都被認為別有深意，但時間久了之後，才會
發現實際上他就是這麼一個真誠的人。

> 「魏副官」卻笑嘻嘻的開懷暢飲，一邊大口的喝酒，大塊的吃肉，把成
> 斤的「二鍋頭」像喝冰糖水一般往喉嚨裡直灌，一邊還不時的偷空子朝
> 我打量幾眼，酒氣薰天，連他紅鮮鮮的酒糟鼻子都露著笑意，彷彿我是
> 一件又稀罕、又值錢的東西，越看越有趣。他那種看法實在教人發慌，
> 我覺得自己身上一陣熱又一陣涼，心裡也越發是軟怯怯的，亂糟糟的，
> 像在胸口上架了一副轆轤，十五隻水桶，七上八下的碰撞……[17]

　　丁排長和魏副官要深入敵境出差的前一天，師長請大家吃飯，魏副官
在飯局裡，因為知道丁排長這個新搭檔對魏副官有戒心[18]，所以性格頑皮的
魏副官想趁機捉弄丁排長，在飯局上頻頻對丁排長擠眉弄眼，弄得丁排長
食不知味，不知該如何是好，直覺的認為此行凶多吉少。其實魏副官若心
術不正，就不會背離原來的土匪窩，一路跟著師長從師部到師長的家鄉，
協助師長創辦學校，最後為了救一千多個平民百姓，一人和眾多土匪發生

---

[16] 楊念慈，〈巨靈〉，《巨靈》，頁40。
[17] 楊念慈，〈巨靈〉，《巨靈》，頁44。
[18] 在小說的開頭，丁排長為了魏副官邋遢的服裝，曾在眾新兵面前罵了魏副官一頓，後來才知道原
　　來魏副官並不具有官職，他原來是一個土匪，師長為了招安而陷入險境，魏副官感佩師長的精
　　神，救了他一命，從此就留在軍營裡跟著師長生活。丁排長罵過魏副官之後，才知道這些事情，
　　一方面因為魏副官曾經當過土匪，另一方面自己曾經罪過他，現在又要和魏副官一起出差，所以
　　丁排長對魏副官深具戒心，深怕半路被魏副官挾怨報復。

槍戰，最後因彈盡援絕而死。

（三）深藏不露

　　這些人的另一個特性，不論在外表或是能力上都深藏不露，不輕易讓人看穿自己的底細，這是在江湖道路上保護自己的方法。魏副官和丁排長出任務時，丁排長對魏副官的惡感與猜疑尚未盡去，當魏副官在路上看到倚門賣笑的女子，基於對女子境遇的可憐，忍不住殷切的叮嚀她們要早點改行回家，別再在外頭拋頭露面，讓父母擔心，說得那些女孩子淚眼汪汪的，被鴇母誤以為是人口販子，而把他們打了出來。

　　丁排長原本就看魏副官不順眼，所以魏副官的任何行為，透過丁排長的詮釋，通常都與魏副官的本意南轅北轍。基於年輕人的盛氣而用言語激刺魏副官，認為他是個沒有什麼大不了的傢伙，說話沒有一點分量，何必去多管閒事？這些話著實激怒了魏副官，由旁人對魏副官「當年事蹟」的描述，以及魏副官壯烈殉難的情節來看，魏副官其實並非等閒之輩，今日卻被一個初出茅廬的小伙子奚落，如何能忍得下這口氣？若是稍微把持不住的人，就會面紅耳赤地向對方談起「想當年」事蹟。但魏副官畢竟是有脾氣的，他那平時看起來不起眼的面相，在剎那間有了很大的改變：

> 話才說了一半，「魏副官」的那張老臉就脹成了豬肝，兩隻眼睛精光暴閃，教人膽寒。這老頭子渾身上下都和普通的鄉下佬一般無二，就是那一對眼睛生得怪道，當他塌拉著眼皮，低垂著眉毛，看上去原是一個好性情的老者，而偶然把眉毛一抬，把眼皮睜開，兩道冷冰冰，陰森森的寒光蒼地射了出來，卻教人覺得其心難測，不是善類。[19]

　　眼睛是否有神，關係著此人的性格，在中國面相學中，對人的「眼睛」有許多的研究。一個人的性格如何，從眼神中可以明顯地看出來，如

---

[19] 楊念慈，〈巨靈〉，《巨靈》，頁48。

項羽的「雙瞳」就是眼睛中較怪異的部分。人的舉止可以隱藏身分，但若不注意，眼神就容易洩露一個人的心情或個性，如心虛或習於說謊的人，說話時眼神會閃爍不定，而心情篤定的人，眼睛的光輝則是溫和而安定。有些人的眼睛則在不經意中照顧到所有的地方，如劉鶚《老殘遊記》中提到王小玉，說她的眼睛「如寒星、如秋水，像白水銀裡頭養著兩丸黑水銀」，而且只往臺下這麼一盼，臺下的觀眾就覺得「王小玉看見我了！」原來眼睛也有這麼大的魅力與作用。魏副官被這個年輕的小夥子撩撥幾下動了肝火，原本像菩薩一樣低眉含笑的魏副官，突然雙目一瞪，射出來的寒光足以使人畏縮，但魏副官畢竟是個老練的人，

> 他自制的工夫真高，我對他那般嘲諷譏刺，他卻像一隻狡猾的老狐狸，只那麼聳了聳毛，咧了咧嘴，一見對方有著防備，就立刻收下威勢，眼皮半閉，眉毛下垂，仍然是軟搭搭，笑嘻嘻的，一團和氣。[20]

受年輕人的言語激刺而感到憤怒是一般人正常的反應，因為這個少不更事的年輕小子，有什麼資格去批評一個身經百戰的老江湖？但魏副官並不是個輕率粗暴的人，憤怒的神色一閃而逝，隨即回復到平常的神態，魏副官深藏不露的特性在此表現。而越是不起眼的人物，出現越出人意表的行為時，戲劇的張力越大。魏副官在小說中儼然一副鄉下尋常糟老頭的模樣，衣著邋遢又好杯中物，終日笑嘻嘻的態度，讓人產生錯覺，以為此人不足為懼而對他失去戒心，其實底細不為人所探知，突然奇襲的人殺傷力才是最大的。謝冰瑩在《女兵自傳》中記載了一段故事：對日抗戰時，占領區的日軍屢次受到突擊，但是卻一直找不到突襲者，因為他們未曾將調查的方向指向手無縛雞之力的女子身上，直到後來才在婦女們行動時，抓到幾位身上有炸彈的婦女，原來她們想多殺幾個入侵者，為遠在他鄉抗日

---

[20]楊念慈，〈巨靈〉，《巨靈》，頁49。

的兄弟、兒孫、夫婿出一份心力，讓他們能早日回家。戰無不克，攻無不勝的「大日本皇軍」如何想得到會栽在這些柔弱的女子手上？

　　雖然表面上是一個糟老頭，但實際上魏老七的手上功夫很是了得。國共內戰時，魏老七以一人之力，力抗共軍，這些共軍的組成分子通常由地方土匪所組成，與救了數千條人命的魏老七出身相同。但這些共軍卻沒有魏老七的俠義心腸，反而還仗著手上強大的武力，欺壓手無寸鐵的百姓。後來丁排長聞訊率人前往救援，已過了數天之久，魏老七獨立支撐大局，最後因彈盡援絕而犧牲。丁排長從躲在一旁墓穴裡的目擊者口中，聽到魏副官英勇的表現，再檢視敵軍的屍體，發現每一個屍體都是一槍斃命，此時才知原來平時不修邊幅，態度鬆散的魏老七，是一個英勇且武藝高強的英雄，在嬉笑的外表下，有高貴的心靈。

　　再來談到侯二，〈大海蕩蕩〉中的侯二，早年跟著朱大善人當土匪，抗戰時又跟著接受招安的朱大善人當起了游擊隊員，侯二第一次出場是為了替朱大善人的母親請醫生。首次出場的裝扮「是一身莊稼人的打扮，說話的神情，倒像是走江湖、賣膏藥一類的人物」。[21] 侯二的來歷在小說中沒有交待地很清楚，但可以肯定的是侯二的反應極為迅捷，具有見過世面的世故與老練。假扮成道士的侯二，卻將劉先生請到原為和尚廟的「清涼寺」，這個謊言被劉先生拆穿時，侯二並未顯現出惱羞成怒或是驚慌失措的模樣，反而很鎮定的說「荷葉蓮花藕，三教是一家」，道士和和尚何必分得那麼清楚？這種鎮定的功夫，必須靠多年的訓練才得以成就。

　　他雖然裝扮的和一般莊稼漢無異，但也有一手好槍法，這一點可從他去捉野兔來款待劉一民，以及與趙禿兒「比槍」等情節中表現。由於漣年的戰亂，使得民生物資極度匱乏，吃食總是極為清淡，少有一餐能吃得好，侯二為了加一些野味招待到朱世勤辦公總部去的劉一民，特地到野地裡抓兔來加菜，而野兔既小動作又靈敏，若非有好槍法想抓到一隻都有困

---

[21]楊念慈，〈大海蕩蕩 14〉，《中央日報》，1981 年 4 月 12 日，12 版。

難。但當天的菜肴中，兔子的數量不少，但從劉一民抵達到辦好一桌菜餚，只花了一點點時間，侯二就抓到這許多兔子，可知侯二的槍法非常好，但平時卻並未表現出來。

　　另外一個例子就是朱世勤為了招安土匪，經過一番商議之後，決議由侯二帶著少數幾個人到匪窩交涉，希望能說服他們投降。土匪首領之一的「趙禿兒」，因為自己的弟弟行為不佳，被侯二一槍斃命，自此對侯二心懷怨恨，想挾怨報復而提議以槍法一較高下。開始比試時，趙禿兒先發制人，對準侯二的頭部就是一槍，卻射偏了。痛失先機的趙禿兒此時只有待宰的份，但侯二舉起槍的手，瞄準趙禿兒數分鐘之後，就放下來饒了趙禿兒一命，這一槍本可要了趙禿兒的性命，為地方再除一害，但侯二卻沒有這麼做，

　　　在幾百名土匪那裡落下了好評語，都說「侯二爺」年老改了性子，從前
　　　是殺人不眨眼的，如今卻有了一副菩薩心腸，大仁大義，大慈大悲。[22]

　　由此可知侯二的槍法在這一群土匪心目中的評價，人們認為侯二只是不願傷人性命，並不是槍法退步。由於這樣的作為，讓侯二化解了可能的流血衝突，土匪圈裡講究的是有恩報恩，有仇報仇，若侯二真的殺死了趙禿兒，那麼趙禿兒手下的土匪們如何能對侯二心服？

（四）言出必行、以誠待人

　　重承諾講義氣是盜匪的另一個特質，朱世勤當年是土匪頭子朱大善人時，長得並不特別威武，甚至有些文弱書生的氣質，但如何能號令群盜，讓他們對自己順服，應有一些他人所不能及的特質，以下所引這一段文字是小說中對朱世勤的人格特質的描述：

---

[22]楊念慈，〈大海蕩蕩472〉，《中央日報》，1982年7月28日，12版。

> 朱大哥應該算是一條重感情、尚義氣的血性漢子，對人裡外如一，做事直來直去，不像是具有懂計謀、耍權術那些本事……。朱大哥最大的長處，大概就只有一個字：誠，以至誠待人，以至誠行事。[23]

在社會型盜匪的社會中，「講義氣、重承諾」是基本的要求，因此每一個人對自己看得起的朋友，都是說一是一，絕不反悔，所以朱世勤是一個「以誠待人」的人，「對人裡外如一，做事直來直去」，不會拐彎抹角，耍弄權術，也因為如此，在接到掌管魯東地區保安的命令時，覺得戒慎惶恐。魏副官也是這樣的一個人，他在要隨師長離開部隊前，與丁排長相約要戒酒，丁排長本以為魏副官只是隨口說說，要不了多久就會忍不住酒癮而破了戒，所以並沒有把這個約定放在心上，沒想到後來到河南找魏副官時，師長發現丁排長未曾戒酒，對丁排長說了一段話，藉此訓勉丁排長：

> 這個人說話，向來是有一句算一句的，不論難易，說了必做，決不會虎頭蛇尾，半途而廢！更不會七折八扣，口是心非，胡亂搪塞，朦哄自己！[24]

若無法做到重「義」這一點，一個江湖人士想要在江湖上立足就有很大的困難，也唯有對得起自己的心，也對得起朋友，才算是一個可以被推崇的人。

——選自曾詩頻〈楊念慈小說中家園主題之研究〉
中央大學中國文學系碩士論文，2004 年 1 月

---

[23]楊念慈，〈大海蕩蕩 447〉，《中央日報》，1982 年 7 月 3 日，12 版。
[24]楊念慈，〈巨靈〉，《巨靈》，頁 117。

初夏時期的荷花
2012 年訪小說家楊念慈

◎張瑞芬[*]

> 敲鑼的小女人倒托著一面鑼正走到場子邊兒上向人要錢。剛才那一陣
> 亂，突然壓了下去，大家的眼睛都跟著那小女人轉，就像每一個人的脖
> 子上有一根細絲繩栓著，繩子的另一端牽在那小女人手裡，她一走動，
> 眾人的脖子都得隨她撥弄，木偶人兒似的……
>
> ——楊念慈，《黑牛與白蛇》

　　我一直覺得臺灣文學史忘了楊念慈是件不可思議的事，也一直懷疑
1950 年代外省作家真能遵循反共政策寫文章，也該是找人問問清楚的時候
了，會不會真如朱天文說的：「他們是，整個一代都被低估了」呢？

　　朱天文說的是舒暢伯伯，我則是讀完楊念慈長篇小說《廢園舊事》、
《黑牛與白蛇》後念念至今。《廢園舊事》是土八路（共軍）以製造誤解來
分化一支剿匪游擊隊（非正規軍）的故事，其中環繞著游擊隊雷司令家的
家族親情、主僕道義，謀殺事件，劇情抽絲剝繭，高潮迭起；《黑牛與白
蛇》則是土匪綁票贖人的驚險戲碼。「三山六洞十八澗」的茅草坡「老紅
毛」土匪，綁了七歲小孩馬思樂，在綠柳坊與馬志標、白娘子夫婦全力營
救下，白娘子最終以身易子，命喪老龍潭。我更難忘的是，《巨靈》中用年
輕排長丁紹震與匪寇出身的雙槍魏老七對比，呈現性格反差與「罪與罰」
的因果；〈風雪桃花渡〉裡兩個返鄉過年的學生雪夜迷途，撞進一個桃花宿

[*]逢甲大學中國文學系教授。

頭裡，險些丟了性命；〈捉妖〉則是奉派駐守老墳崗的國軍部隊，遇上土八路綁架民女並裝神弄鬼，後來在年輕連長膽大心細下識破一切，並一舉殲匪。

這些故事，十足陽剛熱血，反共抗戰加鄉野傳奇風，好看得緊。篤信小說需兼具教育性（「讀之受益」）和娛樂性（「讀得下去」）的楊念慈，天生是個說故事高手。他的小說布局迂迴懸疑，人物性格到位，語言生猛鮮活，尤其擅長類似電影的運鏡手法與精彩對白，使得戲劇張力瞬間達到最高。例如《巨靈》不正面寫魏老七當年的凶狠，反而側筆寫旁人聞名喪膽的情狀，正如《黑牛與白蛇》不寫白蛇的美貌，倒是描摹孩子眼中圍觀群眾的回應。他的鄉野奇譚如〈風雪桃花渡〉與〈捉妖〉這些故事，完全不輸司馬中原。較少為人注意的《陋巷之春》、《十姊妹》與《犁牛之子》裡，見證了外省人在臺灣的活動軌跡，時代意義相當重要。例如楊念慈寫外省退役軍人擺攤營生，戀上年輕的本地下女的〈老王和阿嬌〉（收入《金十字架》），多像林海音的〈蟹殼黃〉（收入《燭芯》）。《廢園舊事》、《黑牛與白蛇》這兩部 1960 年代曾經風靡一時的長篇，2000 年被陳雨航拿到麥田再版重印，1500 本竟銷售一空，說楊念慈不被記得，似乎也不是事實。

我想著這 1500 人，雖則不會在 Lady Gaga 演唱會上搖螢光棒，也不完全是唐諾定義下當今書市的 1500 死士（死忠核心，見好書必買之人），年紀應該都有一點了。諸如我，很不願承認的，就是他三十年前在中興中文系教過的學生。因孟瑤（揚宗珍）主任請楊念慈老師來兼課而有機緣親炙於他，當時貪玩天真，該錯過的都錯過了。那時候只知道老師是個小說家，有個讀東海中文系的女兒和我們差不多大。事實證明後來那女兒比我們管用，她叫楊明，近來筆力甚健，人卻低調。《城市邊上小生活》、《夢著醒著》這兩本書寫得挺好。

在 2012 年初夏，我才在楊老師寓所見到大師兄楊照，此楊照可非彼楊照，雖然同是臺大畢業。眉眼間長得和老師很神似。我看著楊念慈老師，即使是慈藹高齡，也感受到一股威嚴從骨子裡透出來。那種威嚴是眼神裡

的，看人時那種透徹明白。那頭腦是從年輕清楚到老的，眼花耳背都不足以掩蓋其清明。我數著穆中南、李莎、亞汀、王聿均、劉枋這些名字時，盯著他的臉瞧，只覺得他有好多故事還沒說呢！像一口深不見底的老龍潭，「秤鉈不墜，鵝毛下沉」，白娘子喪身那口。半世紀了，還幽深黝暗，像鑑照人心的古井一樣。2010 年明道大學辦王鼎鈞研討會時，和王鼎鈞美國視訊連線不成功，倒是（近年也不能出門的）楊念慈老師，親筆手書一紙短箋，被我打上螢幕，90 歲對 87，兩人山東同鄉兼好友故舊，不少人看了當場動容。

　　2010 年，我以楊念慈小說為題寫了一篇論文在成大「感官素材與人性辯證」研討會發表，同年做了一個沒頭沒腦國科會計畫，2012 年，為了給新版《少年十五二十時》寫個導讀，我再次來到臺中市北屯這一處僻靜巷弄。我看著裡頭的居民，總懷疑他們都讀了《黑牛與白蛇》，只是走來走去，假裝都沒讀過。日頭朗朗，鼠灰色石牆探出一溜紫紅小花，院牆內老樹濃蔭，像一方被遺忘的天光雲影，倒影著一個 90 歲和藹老作家健朗的身子骨和花白長鬚。正如他自己在《少年十五二十時》新版序言說的：「60 歲稱老，只能算初入老境，90 歲可真是老了，很老很老了」。

　　說他老，還真是个誇張。七十好幾（在我看來已經很老）的尉天驄老師說得直率：「司馬中原、朱西甯這些人，就是在他不太寫之後開始寫的」。時間點大約是 1960 年代中後期。若以 1970 年界分，楊念慈當時已經出了《殘荷》、《落日》、《陌巷之春》、《金十字架》、《罪人》、《十姊妹》、《廢園舊事》、《黑牛與白蛇》、《犁牛之子》、《風雪桃花渡》、《巨靈》、《老樹濃蔭》這些小說。有人戲做一聯曰：「落日殘荷彎腰柳，廢園舊事斷魂橋」（我還「飛雪連天射白鹿，笑書神俠倚碧鴛」咧！）。

　　「斷魂橋」這書僅連載未正式出版，《落日》無處可尋，連作者自己手邊也沒有了。《殘荷》、《落日》算是早期唯二以愛情為主題的。1980 年代楊念慈寫的《少年十五二十時》、《大地蒼茫》（「大海蕩蕩」第一部），散文集《狂花滿樹》，風格更加成熟，作者自言此一時期「文字的運用，真正到了

成熟的階段」，可惜被注意得更少。而 1950 年代楊念慈數量極多的散文與詩，包括 1980 年代在《臺灣日報》寫的「柳川小品」，均未結集，至今連剪報都散佚不全了。

「不能說人家忘了我，而是我出名太早」，老作家呵呵呵，緩緩說道。早年得過第一屆文協小說獎章（1960 年）、教育部文藝獎金（1969 年）。家居逼仄，藤椅背後空落落懸著高陽、羊令野、鍾雷的字，師母很可愛，說前些日子遭了小偷，「別的不拿，就拿走了王藍、呂佛庭、楚戈的畫」，好個勞倫斯‧卜洛克（Lawrence Block）筆下的雅賊羅登拔啊！再說下去，除了覃子豪，劉枋、穆中南、鍾鼎文、孫陵、李莎、亞汀、彭邦楨、方思、季薇、王聿均、楚卿、張放、何欣，就都是年輕一輩不熟的人了。

我問何欣，他說是他西北師院的同學，「我和何容比較熟」（何兆熊，國語推行委員會那個？何容是何欣的父親ㄟ）。「齊邦媛《巨流河》寫的老師，朱光潛，和我有些往來」（這是真的，1940 年代楊在軍中就常在朱光潛辦的刊物上發表），「我這輩子，只參加過一個文藝團體，就是文協」（嗯！張道藩辦的）。「青年寫作協會成立，後來和文協鬥得很厲害」。1950 年代戰鬥文藝、文藝清潔運動和他沒太大關連，「他們喊的口號，我就不大同意，不過並不影響和他們做朋友」，「我對追求名利這種事向來很冷」（用現下的話說就是「無感」或「淡定」）。窮歸窮，卻也不太妥協。

1960 年代初，平鑫濤以極高稿酬要他與皇冠簽約，條件是在任何地方寫稿都需經過皇冠同意，楊念慈沒有接受。「文協有一次罵郭良蕙（《心鎖》事件？），找我簽名，我不簽」，「軍方發動的，有一次罵瓊瑤，我也不簽」。他自忖一副山東人的硬脾氣，「勉強周全，得罪的人更多，不如一刀兩斷，到此為止」（七不堪二不能忍，如嵇康絕交於山巨源，很好！）。得罪了很多人之後，文壇上大概都知道他這脾性，也就很少找他。

就例如李升如、童世璋的「文協中部分會」、「臺灣省文藝作家協會」，多次拉他參與，他敬謝不敏。「寫就寫，搞那些團體幹什麼？」但畢竟同是作家，他和楊逵、笠詩社的桓夫（陳千武）、白荻、詹冰都有交情，久居臺

中，孟瑤、趙滋蕃、端木方、古之紅、陳定山、陳其茂、彩羽、陳篤弘、陳憲仁，連最後窮途末路住在霧峰廟裡的姜貴，他也都熟。說起柏楊、郭嗣汾、田原、公孫嬿、孫如陵、尼洛（李明）、茹茵（耿修業）、鳳兮（馮放民）、王書川和大荒早年的陳穀子爛芝麻，包括〈大海蕩蕩〉長篇連載其實不是孫如陵邀的稿，而是《中央日報》董事長曹聖芬。[1]我鴨子聽雷，宛如置身冰河期長毛象群中。乾脆搞個鬼，問郭良蕙和張漱菡那個漂亮？他居然認真回答我，兩個完全不一樣，張漱菡古典，郭良蕙現代。

　　在小小的客廳裡，時光像是凝結了。豈止訪舊半為鬼，1950 年成立的「文協」，創始會員至今十去八九。楊念慈 27 歲隨軍來臺，在第一代外省作家中算青壯輩，打過游擊，親歷戰事（司馬中原來臺時才十幾歲，《荒原》歪胡癩兒的故事多半是聽來的）。用當兵的術語說，楊念慈和陳紀瀅、王藍、端木方、郭嗣汾、潘壘、姜貴在文壇上算同梯，王鼎鈞、朱西甯、司馬中原是小老弟，梅新、段彩華、桑品載等少年兵庶幾近之。楊念慈的反共長篇（如《廢園舊事》），少見的能夠呈現 1930 至 1940 年代砲火下北方農村的真實面貌，純就藝術技巧來論，也遠勝（胡適、夏志清力捧的）姜貴《旋風》。《旋風》雖有大師加持，實則主題勝過技巧，我讀來木渣渣的，遠不如楊念慈靈動活潑。趙滋蕃也寫戰亂匪禍，《海笑》（1971 年）寫一干流亡學生投入抗戰剿匪中，氣勢磅礡，但還比楊念慈《廢園舊事》晚上十年哩！

　　據楊老師說，《旋風》寫的是寧漢分裂期間，是姜貴親身經歷的事，當時姜貴人在武漢。《藍與黑》寫抗戰時期從淪陷區到大後方的知識分子，其實寫得不大成功，因為王藍家世太好，是有錢人，家裡有麵粉、紡織大工廠，26 歲就當選國大代表，是真正第一次就選上的。

　　吾生也晚，沒能眼見《黑牛》、《廢園》在《中央副刊》連載並登上廣播與電影的盛況，勉強趕上電視劇《春雷》、《長白山上》、《藍與黑》與

---

[1]曹聖芬先口頭向楊念慈提及此事，後由孫如陵正式邀稿。

《風蕭蕭》，看的也是男女主角洪濤、沈雪珍、邵曉鈴、李芷麟、白嘉莉、江明的精湛演技。國中最早讀的是司馬中原、朱西甯，1950 年代小說，是後來中年補課，才在圖書館罕用書區把這些塵封水漬的老書讀了的。

說到趙滋蕃這個湖南人，楊念慈老師可好笑了。他說趙滋蕃和他很熟，人不錯，就是說話沒人懂，教書很吃虧。詩人彩羽（張恍）在精武路附近擺舊書攤，也是湖南人。有一次趙滋蕃在臺中演講，彩羽騾子脾氣和他臺上臺下吵架，兩人鄉音都重，沒人聽懂他們說什麼。楊念慈只好出來排解，勸二人先把國語學好再說。

楊念慈和一般行伍出身的作家氣質很不相同，舊學詩詞根柢深厚的他，先讀西北師範學院國文系，再入中央軍校，說起打仗，那是一套又一套。「我大概適合當兵，槍聲一響，我的心反而靜下來，知道敵人在哪裡了。」從軍十年，前半打日本鬼子，後半很窩囊。（國共內戰嗎？）以下的話，聽得我直吐舌頭：

> 你大概很難想像，勝利後，來臺前，大陸全部書局都在賣共產黨的書，毛澤東的書，就大模大樣的擺在那兒。當時左青領袖的書都暢銷，國民黨的人卻沒沒無名……我待過的幾個大城市，都是前腳離開，後腳就失陷，開封、鄭州、洛陽，連山東濟南也是……和共產黨打仗很殘忍的，我們連他們的部隊長是誰都不知道，關於他們的謠言很多。在火線上接觸的全是民兵，真正的共產黨在後面，叫人海戰術。民兵很可憐的，有些手裡提著手榴彈，連武器都沒有。一場小戰事，一個村莊就能死幾百人。（看來《大江大海一九四九》或《父親與民國》這種不曾眼見親歷的，還不大靠得住）

再往前推一點兒，「抗戰第二年，我的家鄉就淪陷了，當時山東省主席兼第三路軍總指揮韓復榘，擁兵三十萬，卻刻意保留實力，撤出山東，後來被押到武漢槍斃了。第三路軍留下許多人，其中一個連長，我後來跟著

他打游擊。」（七七抗戰七十幾週年快到了，這人怎麼能不出現呢？這不正是楊念慈 1980 年初版的自傳體小說《少年十五二十時》裡一群熱血少年打游擊的背景嗎？）《少年十五二十時》裡，國中畢業，15 歲的主角「我」，縣城淪陷後原想到後方當流亡學生，被祖父母強留住了。同鄉綽號大頭哥的大哥秦邦傑從前線負傷回鄉，不幸被日本鬼子抓住，斬首棄市，熱血沸騰的五哥、「我」、扁頭等在大雪天裡葬了屍首，發願結合楊家寨的武力與人力為他報仇。他們組成游擊隊偷營劫寨闖入城中，綁走漢奸「維持會」王會長，換回老秀才一條性命。而後數年楊家寨全村避走柳河口，「我」也終於遠去後方，跟上了流亡學生的隊伍，自此亡命天涯。（韓流成風，《少年十五二十時》再版改成《少年時代》算了！）

　　楊念慈老師說：

> 游擊隊我幹了好幾年，我們家鄉的游擊隊長最高司令官就是朱世勤。（天啊！不就是《大地蒼茫》中的土匪頭朱大善人？）朱世勤有個同族兄弟朱世蘭，做過高雄左營高中校長」。（？？？你老人家記憶力也太好了吧）「我們山東人，投考黃埔軍校的人很多，我的親娘舅就是黃埔前幾期的，抗戰後作了檢察長。《大地蒼茫》中劉一民的小叔（投效革命軍的飛官劉大德？）講徐州陣亡將士公墓那段，是真有其人的。

　　真有其人的，在楊念慈小說裡可多了！《殘荷》裡的男主角、《少年十五二十時》裡的「我」、《廢園舊事》裡的余志勳、《黑牛與白蛇》裡的小少爺祖壽、《大地蒼茫》裡的劉一民、《罪人》的劉家祜，包括《巨靈》中年輕氣盛的排長丁紹震。每一部小說中的第一人稱，似乎都有作者自己的影子在其中。從楊家寨裡的小少爺到年輕奉派異地的軍官，虛實真假之際，格外引動讀者的心弦。作者自言，「情節是真實的，只是經過了作者有意的變動」。

　　我不死心，再問（我論文裡討論的）為何他的小說必有「土匪」、「游

擊隊」、「綁架」這些元素？為什麼以綁架事件作為推進情節的動力？是製造懸疑、加快節奏，還是「罪與罰」的救贖意念？這種情節往往最能顯出多方人馬之間的內心衝突與人格特質吧！那麼多土匪改邪歸正，是否說明在人性的危疑間，光明與黑暗實為一體之兩面。他所要強調的，是否並非可歌可泣的大歷史，而是民間的豐沛能量？老百姓心中所謂「英雄」或傳奇人物，不是一般世俗狹隘的道德觀，反而是留存在人心裡那不絕如縷的情分或崇敬。「寇來如梳，官來如箆」，用來說《大地蒼茫》那貪婪陰險的縣太爺與錢師爺，對比猶有孝親善念的土匪「朱大善人」，不是非常恰當，又非常諷刺嗎？

說了一拖拉庫，老作家只是緩緩笑說了一句：「我被綁架過！」（我差點跌落椅子，唉呀《罪人》裡十歲被綁，繼母不肯拿錢贖他回家的劉家祜，該不會是他吧！）《罪人》一書寫戰亂中一家人生離死別，劉家祜與妹婿馬牧野（共產黨），猶如王藍《藍與黑》裡光明與黑暗的對比。這本書對楊念慈真正的意義並不是技巧的突破，而是寫出了幼時被後母凌虐的內心傷痕與家庭背景。書裡是這麼寫的：

> 繼母狠心，振振有詞的說，土匪可是不講仁義的，給了五百還有下一個五千，非傾家蕩產不可。更何況可能贖不回來，與其到時候望門討飯，不如開頭就不上這個當。土匪貼了幾次逾期撕票告示，繼母置之不理，到最後土匪認了輸，犯了「放生」的大忌，親自把劉家祜送回家裡，並說：「回家吧！小兄弟，回家對你晚娘講，俺服她了。白養了你一百多天，『拉杆兒』以來，賠錢生意俺這是頭一遭」。[2]

「土匪絕對不是很壞的人」，他正經八百的說：「我比較接近土匪，也喜歡土匪」（是喔，比起那種後母。土匪應該綁他的後母，說恁母啊抵我ㄟ

2　楊念慈，《罪人》（高雄：大業書店，1959 年），頁 23。

手頭，還比較拿得到錢）。「在我記憶中，北伐前的山東是兩種人，山上一群土匪，城裡一群土匪，只是城裡的穿軍裝罷了。兩批人鬥來鬥去，老百姓過的是苦日子。」土匪把他抓了去作雜役，恐嚇要膠貼了眼睛，蠟封住耳朵，並沒真的虐待他，幾個月後拿不到贖金把他放了。「他們就像《水滸傳》寫的一群人，半土匪半軍人。其實土八路就是土匪，給他一個番號就成了軍隊。」老作家還說到國共內戰中的李仙洲，「我進軍校就是受到他的訓練」，《大地蒼茫》裡也寫到這個人物，「李後來成了國共內戰中第一個被俘虜的國軍將領」。（這差不多是白堊紀！我再孤了一下，1894～1988，黃埔第一期畢業，1947 年 2 月 23 日在萊蕪戰役中被民眾解放軍俘虜，入東北戰犯管理所及功德林戰俘管理所學習改造。1960 年特赦釋放，後任山東省政協祕書處專員等，1988 年在濟南逝世）。

我雖頭昏眼花，但天性好疑，尤擅於不疑處有疑，覺得十分蹊蹺，為何戰鬥文藝與反共文學沒有他的名字？1950 年代在臺北，人脈創作俱豐沛，他不是該像端木方一樣寫文獎會反共小說得獎，或和王鼎鈞一樣文協「小說研究班」出身嗎？老作家氣定神閒，我倒嚇了一跳。前者是「我已經是評審」，後者是「裡邊兒當老師的，和我也很熟。和趙友培、李辰冬都在一塊，稱兄道弟的，要去做他們的學生，好像很古怪，而且也沒有必要」（唉呀呀！）。

身為文協最早創始者之一，楊念慈與張道藩、陳紀瀅，甚至女作家潘人木、郭晉秀、郭良蕙、林海音都熟。琦君這號人物，還是當年劉枋拉著他去最高法院把她找出來的（附注說明：琦君人很好。類似這種的，還有「瓊瑤人很好ㄟ」、「朱家三姊妹對我都很好」）。「每年五四很熱鬧，張秀亞特別懷念那段時間。當時臺北沒幾個地方可以開會的，中山堂若被占用，就在北一女禮堂開會。當時候女學生一下課就圍著看會員簽到簿大叫：啊！張秀亞」（老作家捋鬚笑開了，說以前作家像明星似的，師母一旁哀嘆哪像現在啊）。

我看著十分匹配的這一對，簡直沈從文與張兆和。最好的年紀，遇上

最好的人，據說師母當年是員林實中校花，煙臺聯中冤案不曉得她知道多少。多好的情分，這樣白頭到老相扶持。然而我還是不懂老師為何初到臺灣就卸下軍職，是不是和小說家舒暢一樣不受信任，被排擠出軍隊呢？這不能說的祕密，竟讓我軟硬兼施逼了出來。

　　看過《文學江湖》的人，都知道王鼎鈞當年下了基隆碼頭，脫下軍服就投稿，楊念慈（1922～2015）長王鼎鈞（1925～）幾歲，1949 年初到臺灣，他原本籍隸青年軍 265 師，任知識青年大隊第二隊少校連長（連長很大嗎？），後來在鳳山五塊厝孫立人第一軍 340 師麾下，硬生生被降了一級。不到數月，莫名其妙，部隊自清（這是瞎米？），被關了一陣放出來。分文退伍金皆無，一身軍裝就這麼走到火車站，坐車到了臺北，就此開始了「木板屋時期」鬻文為生，難民兼貧民的日子（這還能算軍中作家嗎？）。

　　這個位於中山區正由里的日本公墓簡陋住處，正是楊念慈小說《陌巷之春》的場景，單身住了三年多，這是他詩文產量最多，也是和臺北文友來往最為熟絡的時期，當時用過許多筆名，包括楊柳岸、楊葉、孫家褆，發表在《文壇》、《暢流》、《中華日報》、《自由青年》。1953 年他南下員林實中任教，認識了小他十幾歲，當時猶是女學生的李燕玉，後定居臺中，1957 年結婚，任職中興新村中興中學，避開了臺北文藝圈裡文協與青年寫作協會的互鬥，當然也避開了後來「文藝清潔運動」、「戰鬥文藝」的糾葛。（1964～1975 年在臺中一中教書，和端木方、楚卿號稱一中三劍客，還教過吳敦義與李瑞騰。在中興兼課，保真來聽了一年，這是後話了。）

　　（以下內容請轉老人說話模式，自動慢速播放……）「從大陸撤退，是一次大動亂，軍隊吸納了許多不該當兵的人，這些人不管從哪一方面來說，都不具備當兵的條件。這些人有些在軍隊東碰西撞，滿身是傷，或死了，有些人勉強適應了。軍隊生活和老百姓不同，從大陸來的，以軍為家，軍隊之外，連一點生活空間都沒有。像我這樣的很少，離了軍隊，還能教書」。老人感慨的說，在臺灣的前二十年，他一直背後都有人跟蹤，有

時莫名其妙就被抓走，也說不上什麼理由。「那些特務，本領有限」。師母在旁急揮手：「別說這些，別說這些，說這些幹什麼」。楊念慈老師山東人的直脾氣來了，坦言對某位評論者很有意見，原因是他把臺灣的反共作家都當作政府豢養的（還說到他的誰是朱光潛助手什麼，我實在聽不清了）。「這些事情，內幕很多，我不應該告訴你，你也不該打聽」。他以下說的，我聽著快流汗了：

> 我再告訴你幾句話。你寫的東西，有點替我抱屈。得獎很少，我一點也沒感到委屈。是我自己不要八！其實我的知音不少，有幾個很欣賞我也想幫助我。例如方豪，他是中央研究院院士，曾任政大文學院院長，是個神父，研究明代中西交通史的，山東作家裡，他說最欣賞的兩個就是姜貴和我。人已經不在了，人緣不太好吧，獨來獨往的。我記得他穿著很隨性，不像個神父，兩人曾在小教堂裡看郭良蕙小說，他很喜歡。（神父看《心鎖》？上網一孤，果有此人。籍隸浙江，1910～1980，中西文化俱通，戰時隨于斌樞機主教編過《益世報》，理念開通，與當時傳教風潮頗有衝突，於教會中落落寡合。）

看來不落落寡合，還很難是他的朋友。老作家還說：「在臺灣，文藝獎金不是靠作品，是靠人際關係。」（很敢講嘛！）「寫作不一定得獎嘛！我甚至給楊明說，得獎不如不得獎。」（不得獎，讓很多人問此人為何不得獎。高啊！楊老最好是看過七年級世代編的文學金典，出名要趁早，驚驚袜得等咧！更不要說現下各種要自述優良事蹟的國科會計畫、教學評鑑、傑出人才獎勵了）。「我有個毛病，文藝界交往，我不但注意作品，也注意人品。作品就是人格的再現，人品不值一提，作品也就無可觀」。「我這輩子，寫稿或出版，我都是被動的。從沒自己去求過什麼。總覺得這麼大年歲了，俯仰無愧乁」。（播放速度還是慢慢慢……）

最後那句「俯仰無愧」，驚天雷一般，轟得我頭昏眼花。最後一問，寫

作詩、散文、小說，需要不同的條件嗎？楊老師說，詩需要天賦，要有那份靈性；小說需要修養，人生的修養與技巧的修養；散文需要的條件最雜，雖說文言、白話、鄉土都可自成一格，但基本的學養還是要有的。

　　帶著難以言喻的內心激盪，我走出了老師家的老舊庭院，推開斑駁的紅門，滿地落葉。這樣的人能被懷疑什麼呢？還不如找他打打麻將說說真心話兒好，聽說他牌技甚佳。落日遲暮，殘荷凋零，一個曾經寫出這麼好的小說的作家，如果能再被年輕讀者讀著，是讀者的幸運了而不是他的。而太陽底下沒有新鮮事，我從不認為語言技巧的驚世炫技是多麼了不起的前衛手法，如果沒有真實的生活基底，不還是很虛的嗎？

　　幾個師母塞給我的豆沙粽，一吃驚豔，內餡兒很綿密，厚——連師母也是照齒工的。這初夏時期的荷花，給我的感受竟不是蒼涼，而是暖意。牆外，落日和樹影漸漸斜了。

——原載《文訊》第 321 期　2012 年 7 月

後記：校對此書時，驚聞郭良蕙以八十七高齡去世。楊老師的文友故舊，又少了一人。

——選自張瑞芬《荷塘雨聲：當代文學評論》
臺北：爾雅出版社，2013 年 7 月

楊念慈和陳其茂的自畫像

◎丁貞婉[*]

時間：2013 年 8 月 15 日
地點：臺中市北屯區楊念慈家
探訪者：丁貞婉、陳憲仁、陳篤弘、封德屏

　　《文訊》雜誌封德屏總編輯邀我一道去看楊念慈先生。他，九十高齡，近幾年少去臺北參加重陽敬老盛會；去年在紀州庵舉辦的新書發表會本想出席，後來也由作家女兒楊明代表出席。封德屏帶攝影達人特來錄影，以便今年重陽播放，聊慰朋友懸念之心。

　　我不算路癡，但上次開車去看楊先生，硬是找不到太原路三段。原來叫國校巷、北屯國小附近花木扶疏的楊家，我熟；但是什麼都更啦、改路名的，我硬是找不到，還勞楊太太燕玉到巷子口帶我。一向對臺中市的街道命名之缺乏規畫和想像力不敢領教，開車找不到路是常事。好久沒有再去看楊先生，正想上網搞清楚車子怎麼開、路怎麼走，封德屏說，明道大學的陳憲仁先生也去看楊念慈先生，他由烏日來可順道接我。臺中，極南到極北，佩服他，紛亂的路名全在掌握之中，一下子就到了。楊明笑盈盈的在路口迎我們，莫非燕玉告訴她我上次的狼狽？不、不，是她從小的貼心溫柔，讓她老遠地跑到路口。她依舊是我記憶中的恬靜、清純、苗條、美麗。二十好幾年沒見，原來她辭了友人羨慕的報社工作，去大陸修得博士學位，已經寫了四十幾本書，現在杭州傳媒學院當教授。

[*]中山大學外國語文學系退休教授。

　　時間是這樣飛逝的？

　　早晨的太陽透過那棵快要高聳入雲、枝葉茂盛的老蓮霧樹，把楊家紅色清水磁磚的院子，裝滿了光、和熱。暖暖的婆娑樹蔭，用徐徐微風，吹起一曲曲遙遠的回憶。人生有很多事物，以為水過了無痕，卻銘刻留存著，那樣清晰。

　　時間是這樣飛逝的；但，世上有飛逝的時間帶不走的。

　　進了客廳，只見楊先生長鬚飄飄、氣色挺好，扶著一支拐杖，自藤椅上起身和我們一干人打招呼。封德屏此來別有用心，想大海撈針，把楊念慈寫過失散了的散文，找出來印行。穎萍和苗妙兩個助理，早拿好了記事本，要記下他早年散文投稿的報紙副刊名稱，想來個以報追文。楊先生記憶之好，使我嘆服。他成名早、又久，大小副刊爭相約稿；哪個副刊？主編誰先誰後？都能慢慢道來。他很高興當時臺中有一大報：《臺灣日報》；有一大刊：《明道文藝》，在報刊業全盛時期領過風騷無數。《臺灣日報》當年副刊主編陳篤弘、《明道文藝》時任社長的陳憲仁，都滿面笑容，必然為自己的斐然成績感到十分欣慰。他們憶起陳其茂的藝評、歐遊隨筆，楊念慈的小說，如何經常刊登在《臺灣日報‧副刊》，吸引鎖國太久、渴望拓展時空境界讀者的熱愛。

　　東說說、西聊聊，幾乎沒有楊先生所謂的老年超級重聽的尷尬；臉色紅潤，記憶超強，談興高昂，灰灰的長鬍子也就沒什麼超齡的老態。多了個暑假回家陪老爸的寶貝女兒在旁，燕玉當通譯官就輕鬆許多，全場交談順暢愉快。遠一點左邊牆壁上一幅橄欖色調、其茂刻的《提燈籠》，少說掛在那裡也有三、四十年了吧。五、六歲的一對兄妹，像是楊照和楊明兄妹倆，手拿兔子燈籠。記得楊念慈特別喜歡這畫樸拙簡單純真的喜慶氣氛。楊先生背後一幅墨竹，兩旁古色古香的對聯，嵌有他的名字：「一念能為善；大慈即是仁」，那是羊令野的字。藝術與文學是永恆的，它們默默敘說的豈只是時間的流轉？大家談古說今，提到在紀州庵辦的《少年十五二十時》新書發表會。楊先生抓抓頭說，十分慚愧沒能出席，萬分感謝與他差

不多一樣大把年紀的老友,特地前往捧場;但他話鋒一轉,噘著嘴說,聽了發表會的錄音帶,老朋友郭嗣汾居然抓住他不在場的機會,大放厥詞,說第一次看到他,非常驚訝,驚訝怎麼天下有這麼醜的人。「我真有那麼醜嗎?」他一臉不服氣。

「我有一張你的自畫像。或許可以讓它替你平反。」我想起其茂一張保存了半世紀以上的楊念慈自畫像。

其茂是楊念慈古早古早的朋友。其茂過世時,楊先生寫過一篇〈鹿角溝的夏天〉懷念老友。他回憶初識其茂,是在大陸淪陷、他來臺之初,租住的「木板屋」時代。那時大陸慘烈的國共內戰,東西南北一股股逃難的人潮。民國 38 年政府決定遷臺,上百萬人湧到了臺灣。臺北中山北路他能租到的這個木板屋所在地,他說原本叫日本公墓,是難民營、貧民窟,連門牌都沒有,如果沒有人帶路,就算有勇氣,怕也不得其門而入。

其茂不是 1949 年顛沛流離兵荒馬亂時渡海來避難的。是民國 35 年,基隆市長石延漢聘他來臺籌辦基隆市報,大陸淪陷,回不去了。剛光復,百廢待興,印刷廠破壞,人力物力資料全不理想,基隆市報辦不成。民國 38 年這個時候,他已帶著他那六七箱世界名著、藝文書籍,從基隆而臺北而花蓮而嘉義,在鄉下鹿角溝畔的人林中學教書了。太寂寥,就到臺北走一走、看看朋友。民國 35、36 年時在臺北《臺灣日報》兼任過編輯、在《自強報》做過特約記者,有好些寫文章畫畫的朋友。是和他差不多同時來臺的詩人李莎和畫家陳庭詩,帶他去木板屋認識了楊念慈。的確,其茂說,拐彎抹角陋巷裡的小木屋,他自己是沒辦法找到的。每次從鄉下來臺兒,都由朋友帶路,去看楊念慈。但說起「木板屋時代」,並沒有日本公墓的魑魅魍魎,難民營、貧民窟的窘困;他總是眼睛發亮,回味無窮地述說他那一幫形形色色青年朋友的故事;很珍惜、很懷念。李莎、陳庭詩、方向、潘壘、方思、劉枋……都喜歡去木板屋;木板屋是那時候其茂和臺北文人朋友見面的地方。顛沛流離、困頓失所的時期,有純樸的友誼相扶持,豐碩的創作相切磋砥礪,不屈不撓,一個個都是貧窮匱乏打不敗的靈

魂。回望來時路，酸甜苦辣深刻心扉，他愛述說浪漫的楊念慈「木板屋時代」。

楊念慈自畫像畫在一張明信片大小的西卡紙上，用黑線描著一個三、四十歲的男子，方面大頭，五官清秀，微帶笑容，神情蕭穆，兩鬢、落腮、下巴、唇上有點點刮過的鬍渣，顯著一點霸氣。大片額頭的上方，濃密的頭髮，一根根整齊地向後梳理，露出兩個大耳朵。自畫像三個字寫在大頭和左肩的空白處。硬頸寬肩，挺胸縮肚，他腳踏一雙牛伯伯大頭鞋，立正向前看。長袖中山裝，硬梆梆的倒像是軍服，兩個大口袋一左一右，好像各插著一把手槍；仔細一看，原來是各塞著一大卷稿紙。兩隻手穩當地握緊一枝及胸的巨大自來水筆，筆蓋已拿開，筆尖像把匕首，支立在地面。挺瀟灑，不醜。只是讓我想起早年每遇到下雨沒帶傘，其茂都要提楊大頭，邊跑邊唱：「大頭大頭，下雨不愁，人家有傘，你有大頭。」常常還哼上一句：「……愛用顏料的機關槍，炸彈就是文人的詩章……」好像回到他們文藝不忘戰鬥，戰鬥不忘文藝的時代。

我注視著這楊念慈自畫像，比明信片窄，古舊發黃，旁邊一行小字：「楊念慈之自畫像　陳其茂　42.5.10」。

四個角角，有圖釘留下的圈圈和小小的洞，必是長久釘在其茂書房的牆上吧？民國 42 年 5 月 10 日，那是鹿角溝的春天，其茂正和郭良蕙、古之紅主辦《文藝列車》，忙著設計封面、寫文章、刻木刻，準備出版他的《青春之歌》。那是臺灣光復後第一本木刻集。楊念慈這時決定離開木板屋，準備去員林，到山東流亡學校實驗中學教書，路過大林，在其茂那裡做了不速之客，住了兩三天，一定突來靈感，畫了這自畫像。畫得挺瀟灑的，難怪郭嗣汾的那一席話，教他如此感冒。

楊念慈對大林一見傾心，愛上了鹿角溝，所以就約定夏天再來。〈鹿角溝的夏天〉裡說：

　　……住在大林鎮的兩個月，心情上盡量放鬆，刻意的避開工作，但多

年來養成的習慣，筆底下也沒閒著。其茂的兩本木刻：《青春之歌》、《原野之春》，都有我配製的小詩，特別是後者，收進去的全是他初到臺灣住在花蓮以阿美族生活為題材的木刻版畫，我配合畫意，試著作一些山歌民謠式的韻語，自認頗能掌握畫中的意趣。我曾開玩笑的跟其茂說，用這些小詩抵付他兩個月的房租，應該是足夠而有餘。……

李志銘在 2011 年得到金鼎獎的《裝幀時代》一書裡說：

這本《青春之歌》，不僅是陳其茂與眾詩家好友（方思、李莎、楊念慈）的集體創作。在圖像與文字的配合上，尤其營造出一種令人驚豔的視覺效果。你可把它看作是一本附有版畫插圖的詩集，或者也可當它是一本配著小詩文的版畫作品集。詩文字與版畫分別以不同的紙張材質印製（可見早年的設計者們已相當勇於嘗試各種特殊材料的質感變化），彼此之間構成了既獨立又融合的一種編輯形式的完美對位。

《青春之歌》裡，第　幅是其茂自畫像〈陳其茂・貓與維納斯〉，方思寫的一首詩用紅色印在半透明紙上，下面一頁的木刻畫，清楚可見：

這就是你的世界，木板與刻刀，一頭貓，一位女神，雲與鴿子，莫測的空間，神祕，以及，你開了一扇小窗。
窗帷是緞子的罷，那麼你吹毛求疵的刀將刻出什麼？就憑這塊木板？
有人說貓是溫柔少女的愛寵，貓就是少女，就是女神，你卻曾愛上了貓。昨日你宣稱將贈貓與小說家。我卻更好奇于探窺你身後的看似窄小實是無窮遠廣的空間。
那麼女神似乎亦是較易了解的。維納斯（Venus）亦好，小妹亦好。在繪畫中對鮑帖采利（Botticelli）或拉斐爾（Raphael）亦是無所偏愛的。

這就是你的世界。我感謝你讓我對之一瞥,經由你所開的小窗。

我走過了,我的愛寵亦走過。從你的小窗看出去,拉起窗帷,手執刻刀的你,你所看見的是怎樣的一個世界?

聽其茂說這幅木刻在報上一登,挨了不少罵。尤其《中央日報‧副刊》的孫如陵寫了一大篇,說他自戀狂,把自己刻得英俊瀟灑,狠狠地批判了他一番。我卻覺得其茂太著力背景的星、雲、女神、貓咪,自畫像還遠不如本人漂亮呢。不知郭嗣汾先生看到楊念慈自畫像會有什麼反應?深覺失言,趕緊面壁思過?還是也來一大篇?燕玉,我知道,一定覺得自畫像遠遠不如楊念慈本人漂亮。

互道珍重再見的時候,楊先生指著手中拐杖頭的字祝福我們說:「要健康長壽。我太太遊廬山為我帶回的。」在人生難免跌跌撞撞耳背齒搖的晚秋時節,能挺腰硬頸,瀟灑回望「少年十五二十時」,心志多麼壯麗。能優雅雍容地天增歲月人增壽,姿態多麼漂亮。

──選自《文訊》第 336 期,2013 年 10 月

荒村野寨裡的人性試練
論楊念慈小說

◎張瑞芬

> 有兩點關於我的書，也關於我本人的誤解，我應該提出來澄清一下。
> 一是我的征戰生涯到臺灣就結束了，實在不算「軍中作家」；二是
> 《廢園舊事》一直被歸類為「抗戰小說」，或者稱作「反共小說」，其
> 實，我寫這部書的心情，和寫《黑牛與白蛇》是一樣的。兩部書都是
> 抒發個人感情的懷鄉憶舊之作。《黑牛與白蛇》中有我的影子，《廢園
> 舊事》裡也有。
>
> ——楊念慈《廢園舊事》新版序[1]

一、楊念慈的文學歷程與評價

　　關於楊念慈（1922～2015），文壇素有一燈謎謎題曰「四郎探母」，打
一人名，答案就是「楊念慈」。不過身為一個晚輩讀者，有兩個問題我始終
不解，「綁架」與「土匪」，為什麼會在楊念慈小說中占有這麼重要的分
量？不是「軍中作家」，也不算「抗戰小說」或「反共小說」，那麼，這樣
一位優秀的，1950 年代即富盛名的小說家，又應該如何被正確定位在臺灣
當代文學史裡？

　　這無疑是一個冷門的提問，在當前習於以本土意識和西方理論解讀臺
灣小說發展的風潮下，頗有無處容身的尷尬。楊念慈停筆多年，目前 89 歲

---

[1] 楊念慈，〈自序〉，《廢園舊事》（臺北：麥田出版公司，2000 年 5 月），頁 8～9。

了，他的小說極盛時期是 1950、1960 年代，在這段期間寫作並出版了至少 13 部長短篇小說，《廢園舊事》、《黑牛與白蛇》、《風雪桃花渡》、《巨靈》諸作最具代表性。進入 1970 年代後，產量稍減，仍寫了《薄薄酒》、《少年十五二十時》、《大地蒼茫》等五部小說，與一本散文《狂花滿樹》（詳見文末表列）。1981 年 3 月底到 1983 年 3 月，數十萬字，整整在《中央日報‧副刊》連載了兩年尚未終卷的〈大海蕩蕩〉，成了楊念慈未完之作，多年後結集的只是第一部分《大地蒼茫》。[2]1980 年出版的自傳體《少年十五二十時》，原本要寫個第二部「八千里路雲和月」，也未能成真。由於住在臺中，1985 年楊念慈曾短期在《臺灣日報‧副刊》上寫過專欄「柳川小品」，也未結集。

　　具體說來，楊念慈的寫作大約橫跨了 1950 到 1980 年代初，三十餘年間，已結集出版的散文集只有一本《狂花滿樹》，小說集總數 18 部[3]，有人打趣作一對聯曰「落日殘荷彎腰柳，廢園舊事斷魂橋」把他的小說篇名連串起來。[4]無論質量或個人特色，楊念慈作品都極可觀，然而到目前為止，他的作品早已不易購得（目前只有 2007 年出版的《大地蒼茫》，與 2000 年再版的《廢園舊事》、《黑牛與白蛇》在市面上容易購得，其他早期發表於報刊雜誌的散文、小說大半都已散失）。關於楊念慈，沒有系統的全集整理或再版，沒有詳細的寫作年表，研究他或他的作品的也十分寂寥。[5]

---

[2]楊念慈〈大海蕩蕩〉是 1981 年應孫如陵《中央日報》邀稿而寫的連載長篇小說。第一部為「大地蒼茫」，第二部為「烽火絃歌」，第三部為「大海蕩蕩」。《大地蒼茫》是第一部內容，在作者增刪修補後，於 2007 年才由三民書局出版（上）（下）二冊，故事只到 1931 年主角劉一民與王正芳的婚禮上，收到改邪歸正的土匪「朱大善人」的賀禮。《中央日報》連載的部分，寫到抗戰勝利還都為止，可惜未能終卷。

[3]據《2007 臺灣作家作品目錄》所錄楊念慈小說凡 18 部，若扣除盜版的《暖葫蘆兒》（即《陌巷之春》）則是 17 部。事實上據應鳳凰訪楊念慈所稱，楊念慈許多小說僅發表未結集，所出的書連一半文字產量也不到，許多散文與詩作亦未曾結集。

[4]〈斷魂橋〉也曾是楊念慈 1950 年代一部長篇之名，原預定由大業出版，後因自己不滿意遂作罷。見林少雯，〈楊念慈的《殘荷》〉，《中央日報》，2000 年 1 月 15 日，22 版。

[5]除了曾詩頻〈楊念慈小說中家園主題之研究〉（中央大學中國文學系碩士論文，2004 年），僅有一二零星單篇，見本文附錄參考文獻。楊念慈多部作品至今幾乎全無評論，如《陌巷之春》、《金十字架》、《十姊妹》、《黑牛與白蛇》、《風雪桃花渡》、《巨靈》、《老樹濃蔭》、《少年十五二十時》、《薄薄酒》等，訪談亦少，較具代表性的兩篇是二十餘年前楊錦郁，〈向人群散發光與熱——楊念慈談寫作〉（1986 年）與應鳳凰，〈風格樸實的小說家——楊念慈〉（1985 年）。曾詩頻碩士論文所

　　1922 年出生[6]，在出身行伍的外省第一代小說家中，楊念慈無疑是其中
佼佼者，他的長篇比短篇知名，而「個人感情」和「我的影子」，又恐怕是
楊念慈作品裡超越戰鬥文藝和反共背景的潛在因子。一般認為他是來臺後
才寫作的，其實不然，早在 1940 年代，楊念慈時在軍中，就常在朱光潛先
生辦的雜誌上發表作品，也在《大公報》發表詩作。1948 年楊念慈於河南
開封任《征輪雜誌》主編時，還付印過一本詩集《牧歌》[7]，更早據其自述
也曾自掏腰包印了一本作品集，只是這些作品後來都散佚無傳了。[8]楊念慈
真正以寫作為業，並開始在文壇嶄露頭角，為人所知，卻是來臺之後。

　　和王鼎鈞（1925～　）這樣走過戰亂年代的文人不同的是，除了流亡學
生的經歷，楊念慈是念過軍校，當過軍官，在前線作戰過的。楊念慈
（1922～2015）籍隸山東城武縣，這個地方也正是《大地蒼茫》中主角劉
一民的故鄉。[9]老家在濟南大明湖畔，是個大地主家族（同族的人有六七百
口，住在同一座寨子裡）。據楊念慈〈憶六伯父〉一文所稱，「兩重寨牆，
四道寨門，裡裡外外，連同佃戶、長工在內，另炊別爨的人家，總在三百
戶左右」。[10]然而有關他的父母與童年，即使在自稱為自傳體的《少年十五
二十時》，楊念慈也很少表露（直到讀過小說《罪人》，讀者才能稍有理
解）。

　　楊念慈曾自稱「從 16 歲到 20 歲，我在淪陷區的家鄉打游擊」。[11]這段
歷程在自傳體《少年十五二十時》他曾披露了一部分事實。抗戰爆發那

附楊念慈寫作年表也相當簡略。
[6]據早期中央委員會文工會的簡報資料，楊念慈生年一作民國 5 年 6 月 5 日，疑誤。今據正確資料
　改正為民國 11 年 1 月 5 日。
[7]詩集《牧歌》是 1948 年由國民黨「中國文化服務社」出版的，才校對完開封便告淪陷，未詳印出
　與否，連楊念慈自己也沒有見過這本書。見林少雯，〈楊念慈的《殘荷》〉，《中央日報》，2000 年 1
　月 15 日，22 版。
[8]楊念慈記 1947 年服役軍中，駐紮開封時，帶著一本自己掏腰包印的集子，送給在河南商丘粹英中
　學教書的六伯父，卻挨了一頓訓斥，六伯父認為印書是件大事，不宜志得意滿，草率從之。見楊
　念慈，〈憶六伯父〉，《狂花滿樹》（臺北：九歌出版社，1980 年 7 月），頁 122。
[9]劉一民是山東城武縣郜鼎集人氏，此地有三千多年歷史，原是古郜國遺址，周文王之子冉季曾受
　封於此。
[10]楊念慈，〈憶六伯父〉，《狂花滿樹》，頁 118。
[11]楊念慈，〈《廢園舊事》及其他〉，《文訊》第 246 期（2006 年 4 月），頁 35。

年，楊念慈初中畢業，才 16 歲，縣城淪陷後原想到後方當流亡學生，被祖
父母強留住了。同鄉大哥秦邦傑（綽號大頭哥）從前線負傷回鄉，不幸被
日本鬼子抓住，斬首棄市，熱血沸騰的五哥、「我」、扁頭等大雪天裡葬了
屍首，發誓結合楊家寨的武力與人力為他報仇。他們組成游擊隊偷營劫寨
闖入城中，綁走漢奸「維持會」王會長，換回老秀才一條性命。而後數年
楊家寨全村避走柳河口，「我」也終於遠去後方，跟上了流亡學生的隊伍，
自此亡命天涯。

《少年十五二十時》這部出版於 1980 年的小說，筆力純熟，精采不遜
於楊念慈其他幾個成功的長篇，可惜被注意的程度似乎不足，相關討論甚
少。根據資料顯示，楊念慈後來就讀西北師範學院國文系，又投筆從戎，
正式入中央軍校 18 期畢業，十年軍伍，當過步兵、輜重兵、排長、連長，
槍法、騎術俱精。[12]根據他自己在《楊念慈自選集》（黎明文化公司，1977
年）作者小傳中稱：「自服役期間，隨軍進駐南北各地，戎馬倥傯之際，即
以舞文弄墨為事，早歲曾出版詩集及散文集」，足見早期即允文充武，是
1950、1960 年代少數兼具文學與軍事背景的作者。

1949 年來臺時之初，楊念慈 27 歲，在鳳山五塊厝，退伍後鬻文為生，
時用筆名「楊柳岸」，常向同是山東人的劉枋主編的《全民日報・副刊》投
稿。當時楊念慈不知劉枋是女子，還鬧了笑話，信上頻稱「枋兄鄉長」。據
劉枋 1980 年代中期〈汨汨蕩蕩楊柳岸——記楊念慈〉一文回憶，當時她所
編的副刊甚至一天可以刊出楊念慈兩篇不同風格的作品，「產量之豐，令人
幾乎覺得他每天不眠不休」。[13]而那些早期作品（包括許多散文，用過許多
不同的筆名發表），或許是楊念慈自覺不夠成熟，很少收入他後來的文集
中。

1950 年楊念慈移居臺北，卜居於中山北路正由里（原日本公墓，14、

---

[12]楊念慈，〈騎馬〉、〈射擊〉、〈好槍法〉，《狂花滿樹》。
[13]劉枋，〈汨汨蕩蕩楊柳岸——記楊念慈〉，《非花之花》（臺北：采風出版社，1985 年），頁 187〜
193。據此文所稱，楊念慈另有一篇小說〈大龍河汨汨流〉，後來也未完成。

15 號公園預定地）木板屋，後任《自由青年》編輯，與文壇諸人覃子豪、紀弦、李莎、王聿均、彭邦楨等時相往還，由於詩文兼擅，文友們對他頗有「鬼才」之譽。

　　當時的楊念慈，生活清苦，產量卻多。這個破陋貧民窟的棲身地，使他寫出〈木板屋詩抄〉，也是後來他寫短篇小說〈陋巷之春〉的場景。1953 年後他開始到員林省立實驗中學[14]任教[15]，也在那兒認識了李燕玉，這個小他十多歲的女學生，1957 年與他結婚，楊念慈的生活自此才稍得安頓。1960 年楊念慈榮獲第一屆「文協」小說類文藝獎章，與他同時獲獎的有張秀亞（散文類）、王鼎鈞（文學評論類）。當時楊念慈獲獎的具體成就是《殘荷》、《落日》、《陋巷之春》、《金十字架》、《罪人》、已經寫完的《十姊妹》，和在《文壇》連載並轟動當時的《廢園舊事》。

　　如今看來，楊念慈與 1950 年代官方機制、國家機器或反共政策唯一連得上邊的，也就是這個文學獎項。1960 年代後他移居臺中教書，離臺北文壇就更遠了。寫於八七水災，出版於 1962 年的《廢園舊事》並不是楊念慈創作的終極顛峰，卻絕對是楊念慈小說技巧成熟後的扛鼎之作。《廢園舊事》改編電影時，因片商認為「廢片」之稱不甚吉利，就易名為《雷堡風雲》。一個帶著文學氣息的篇名，變成了雷霆萬鈞，氣吞山河的戰爭片。

　　比《廢園舊事》稍晚一、二年寫的《黑牛與白蛇》，也是先連載於孫如陵主編的《中央日報・副刊》，而後廣播、改編電影，並登上電視，名噪一時。這兩部長篇，奠立了 1960 年代楊念慈小說不可移易的地位，是引發最多議論，最為暢銷（兩本合計銷售五萬本以上），也是一般讀者印象最深的作品。2000 年麥田出版社陳雨航再版此二書，竟然在半年內初版一千五百本銷售一空，再次創下佳績。

　　1960 年獲文協小說獎當時，楊念慈已在臺中中興新村省立中興中學教

---

[14]員林省立實驗中學簡稱「員林實中」，1949 年集合了「煙臺聯中冤案」後的山東流亡學生設立的，朱炎、王尚義、趙琦彬都曾是「員林實中」的學生。見王鼎鈞，〈匪諜是怎樣做成的〉，《文學江湖》（臺北：爾雅出版社，2009 年 3 月）。
[15]擔任文藝指導，而非正式教師。

書，《犁牛之子》裡那個鼓勵放牛小孩張志雄讀書成材的「楊老師」，隱然就有著自己的縮影。1964 年後楊念慈任教臺中一中，1969 再得教育部年度文學獎。1975 年自臺中一中退休後，改任曉明女中，並應孟瑤（揚宗珍）之邀於中興大學中文系兼課，陸續又有《風雪桃花渡》、《巨靈》、《少年十五二十時》、《大地蒼茫》與散文集《狂花滿樹》諸作。如果以 1983 年〈大海蕩蕩〉停筆起算，老作家已經睽違文壇 27 年了，身老病弱，隱居於臺中北屯，至今還沒等到一個公允的評價。[16]這個情況，和年歲相近，時常被定位為「反共小說」、「軍中作家」的趙滋蕃（1921～1986），姜貴（王意堅，1908～1980）、郭嗣汾（郭晉俠，1919～2014）、潘壘（潘磊，1927～2017）、舒暢（1928～2007）、段彩華（1933～2015）是近似的。

　　一整個時代已然逝去，文本以極快的速度在散佚中，相關研究卻未得到應有的重視。齊邦媛教授 1983 年於〈從灰濛凝重到恣肆揮灑——五十年來的臺灣文學〉中，就說過一句公道話：「實際上，在那些年月中（按：1950 年代）認真寫下重要作品的作家都不是『戰鬥文學』口號的呼喊者」。[17]在這篇文章中，齊邦媛稱許他們為當年的反共懷鄉文學開拓了寬廣的領域，提到的就是楊念慈、田原、尼洛、姜穆等。文壇素有「鼎公」之稱的王鼎鈞，在 2009 年《文學江湖》這本回憶錄中，也相當稱許楊念慈，將他和王藍、朱西甯、司馬中原在反共文學的成就中並列，並說「（他們）的敘述方式，足以開闊視野，助長文章氣勢」。王鼎鈞認為，反共文學的形式或許不是所有人都贊同，但內容與形式畢竟是應該要分開來評估的。[18]

　　從理論或流派去解讀老作家的作品，未必可行，平心而論他們的作品也不是部部都是經典，主要是當時寫作的時空環境與當今迥異。1950 年代許多軍中或剛從軍隊退伍下來的作者，煮字療飢，以微薄的稿費為生，物

---

[16]石德華，〈一涉文學豈能真正淡然〉，《文訊》第 220 期（2004 年 2 月），頁 68～69。訪談中楊念慈自稱在作家這一行中，他不算成功，並因近年文友凋零，深感惆悵。

[17]齊邦媛，〈從灰濛凝重到恣肆揮灑——五十年來的臺灣文學〉，《霧漸漸散的時候》（臺北：九歌出版社，1998 年 10 月），頁 16。

[18]王鼎鈞，〈反共文學觀潮記〉，《文學江湖》，頁 141。

質條件十分困窘，寫作技巧也還有待磨練，有許多作品現在看來當然算不得最好。

　　就文學科班出身的楊念慈而言，他的古文造詣深厚，鄉音口語道地，天生是寫小說的人才。早期（1950 年代寫的）小說已經顯露出說故事的詩意與流暢，當時的自敘意味較為明顯，《殘荷》、《罪人》（一名《黑繭》）都幾乎是自敘傳的意味。《十姊妹》難得的觸及戰亂中流亡學生在臺灣求學的處境，十個結拜的異姓姊妹各自在人海中浮沉，支線過多，結尾未免倉促，六姐魏秋雲的死和九妹李素素後來的沉淪都令人感到有些突兀。雖然有些評論者給予楊念慈早期小說「情節發展自然」、「善惡對比鮮明」的佳評[19]，包括 1960 年代獲臺灣省政府補助的《犁牛之子》，但太過正面的主題，都使得它們的藝術成就遠不及《廢園舊事》、《黑牛與白蛇》創下的高峰。

　　《殘荷》（1954 年）是一個大時代的淒婉愛情故事，敘述者「我」十年戰亂後返鄉，驚覺昔日暗戀的「蓮」表姊，已成憔悴的棄婦，「留得殘荷聽雨聲」，於此便成為一個人生缺憾的隱喻。評論者墨人以為此作哀而不傷，司徒衛則認為長於景物和情節，心理描寫稍嫌簡陋。[20]又如《罪人》（1959 年），主角人物劉家祜自小失去母親，秉性忠厚，為家人犧牲奉獻了一生，卻未得到諒解，最後病苦而死。全書用的是無名氏《北極風情畫》那種第三人稱的角度，作者得到了死者的日記，藉此敷演成全書。關於這本書與綁架事件的關係，且詳於後文再作討論。

　　單獨看《罪人》一書，理路稍嫌簡單，人物描寫略顯扁平。戰亂中一家人生死離別，劉家祜與妹婿馬牧野（共產黨）猶如王藍《藍與黑》裡光明與黑暗的對比，裘麗對劉家祜的癡心一片也顯得有些單薄。這本書對楊念慈真正的意義並不是技巧的突破，而是寫出了幼時被後母凌虐的內心傷

---

[19]季薇，〈愛的試練──讀楊著〈黑繭〉〉，《自由青年》第 23 卷第 2 期（1960 年 1 月），頁 18。

[20]墨人，〈留得殘荷聽雨聲──《殘荷》讀後〉，《聯合報》，1954 年 6 月 21 日，6 版。司徒衛，〈楊念慈的《殘荷》〉，《五十年代文學論評》（臺北：成文出版社，1979 年 7 月）。

痕與家庭背景。如楊念慈在此書序言中稱，這是「一個死者的懺悔錄」，「不是在說一個故事，而是解剖一個人物，化驗一個靈魂」，此中有著「自悼自悲的悲苦」。其女楊明多年後〈濃蔭不老，狂花滿樹〉敘及父親的寫作生活，也說：「在父親所有的作品中，《黑牛與白蛇》和《廢園舊事》是最為大家所津津樂道的，可是我特別偏愛的卻是《罪人》一書，或者是因為這本書中有著濃烈的自傳色彩，使我對於父親因為幼年喪母，渴望親情的心情產生極大的悸動」。[21]

　　「落日殘荷彎腰柳，廢園舊事斷魂橋」，聽來有那麼點淒美銷魂，破落晦暗。《殘荷》、《落日》（1956 年）二書如今跡近失傳（連作者手邊也沒有了），「楊柳岸」這個筆名也已經沒人知道，就連 1950 年代的《陌巷之春》（1955 年）、《金十字架》（1956 年）、《十姊妹》（1961 年）諸作，也甚少得到評論者贊一詞。

　　在「反共文學」概括 1950 年代之下，楊念慈的文學評價似乎也被簡化了，他是個一般人印象中「曾經暢銷一時的小說家」，事實並不僅是這樣，他描寫人物和鋪排情節的精到，完完全全不遜色於司馬中原或朱西甯，而獨特性與不可取代性，也近似之。1987 年 11 月在文建會舉辦的「文藝作品討論會」裡，楊念慈就曾和司馬中原聯袂出席，暢談其作品和心路歷程。曾有人把楊念慈《廢園舊事》和司馬中原《荒原》並列討論[22]，我倒覺得，《荒原》裡的主角歪胡癩兒和楊念慈《少年十五二十時》裡的大頭哥，也有異曲同工之妙。負傷的英雄，在雪地裡壯烈捐軀，寫下一頁不朽的史詩。

　　在楊念慈的小說裡，《廢園舊事》固然充滿戰爭的硝煙味，更多的卻是土匪和地方游擊隊的人性角力，如很經典的《黑牛與白蛇》（1963 年）、《巨靈》（1970 年）、《大地蒼茫》（2007 年），大時代只是小說的背景罷了，精

[21]楊明，〈濃蔭不老，狂花滿樹〉，《文訊》第 74 期（1991 年 12 月），頁 112～115。
[22]李宗慈，〈大時代小人物──《廢園舊事》、《荒原》的省思〉，《自由日報》，1987 年 12 月 14 日，8 版。

采處卻在那主角的內心戲裡。有許多鄉野奇譚像〈風雪桃花渡〉與〈捉
妖〉這些故事，簡直力追司馬中原《荒原》。楊念慈較少為人注意的《陌巷
之春》(〈暖葫蘆兒〉與〈陌巷之春〉)、《十姊妹》與《犁牛之子》裡，都見
證了外省人在臺灣的活動軌跡，時代意義上相當重要。例如楊念慈寫外省
退役軍人擺攤營生，戀上年輕的本地下女的《金十字架・老王和阿嬌》，可
有多像林海音的《燭芯》裡的短篇小說〈蟹殼黃〉。[23]可是人人記得林海
音，也從林海音全集中可以重溫這樣市井裡的族群融合軌跡，年輕一輩卻
鮮少人知道楊念慈了。

　　楊念慈寫作時，清楚知道一個成功的長篇小說要同時兼備娛樂性（讀
得下去）與教育性（讀之受益）。[24]他最為精到的小說技巧與魅力就是布局
迂迴、人物性格到位，語言生猛鮮活。例如《廢園舊事》中的家族親情、
主僕道義，謀殺事件抽絲剝繭，高潮迭起；《黑牛與白蛇》由一則地方上的
傳奇，演繹成土匪綁票贖人的驚險戲碼；《巨靈》中用年輕排長丁紹震與匪
寇出身的雙槍魏老七對比，呈現「罪與罰」的因果。軍旅出身的楊念慈，
他的小說總有著陽剛的硝煙味，寫實中有象徵意涵，《殘荷》、《金十字
架》、《罪人》、《少年十五二十時》、《廢園舊事》、《黑牛與白蛇》，甚至《風
雪桃花渡》與《大地蒼茫》，都有白敘傳的意味與人性的幽微，在懸疑之中
擺盪著。楊念慈曾自稱他的小說「不是在說一個故事，而是解剖一個人
物，化驗一個靈魂」，廣義而言，所指或此。

　　1960 年代初對楊念慈的小說創作是一個重要關鍵，得了文協小說獎的
肯定，加上教職穩定經濟無虞，他捨棄容易發的短篇，不再汲汲於稿費，
放棄不太擅長的小兒女情愛與市井社會主題，專心構築鄉野戰事，英雄傳
奇。果然他的靈動文筆加懸疑布局，成就了小說創作的顛峰，《廢園舊
事》、《黑牛與白蛇》幾部連載長篇，像走對了戲路一般，在文壇上建立了

---

[23]林海音，〈蟹殼黃〉，《燭芯》（臺北：文星出版社，1965 年 4 月），頁 129～141。寫的是三個外省
　人合開早餐店，賣蟹殼黃燒餅，老闆老黃後來娶了本地女工阿嬌，成就一段良緣，頗有本省外省
　一家親的意味。

[24]楊念慈，〈《廢園舊事》及其他〉，《文訊》第 246 期，頁 35。

不可取代的地位。1980 年代初雄心未已的〈大海蕩蕩〉，筆力未頹，劇力萬鈞，仍然十分精采好看，雖未續完[25]，仍是非常成功的作品。

大體而言，楊念慈無疑是走老寫實路線的小說家，但他對小說技巧是很講究的（無論是象徵手法或人物心理刻畫），自稱不甚注意文學上的各種主義或流派，並認為自己的小說「大部分都是寫實」[26]，並且「大多取材於自己的記憶，故事和人物都是現成的，不必費心思去構想一些無中生有的東西」。[27]他所書寫的重點是人性的展現與試練，與大時代的反共背景倒是並無太大關聯。

在 1963 年《文壇》季刊第 33 期中，楊念慈以〈我怎樣寫《廢園舊事》〉一文夫子自道說：「任何作品，不管是用第一人稱或第三人稱寫的，必有作者自身的生活經驗投影其中。作品由作者產生，兩者的關係可謂骨肉相連，是作者自己的血淚賦予作品的生命」。身為一個曾經在前線浴血奮戰的帶兵官，無論後方、前線、游擊區，楊念慈都待過，真實的槍戰經驗是他和一般文人最大不同之處。「對過去那些和我並肩作戰而光榮殉國的伙伴，我比別位作家更多著一份責任」。《廢園舊事》這本起筆於 1951 年，出版於 1962 年的長篇，楊念慈自稱，其寫作初衷就是「為那些我所熟悉的勇士義民繪像立傳」。[28]

我們必須要留意的是，儘管楊念慈小說中「共軍」、「八路」的確等同負面形象，但楊念慈所在意的不是國家，也不是信仰，是「為那些我所熟悉的勇士義民繪像立傳」。勇士義民，俱為兵馬戰亂中的螻蟻，時代烈焰中的灰燼。可能是《廢園舊事》裡的正規軍官余志勳，也可能是《巨靈》裡

---

[25]楊念慈在《大地蒼茫》自序中說，當年寫到八十萬字，約是全書字數之半，有一位《中央日報》董事向副刊室抱怨連載得太久了，他一氣在最後一批送出的稿件尾端寫下：「拙稿連載經年，恐讀者生厭，就此擱筆」，主動結束了自己。

[26]楊念慈，〈我怎樣寫《廢園舊事》〉，《文壇》季刊第 33 期（1963 年 3 月），頁 17～19。

[27]楊念慈，〈《廢園舊事》及其他〉，《文訊》第 246 期，頁 35。

[28]楊念慈，〈我怎樣寫《廢園舊事》〉，《文壇》第 33 期。文中提到《廢園舊事》在 1951 年就寫出了一部分，被彭邦楨拿去《中國青年》發表，當時篇題誤植為「慶園橋事」，1961 年因《文壇》主編穆中南之邀才完整連載寫出。

改邪歸正光榮捐軀的土匪頭雙槍魏老七；是《大地蒼茫》裡參加了革命軍光榮殉難的飛官小叔劉大德，也是棄暗投明後成為山東省偵緝隊長、保安司令的土匪「朱大善人」。

楊念慈又最擅長寫小人物，幾個故事配角，寫得鬚毫畢現，栩栩如生。《大地蒼茫》裡收賄的錢師爺嘴臉，《廢園舊事》愚直卻忠誠的大酒簍，《黑牛與白蛇》懦弱而義氣的涼帽禿兒馮二尾子，加上主線人物──蠻勇但護子心切的馬志標，溫婉又堅毅的白娘子。這些參差對照的性格與命運，成了楊念慈筆下真正精采的關目。世間沒有絕對的善人與惡人，在戰火兵燹之中，只是看得更清楚一些罷了。

人的因素，在楊念慈小說裡比重極大，在這些情節張力中，有著人性的角力，善惡的拉鋸，是非只在一念之間，而「綁架」又往往顯出多方人馬之間的內心衝突與人格典範。楊念慈幾本知名小說的真正重點其實是人性或人性的試練。他向來不是意念先行的，故事在荒村野寨中生發起落，扣人心弦，內心戲十足，正如齊邦媛所說，抗戰或反共因素其實不高，說鄉土或憶舊也稍嫌窄化了。[29]文學史若將楊念慈歸入軍中作家或反共小說一類，是著重於小說外在的形式背景，而忽略了它的內容意涵了。

楊念慈所有作品的全面討論與評價，由於牽涉較廣，應另立專文為之，本文所要聚焦的是《廢園舊事》、《黑牛與白蛇》、《巨靈》、《風雪桃花渡》與《大地蒼茫》。在這幾部經典作中，不約而同出現的「綁架」、「土匪」、「游擊隊」，它所代表的涵義是什麼？楊念慈為什麼慣常以綁架事件作為推進情節的動力？是製造懸疑、加快節奏，還是「罪與罰」的救贖意念？他的小說裡，那麼多土匪改邪歸正，在人性的危疑間，光明與黑暗實為一體之兩面。他所要強調的，是否並非可歌可泣的大歷史，而是民間的豐沛能量？老百姓心中所謂「英雄」或傳奇人物，不因為狹隘的道德觀，反而是留存在人心裡，不絕如縷的情分或崇敬。「寇來如梳，官來如篦」，

---

[29]曾詩頻，〈楊念慈小說中家園主題之研究〉，即以「家園」為主題討論楊念慈所有小說內容。

用來說《大地蒼茫》那貪婪陰險的縣太爺與錢師爺，對比猶有孝親善念的
土匪「朱大善人」，不是非常諷刺嗎？

二、綁架！綁架！綁架！

在楊念慈所有小說中，最著名的綁架案當屬《黑牛與白蛇》。「三山六
洞十八澗」的茅草坡「老紅毛」土匪，綁了七歲小孩馬思樂，綠柳坊與馬
志標、白娘子夫婦全力營救，白娘子最終以身易子，命喪老龍潭。

在這個長篇中，綁架事件不但成為全書主軸，也是蓄積張力，推進情
節，顯現故事人物性格的絕佳方式。然而除了《黑牛與白蛇》（1963 年）
外，《廢園舊事》（1962 年）、《巨靈》（1970 年）、甚至《風雪桃花渡》（1969
年）裡的〈山神〉也都非常典型。可以說，綁架事件成為 1960 年代楊念慈
鄉野小說中的極重要元素，它極少成功（綁匪真正獲得贖金，或得遂心
願），而兩股勢力的對峙或善惡兩方的心理掙扎，成為小說成功的主因。

《黑牛與白蛇》全篇的主要結構是「土匪」（茅草坡老紅毛）與「良
民」（楊家寨、馬志標、白娘子）兩股力量的對峙，和稍早《廢園舊事》
「游擊隊」（雷聲宇十五縱隊）對上「土匪」（土八路）略有不同。但仔細
看《廢園舊事》這椿土八路（共軍）以製造誤解來分化一支剿匪游擊隊
（非正規軍）的故事，從一開始參謀長余志勳奉調整頓雷司令的游擊十五
縱隊，以外甥的身分調查表哥雷驚龍（雷司令的侄子）被槍殺事件的真
相，雷驚龍之妻羅秋雲對余志勳及雷家相當不諒解，余志勳此時就形同被
綁進了一椿懸疑事件中，不查出雷驚龍真正死因，是無法全身而返了。

故事在步步疑雲，高潮迭起中進展，最後代表邪惡勢力的「單打一」
（原名單得義，雷驚龍心腹副官，也是槍殺雷驚龍的真正兇手），在雷家花
園（廢園）綁架余志勳，成為全劇高潮。余志勳熟睡中被制伏，眼看情勢
大去，雷家老僕「大酒簍」那管打不響的鳥槍竟發揮了作用，把「單打
一」的臉轟了個稀爛。制伏了歹徒後，才發覺「單打一」及匪軍首領蔡跛

子[30]這幫人原打算同時綁架余志勳和小表弟（雲表姐的弟弟）作為肉票，挾制代理游擊支隊長的雲（羅秋雲）表姊。至此劇情急轉直下，化險為夷，余志勳脫困後，率領雷、羅兩股游擊勢力殲滅匪軍，也化解了兩家的複雜心結。

《黑牛與白蛇》單線發展，情節緊湊，《廢園舊事》多線交織，更顯出謀篇的細膩，而綁架事件在這兩部作品中，都是絕對不可或缺的重要元素。《黑牛與白蛇》是不用說的了，《廢園舊事》如果沒有余志勳被綁這番折騰，羅秋雲不可能釋去疑慮，繳出兵權，聽任調度，最後的合力殲匪也不可能完成。另一個長篇小說〈巨靈〉中的綁架事件，則同是「綁架未遂」，所不同的是，收手的是土匪自己。

《巨靈》一書，原名「無墓之碑」，收了〈巨靈〉、〈旅伴〉兩篇小說，其實是同一系列，堪稱「雙槍魏老七傳奇」。一個為禍地方的兇殘土匪頭魏老七改邪歸正，投效中央軍，槍法神準的他，後來保護師長創設的「義民中學」學生撤退，血戰匪軍而身亡，成為義薄雲天的老英雄。而「無墓之碑」就是來臺退役後的師長，心心念念要帶回亡友的墓前供奉的一座大理石碑。

〈巨靈〉故事的主軸，沿著「雙槍魏老七」、新來乍到的排長丁紹震，和一樁多年前離奇的綁架案展開，而老少二人的性格反差，人性的拉鋸，也明顯的在同行遇敵中顯現出來。

《黑牛與白蛇》（下簡稱《黑牛》）與《廢園舊事》（下簡稱《廢園》）都堪稱「綁架未遂」，《黑牛》最後的結局是贖金（三百支長槍）未付，肉票釋回；《廢園》是肉票脫困，扭轉了全局；〈巨靈〉則是土匪魏老七當年一念之仁，在路上預設好的陷阱蝙蝠洞裡，放了順利上鉤的人質（煙店小少爺丁紹震），埋下日後改邪歸正的善果。

---

[30] 這蔡跛子，同名同姓在另一篇楊念慈小說〈風雪桃花渡〉中再次出現，同樣是土匪投了共軍，最後被毛澤東封為山東軍區副司令員。楊念慈，《風雪桃花渡》（臺北：立志出版社，1969 年 6 月），頁44。

　　魏老七肉已到口,卻臨時收手,其中的關鍵是蝙蝠洞的真老道。雖然被魏老七繩子綑吊在石樁上,仍苦口婆心勸魏老七幹啥行業都好修行,土匪雖是殺人劫財,也不能胡作非為,今生不濟修來生,像丁家這種積慶有善的人家,就如忠臣孝子、節婦烈女、善人義士,向為神靈眷顧,是碰不得的。[31]在緊要關頭感化了土匪,這樣的關鍵人物,在《大地蒼茫》中也出現過,仁心仁術的醫生劉先生(劉大成),苦口婆心勸孝心未泯的土匪頭兒「朱大善人」[32]改過遷善,並引「匪」入室,悉心照料朱母病癒,感動了朱,也使得朱後來真正棄暗投明,與劉一民(劉大成之子)結為兄弟。

　　而《風雪桃花渡》裡的〈山神〉,主角原先是魚臺縣首富兼自衛組織的領導人,和作者(一介流亡學生)曾經一起被共軍綁架成為肉票,「山神爺」助作者脫困,二人並結拜為兄弟。多年後作者成為軍官,奉命招撫的當地游擊隊司令就是「山神爺」,「山神爺」當時武力堅強,手下一百單八將卻不慎為國軍誤傷,兩方埋下心結(這項游擊隊內訌的元素,和《廢園舊事》近似)。就在此時,長大成人的「山神爺」女兒白姑娘,被投效匪軍的劉姓表侄誘拐挾持,成為肉票,共軍將她全身脫光,哭喊求饒,綁在木梯上,脅迫「山神爺」投匪。「山神爺」悲憤已極,為解脫女兒的被辱,不得已親自射出對她致命的一槍,並跳落寨外,衝向匪軍,兩方展開劇烈槍戰。「山神爺」最後身中數槍倒地不起,和白姑娘一起喪了命,國軍一鼓作氣,終於一舉殲滅數萬匪軍,大舉獲勝。

　　〈巨靈〉、〈山神〉的寫作稍晚於《黑牛》與《廢園》數年,楊念慈經營這些故事時,愈到後來愈著重土匪與肉票兩方的心理掙扎,以及「盜亦有道」,一念之轉,甚至土匪轉進到游擊隊的心路歷程,這又和後來 1980年代的《大地蒼茫》「朱大善人」土匪改邪歸正情事是相連接的。

　　《黑牛》與《廢園》中,壞人就是壞人了,沒有商榷餘地似的,老紅

---

[31]楊念慈,《巨靈》(臺北:立志出版社,1970 年 1 月),頁 82。
[32]「朱大善人」這伙土匪,專門和北洋軍作對,他們也搶人劫財,但非到不得已不傷人命,遂有「善人」之稱。楊念慈,《大地蒼茫》(臺北:三民書局,2007 年 1 月),頁 37～38。

毛甚且被描寫成「一頭紅髮，滿口黃牙，如殭屍復活，山魈出世」[33]的鬼怪模樣，而崔小臭、單打一或蔡跛子都是死有餘辜的樣版型共軍匪徒，用來對比光明或正義的一方。〈巨靈〉、〈山神〉就不那麼典型了。〈巨靈〉裡的魏老七，曾經殺人不眨眼，老百姓聞之喪膽，竟在一個手無縛雞之力的道士苦口婆心下，幡然悔悟，及時收手一樁已到口的綁票案，土匪成了正規軍，還比一般人更講義氣，更光明正義。就從魏老七當年，在數千名土匪手裡救下政府派來招撫土匪為游擊隊的「專員」那種膽識[34]，「專員」僥倖未成土匪挾持的肉票，後來官拜師長，無怪乎終身視魏老七為救命恩人，對其敬重萬分。

〈山神〉裡的「山神爺」作為一方富人，擁兵保衛故里，當他的部將被國軍誤認，砲火相向，以致於死傷慘重時，心情是極端矛盾而憤怒的。當面對心愛的獨生女兒落入敵軍之手時，他的內心則是痛苦而掙扎的。為了不受脅迫，也為了保全女兒名節，寧可顧全大局，犧牲小我。父女兩條人命成全了國軍的勝仗，玉石俱焚，這當然談得上壯烈。不過相較於《黑牛》，可就顯出面對至親子女被綁架挾持時，父女與母子間的差異來了。

《黑牛》這部楊念慈自稱趕寫並連載得非常緊張的長篇小說[35]，奇蹟似的完全無損於它的流暢精采。一對異鄉男女初到綠柳坊賣藝為生，夜半找投宿之處，驚動了大宅院的管家與小少爺祖壽，後來因為白娘子意外發現有孕在身，也因為小少爺義助，自此男女二人落腳南園子看管果樹，也生下唯一的孩子馬思樂。這男女二人，妍媸互別，「黑牛」馬志標原為東北土匪出身，做過張作霖的副官，「白蛇」（白娘子）則是旗人貴冑，淪落青樓，花名「筱月仙」，在綠柳坊安身後，倒也安分守己，得人敬重，二掌鞭曾垂涎其美色，被逐出綠柳坊，大管家則認了白娘子為乾女兒，也十分疼

---

[33] 楊念慈，《黑牛與白蛇（下）》（臺北：麥田出版公司，2000年5月），頁298。
[34] 楊念慈，《巨靈》，頁29。
[35] 據《黑牛與白蛇》作者自序，楊念慈寫《黑牛與白蛇》時，任教省立中興中學，住南投縣中興新村，每天夜裡趕稿，出門上課前寄限時續稿給主編孫如陵，一天續稿未到就要開天窗，壓力甚大。

愛馬思樂。馬思樂約七歲時，在白花河放羊被茅草坡老紅毛土匪綁架，土匪對綠柳坊下黑帖子，開出鉅額贖金，全書進入最大衝突與高潮。

　　被綁的是個七歲孩兒，基於義憤與同情，綠柳坊不能置身事外。然而槍枝與鉅款無異資敵，實屬為難。就在此時，白娘子接受了成了老紅毛軍師的二掌鞭私下協議，以母代子，勇赴老龍潭，以死作為獻祭，救回孩兒的同時，也成全了自己身子的清白。不同於馬志標的狂亂，在眾人眼中，「漂亮得走了轍兒啦，離了譜兒啦」的白娘子前去赴約時，從容冷靜，毫不遲疑，她向小少爺剖析其間利害關係──對方（老紅毛）是蓄意為難的，就算綠柳坊籌齊鉅款，照樣可以翻臉不放人，只有身為匪徒覬覦目標的她去，孩子才有生還的勝算。她甚至悉心準備了廚房的吃食，「馬思樂回家，一定是又渴又餓，我剛才燙了一鍋炸菜湯，再加一把火，就可以吃囉」。[36]

　　和《風雪桃花渡》裡的「山神爺」得知獨生女兒被綁架時的暴怒截然不同的，《黑牛》裡身為人母的白娘子非常冷靜，「淒然一笑」，是作了最壞的準備的，不惜任何代價，一定要保全兒子的性命，比金錢更有勝算的贖金正是她自己。而「山神爺」見獨生女「白姑娘」被綁架要挾，當場「滿腔愁懼都一起化作狂怒，臉上凸起一條條青筋，眼珠子通紅，像是能送射出火花，把淚水一下子炙乾。我離他好幾步遠，都聽得見他咬牙切齒的聲音」[37]，這和馬志標初聞愛子被綁的急病瘋狂，喪失心智，「完全成了一個心神迷惘的瘋漢」，正是一模一樣的。

　　《黑牛》裡身為捨身救子的人母是白娘子，巧的是，〈山神〉被綁在梯上發出顫抖悲鳴：「爹！您救我……」的嬌女，剛好也叫作「白姑娘」。那潔白的身軀，赤裸裸的，「像離水的魚在熊掌中刮掉了鱗甲」，槍聲響時，「鮮紅的血沿著髮梢往下流」[38]，和白娘子躍入的黑暗可怖的老龍潭一樣，

[36]楊念慈，《黑牛與白蛇（下）》，頁126。
[37]楊念慈，《風雪桃花渡》，頁90。
[38]楊念慈，《風雪桃花渡》，頁89。

這「玉潔冰清」的象徵，也是祭壇上聖潔牲禮的隱喻。在《黑牛》裡，人質被綁的地點是白花河，噬人性命的是老龍潭，這兩處地方，包括「秤鉈不墜，鵝毛下沉」諸般形容，在《少年十五二十時》裡分別也都出現過，足見並非虛構出來的場景。[39]

和「山神爺」的玉石俱焚，破罐子破摔相比，《黑牛》裡的白娘子還掙回一半籌碼，成就了一椿可敬的交易。她淒然對小少爺說著她前去赴險的必要：「小兄弟，你人好心好，又那裡知道，這人心要是壞囉，會壞到什麼樣子？」[40]白花河、老龍潭，這人生的步步兇險，不要說小少爺祖壽不知道，黑大漢馬志標不知道，就連飽經世事的大管家或在城裡任官的老爺（祖壽父親），恐怕也不會比濁跡青樓妓館與八大胡同的她清楚。

面對至親愛子被匪徒挾持，除了人命，父親還得為大局與女兒的清白名譽設想，以致籌碼盡失，只好與匪徒同歸於盡。母親就單純多了，將兒子的性命置於自己的性命之上，在看見愛子脫困後，旋即縱身躍入險惡且萬無生理的老龍潭。於是祭壇上美麗潔白的死亡軀體，激發起同行之人的義憤，一舉剿滅了匪窟，救平了老紅毛、二掌鞭等匪徒。馬志標與兒子馬思樂銜悲含恨，好好的活了下去。後來縣城淪陷於日軍之手，綠柳坊主人將幾百支槍交給了馬志標成立了游擊隊，抗戰期間，頗著勳績。

楊念慈小說中幾椿著名的綁架案，綁匪都未能成功，卻常是整部小說的關鍵，它製造出強大的人性矛盾與戲劇張力，真的成功取款贖人或撕票了帳，反而就沒戲唱了。

綁架是一種對生命的勒贖，表面上是以錢易人，而更深一層是人性不可探測的幽暗，隱在水中的一個漩渦深坑，像老龍潭一樣險惡。綁匪與被綁者的家人，彼此測探著對人性的理解與信任。綁匪取錢後照樣可以翻臉撕票，杜絕後患，而白娘子以自盡讓「老紅毛」人財兩失，並自取滅亡，一樣是以險易險。

---

[39]楊念慈，《少年十五二十時》（臺北：皇冠出版社，1980 年 6 月），頁 240～253。
[40]楊念慈，《黑牛與白蛇（下）》，頁 98。

　　楊念慈自小嫻熟舊學，但小說裡他不著痕跡的，總在嘲弄食古不化滿腹經綸的讀書人或老秀才。最典型的是《大地蒼茫》裡，劉一民考取省城中學頭名，城裡有一個中過進士當過巡按使的大老爺還像模像樣的「打賞」他們。老爺夫人出場時，架勢十足，有丫頭打簾子，出場時向廳內眾人作了一陣掃瞄，「不進不退，不言不語，只慢慢的轉動著眼珠子」，足足定場「有三分鐘之久」，[41]所有「老官僚的可恨、可惱可殺、可誅，都可以由他的身上依此類推了」。

　　正如在《少年十五二十時》裡，楊念慈寫到宋老師等人吟詠國恨家仇的感慨，一個氣盛少年是不能苟同的：「一個個未老先衰，彎腰駝背……正是咱們古老中國所特產的。雖然臉上有浩然正氣，心頭有無畏的壯志……只怕是能說而不能行了」。[42]想想《黑牛》中，馬思樂初在白花河失蹤時，小少爺祖壽要馮二尾子隻身前去土匪窩議價，結果馮二尾子受了莫大羞辱回來，就是嚴重誤判了情勢。而村裡的王秀才初聞此事，趕緊用紅紙恭楷寫下，打算張貼在各處集鎮的那些「尋人啟事」有多可笑？——「某日某月，走失兒童一名，如有仁人君子，發現行蹤，請送至綠柳坊，自當重謝」。

　　白娘子的聰明就在於不存幻想，「黑帖子」（綁匪的綁架限期贖人通知）言明要的是眾多槍枝彈藥，就已是來者不善，不是一般的綁架索錢，是打算讓綠柳坊主人顏面盡失，失去領導地方上聯莊會的正當性了。瓦解了聯莊會勢力，對土匪窩而言才真是一勞永逸。這個賭局，一開始就相當不利，正如「山神爺」的處境，真的棄械投匪，不但共軍仍然可能撕票，也連帶會使國軍輸了一場重要戰役。這兩樁案件中，肉票或取得贖金反而都不是真正的目的所在。白娘子以一介弱女子，押了自己的性命當籌碼，將局勢扳成平手，她的識見和勇氣在烈性漢子們之間顯得更加不凡。

　　在楊念慈的小說中，有一樁以取得贖金為真正目的綁架，一樣沒有成

---

[41] 楊念慈，《大地蒼茫》，頁479。

[42] 楊念慈，《少年十五二十時》，頁78。

功，卻附贈了肉票對親情人性的絕望，格外令人傷感，那就是 1959 年，稍早於《黑牛》，有些作者自敘意味的《罪人》。

《罪人》故事中的主角，就是眼見全家淪陷於匪區而無力相救，自稱「罪人」的劉家祜。自小喪母的他，繼母待之十分惡毒。身為縣中首富之子，劉家祜幼時在野地裡玩時，曾遭土匪綁架。膠貼了眼睛，蠟封住耳朵，「要的價錢真是不大，五百塊大頭，十隻黃牛的價錢」，祖母急得燒香，父親也打算派人給土匪送錢，卻被繼母擋住了。繼母振振有詞，土匪可是不講仁義的，給了五百還有下一個五千，非傾家蕩產不可。更何況可能贖不回來，與其到時候望門討飯，不如開頭就不上這個當。土匪貼了幾次逾期撕票告示，繼母狠心置之不理，到最後土匪認了輸，犯了「放生」的大忌，把劉家祜送回家裡，說：「回家吧！小兄弟，回家對你晚娘講，俺服她了。白養了你一百多天，『拉桿兒』以來，賠錢生意俺這是頭一遭」。[43]

這個故事中，主角連帶對父親的無力護持也一定傷了心。劉家祜可以忘了繼母對他的磨難，「但他不能忘了父親」，這是何等複雜揪心的情緒。早歲喪母的楊念慈，無論是小說或散文都鮮少提到自己的父母，對故鄉或長輩倒有許多憶念，女兒楊明曾在〈濃蔭不老，狂花滿樹〉一文中，敘及父親此書有著濃烈自傳色彩，也提到「祖母早逝，使得父親的童年在缺憾中度過」。《黑牛》裡不惜捨身救子的白娘子，是作者夢想中完美的母親原型嗎？為了兒子急得失心瘋的馬志標，或咬牙切齒目眥盡裂的山神爺，是否也是溫暖又偉岸的父親身影？《罪人》中那個不比後娘鐵石心腸的土匪，又豈不和《巨靈》裡，蝙蝠洞前一念之仁，自忖盜亦有道的魏老七有異曲同工之妙？

在遍地戰火硝煙中，楊念慈的小說看似陽剛鐵硬，其實在這些複雜的內心戲裡，也不乏柔軟心腸。人性的試練，總在那緊湊的回目裡，隨著人物與劇情發展，牽動著讀者的神經。光明與黑暗，善與惡，都並非絕對，

---

[43] 楊念慈，《罪人》（高雄：大業書店，1960 年 3 月），頁 23。

而只在人心的一念之間。就拿土匪、聯莊會和游擊隊這些楊念慈小說中常見的元素來說，這些有組織的地方勢力，其間關係相當密切，甚至是可以互相移轉的。

所謂「聯莊會」，原是地方上聯合起來對抗打家劫舍的土匪的，而「游擊隊」是用來抵禦日本鬼子或「二鬼子」（漢奸賣國賊）的。「聯莊會」的武力與人員，後來很多成了「游擊隊」的基底，原本與聯莊會對頭的土匪，改易旗幟，一樣可以整編為「游擊隊」，更有甚者，甚至投效中央軍或共軍（土八路）去。《巨靈》裡的魏老七是一例，在師長身旁當了副官，《大地蒼茫》裡的「朱大善人」朱世勤也是典型，「朱大善人」從土匪出身，做到山東省偵緝隊長、旅長，十一區督察專員兼保安司令，一生行俠仗義，與故事主角劉一民一文一武，情同手足，[44]他們都算是走上了正路的。而《廢園舊事》裡的「單打一」、蔡跛子，則是游擊隊投效了共軍的。

正如楊念慈在《少年十五二十時》一書中說的，游擊隊是地方勢力，來源複雜，他們沒有番號，沒有名義，也沒有一定的任務，有別於一般受政府管制的正規部隊。[45]其間的恩怨情仇，頗為複雜。和更早地方上以農民為組成基底的「聯莊會」這種不受獎賞，與官府並無統屬關係的民間自衛團體，其實是一體同源。

楊念慈在散文集《狂花滿樹》〈故鄉的聯莊會〉[46]一文，詳細描述了當時地方上的聯莊會，彼此之間不相統屬，但可合作，稱為「聯團」。一個聯莊會擁有長短槍三百枝，相當於兩個步兵連的兵力，火力相當可觀。每逢初春二月二，驚蟄動土前，深秋九月九，霜降收成後，是聯莊會「亮團」（校閱軍隊兼炫耀武器）的日子。「亮團」的具體情形，《黑牛》裡藉小少爺看熱鬧的眼，敘述得更為清楚，「一次亮團，等於是附帶舉行一次古今中外槍砲兵刃大展覽」，這段情節，穿插在馬思樂剛被綁走不久後，很有民間

---

[44]丁家駿，〈我讀〈大海蕩蕩〉〉，《中央日報》，1983年4月15日，12版。
[45]楊念慈，《少年十五二十時》，頁138。
[46]楊念慈，〈故鄉的聯莊會〉，《狂花滿樹》，頁78。

講古閒說的意味。把一段慢板，穿插在急如星火的搶救人質行動中，暫時把節奏舒緩下來，同時也見出身為聯莊會統領的爺爺，在這事件中動輒得咎的困境（既不能捐出槍砲去資匪，也擔心與土匪作對會引來報復，使鄉人遭殃），相當成功。

楊念慈《廢園舊事》、《巨靈》、〈山神〉裡，主角人物是有一致性的。都是一個年輕氣盛，有勇有謀的軍官（排長、營長代理指揮官或參謀長，都有自我的影子），夜半都有被摸了哨的窘困，在險境中見識糾葛的人性考驗。而雷司令，魏副官、山神爺作為對照組，他們的老謀深算，洞悉人情，用來突顯這青年軍官的不夠老辣。《黑牛》主角的心理年齡則複雜一些，分成兩個層面。前半是一個十歲孩子看成人世界的眼光，而後是小少爺祖壽從縣城求學回來，17 歲青年氣盛，剛好見識了一件最考驗人性的綁架案。

《黑牛》裡甫出場時的小少爺祖壽，綽號「小蟠桃兒」，還騎在大管家肩上看耍猴兒、聽大戲、鬧著吃糖葫蘆兒、餡兒餅，孩子眼中看美女是帶點迷糊的，只知道五官臉蛋兒細緻，「簡直就像瓷人兒一樣發光透亮」。楊念慈描寫白娘子初出場的架勢，完全是以靜寫動，用孩子觀察旁人的角度，而不是用孩子自己的眼睛來觀察的：

這時候，那個敲鑼的小女人倒托著一面鑼正走到場子邊兒上向人要錢。剛才那一陣亂，突然壓了下去，大家的眼睛都跟著那小女人轉，就像每一個人的脖子上有一根細絲繩拴著，繩子的另一端牽在那小女人手裡，她一走動，眾人的脖子都得隨她撥弄，木偶人兒似的……有些人是打定了主意不給錢的，不砸場子就算便宜，可是，及至那小女人托著銅鑼往跟前一站，什麼話不說，只那麼抬起眼角輕輕一撩，那個人就改了主意。銅鑼裡叮叮噹噹一片響，半個圈子走下來，二十文

的銅板就收了夠一百枚。[47]

簡直像看偶戲一樣，楊念慈此處不用沉魚落雁、美若天仙等形容詞，也不著墨白娘子的容貌、體態或衣著，只描寫圍觀群眾的動作與表情，「每個人說話之前，都照例的先來上一段長嘆」，以及言語：「咳！真不信她是活人」，「我的老天爺，這天底下真的就有這種人才！」，「那綠大掛子[48]只配給她提鞋」。

十歲的小少爺祖壽，只因白娘子謝了他一聲，不惜被爺爺責罰，不為什麼的就一口應允二人住在南園子裡。十年後長大成人再見到白娘子，卻意外遇上馬思樂被綁架前後的波折，這時的祖壽義憤慷慨，青年熱情，對比之下，格外顯出白娘子的成熟氣性與嫻雅風度。在祖壽眼中，他敬服她無論在怎樣的驚恐或悲痛之中，總是整潔灑然，一絲不亂。就在白娘子勇赴老龍潭之前，楊念慈描寫祖壽心中為白娘子的命卑福薄不平：「每逢看到白娘子，總覺得她光彩奪目，令人不能逼視。今兒晚上，我仔細對她看了幾眼，就像在一場浩劫降臨之前，懷著一種憂傷凜懼的心情，鑑賞著一件藝術品」。[49]這番心理上的體會，已然是成人的了，和七年前那個心性迷糊看熱鬧的孩童迥異了。

在〈巨靈〉中，楊念慈一枝妙筆，也很適切的表現出年輕軍官與老於江湖的魏副官性格落差。一個聰明外露，敏捷機智，一個則是目光閃爍，按兵不動。在路遇歹人時，才見出兩人實力的天壤之別。

〈巨靈〉裡的魏副官，因當年救了師長一命，在師長跟前當差，被派與丁紹震一同前往敵後偵察。一老一少同行，丁紹震仗勢自己正規科班出身，雖已耳聞魏副官是土匪出身而有所防備，仍不甚把魏副官看在眼裡。

---

[47]楊念慈，《黑牛與白蛇（上）》，頁22。
[48]「綠大掛子」，是《黑牛與白蛇》書中戲臺上演《水漫金山》的白娘娘的漂亮旦角。這個名字在楊念慈小說中多處出現，例如在〈風雪桃花渡〉中，「綠大掛子」也是個城裡「聚春園」唱花旦的，故事中的堂哥也對她非常著迷。
[49]楊念慈，《黑牛與白蛇（下）》，頁126。

直到貼身私藏的短槍在半夜被魏副官卸去了子彈，才嚇出一身冷汗。二人投宿旅店吃飯時，被鹽販子欺壓，魏副官低調陪笑欲息事寧人，鹽販子一幫人言語愈甚，欲打殺了年輕的丁排長。正在緊要關頭，魏副官這時懶懶散散的在背後出聲，要他們有事好商量，「你們就是居心要俺的命，也聽俺留一個姓名鄉里，好叫人來收屍」。

楊念慈此時的文字，簡直把現場給寫活了：

> 一個鹽販子用敲鑼耍猴的聲調說：「好吧，老狗，你就說。看你是公的還是母的？哪裡是你的狗窩？」
> 魏副官慢吞吞的爆出了字號：「俺呀，俺姓魏，俺叫魏老七……」
> 就這麼離離拉拉的一句話，真像觀音菩薩唸了一句定身咒似的，把那十幾個如狼似虎的鹽販子都一齊「定」在那裡，正向我抓撓拉扯的粗手也忽然沒有了力氣，好像我和魏副官是兩隻熱紅薯，燙疼了他們的手指頭。啞場片刻，才聽見有一個鹽販子戰戰兢兢的向魏副官查問著：「你，你說——你是誰？是雙槍魏七爺——魏掌櫃的？」

一夥人一步一步向後倒退，退到那飯鋪門口，一齊閃進門後，眾人膽囊幾乎嚇得粉碎，一條長街只剩了兩人，連店小二也躲在門板後，同聲討饒：

> 「魏，魏，魏七爺——，您老人家別……別見怪！原先……不知道是您，瞎眼無珠的，多有得罪……大人不見小人過，您老人家是龍是虎，別，別，別，別跟我們這些小貓小狗一般見識！只要您老人家開出一個數目，指點一條明路，多囉沒有，三千五千的，準時送到，權當是孝敬您……幾個饅頭，更不敢收您老人家的錢……那案頭上還有半包滷牛

肉，您老人家要是不嫌，就請一塊兒帶走，錢是萬萬的不敢收……」。[50]

　　《巨靈》不正面寫魏老七當年的兇狠，反而側筆寫旁人聞名喪膽的情狀，正如《黑牛》不寫白蛇的長相，倒是描摹圍觀群眾的反應。楊念慈小說中類似電影的運鏡手法與精采對白，使得戲劇張力達到最高的狀態，這在 1950、1960 年代小說中，無疑是佼佼者。而他自身經歷的真實性，又添加了故事的傳奇色彩，每一部小說中的第一人稱，似乎都有作者自己的影子在其中。從寨裡的小少爺到年輕奉派異地的軍官，虛實真假之際，格外引動讀者的心弦。幾個成功的短篇小說如〈風雪桃花渡〉、〈捉妖〉，也都是如此。

四、荒村野寨・人性渡口

　　除了戰爭題材與長篇鋪敘，楊念慈小說裡有些短篇的鄉野傳奇，也寫得非常精采。收錄在短篇小說集《薄薄酒》（1979 年）[51]裡的〈捉妖〉，和《風雪桃花渡》（1969 年）裡的〈風雪桃花渡〉，雖然只能算作小品，對於人性中的危疑曖昧，表現得尤稱淋漓盡致。和早期長篇如《黑牛》、《廢園》、《巨靈》的悲壯主題相較，〈風雪桃花渡〉、〈捉妖〉是較為輕鬆快板的。

　　〈風雪桃花渡〉故事是兩個返鄉過年的學生雪夜迷途，撞進一個桃花宿頭裡，險些丟了性命；〈捉妖〉則是奉派駐守老墳崗的部隊，遇上土八路綁架民女並裝神弄鬼，後來在連長的膽大心細下識破一切，並一舉殲匪。楊念慈在這兩個短篇裡，加進了更多懸疑與戲劇化的布局，甚至滑稽逗趣的內容，人物刻畫，尤其爐火純青，透過口語的鮮活生動，故事人物的性格樣貌，其躍然紙上，如在目前。

---

[50]楊念慈，《巨靈》，頁 59～61。
[51]楊念慈《薄薄酒》裡有〈薄薄酒〉、〈插曲〉、〈捉妖〉三個短篇。「薄薄酒」意指一段錯失了的姻緣（一杯未喝成的喜酒），同窗好友略施小計，使作者一段議定的婚事告吹，自己卻捷足先登。故事中無意早婚的主角，其角色設定與作者楊念慈也十分近似。

　　同樣寫鬼，司馬中原的鄉野奇譚，是幽冥靈異，光怪陸離的真鬼，虛構成分較大，楊念慈則是「疑心生暗鬼」，藉鬼寫人，表面鬧鬼，內裡是人禍。〈捉妖〉的成功並非半夜裡滿山疑雲，鬼影啾啾，而是將不同人物面對事情時的心理反應，寫得生動已極。

　　〈捉妖〉裡，精明幹練的連長帶著半信半疑的心情（據傳此地鬧鬼）駐紮到一個荒僻鄉間「老墳崗」。副連長丁哲夫大學畢業，富家獨子，人長得細緻文弱，和一些傻大黑粗的壯漢在一起，就像「一大堆粗陶器裡頭，夾雜著一件江西景德鎮的細瓷」[52]，他膽識不凡，自請到山上守夜站哨，意欲查明真相。隊中有喚「王大膽」者（王班長王大吉），經歷戰場上槍林彈雨無數，也與數人跟隨前去墳頭守夜。結果經過一夜鬼哭神號，「王大膽」與眾弟兄險些沒有嚇出病來，「一個個臉色蒼白，神情萎靡，目光呆滯」，反倒是丁哲夫冷靜的觀察出，鬼叫的聲音和鬼影子不是同一方向，而鬼影子的移動是有規律性的。從這膽大心細的理解，破獲了安在樹上操縱的機關。最後連長率領部眾，用生辣椒燻烤，逼出躲在墳墓底下的匪軍餘孽，連同被挾持的村中年輕女孩，也一併獲救脫險。

　　懸疑，當然是〈捉妖〉最成功的元素，預期心理（丁副連長——王大膽）的對比，又增添了趣味性。所謂「妖」，看來並不真的存在人世間，而是在人的想像裡。心魔之危害，實甚於外禍，或許正是〈捉妖〉所要表達的。

　　要說描述小孩心理，除了前述《黑牛》，最成功的應當算是〈風雪桃花渡〉這個雪夜傳奇了，從較小（人事不解）的孩子眼中敘述一個「驚險，恐怖，還帶點兒緋紅色」的故事，在楊念慈小說中模糊觸及了一點兒曖昧模糊的性啟蒙的意念，相當罕見。

　　〈風雪桃花渡〉故事裡兩個主角都是孩子，堂兄 19 歲，堂弟（敘述者）17 歲，同念省城六中。二人過年前相偕返家，不料路遇大雪，路晦失

---

[52] 楊念慈，《薄薄酒》（臺北：世界文物出版社，1979 年 7 月），頁 236。

途，在「十八里大窪」裡迷路撞進一戶民宅求宿，步步驚險，從此展開。

開門的是個好看年輕的女人，髮髻、瀏海和腳上的小棉靴都收拾得很乾淨，眼睛又亮又活，把臉嫩的兩兄弟都震住了。女人邀請進屋，並預備豐盛飯食招待，過程裡反倒是堂兄有所顧忌，極度害怕膽怯。堂兄對女人說，「你要是給我們東西吃，我們吃了給你錢」，女人巧笑著說他們可給不起，楊念慈此處把三人的反應可寫得妙絕了：

「那不過是——」堂兄結結巴巴的說：「不過是謝謝妳的意思」。
「謝謝人也不一定要金要銀，我要的是比金銀更貴重的東西，你捨得給我嗎？」
那女人這麼一說，嚇得堂哥忽的站了起來，望望那女人，又望望那兩扇敞開著的門，一面向我使著眼色，一面就斜著身子往屋門那邊挪動。看堂哥嚇成那個樣子，我才領會那女人口風不對，她要的是「比金銀還貴重的東西」，這不等於是說想要我們的命嗎？……我跳起來去搶行李，那裡邊有「一聲雷」送我的一掛觱口，我把它看的比金銀更貴重……女人突然噗哧一笑，輕飄飄的走到屋門口，截住了我們的去路。[53]

飯後，堂哥一邊擔心酒裡下了蒙汗藥，一邊膽戰心驚想像著她是聊齋女鬼。看著女人把又瞎又聾的「老當家的」攙去睡了，又笑語款款的把他們安置在另一房中。劇情的扭轉是在半夜，弟弟正睡熟間，突然驚醒想尿時，聽見有男人回來見了一隻可疑的鞋而喧鬧叫嚷，此時堂哥急從門外奔入，告誡他千萬不可外出：「去不得，小五子，那馬桶就在她的床前頭」。

那男人蔡跛子原是個打家劫舍的盜匪，次日藉口送他們上路，半路起了殺機，幸虧兩人機靈，終於幸運逃脫，免遭橫害，回家後堂哥驚嚇過甚，很久才痊癒。

---

[53] 楊念慈，《風雪桃花渡》，頁23。

〈風雪桃花渡〉看來是個路遇劫匪的故事，其中的「桃花」卻耐人尋味。堂哥睡前咕噥著「這女人真像綠大掛子」，半夜裡回來，堂弟問：「噯，你撒尿怎麼會把棉鞋弄丟了的？」

> 堂哥睡意頓消，一下子把兩隻眼睛睜得好大，那張俊俏清秀的面孔，也一下子變得鮮紅，又由鮮紅變成蒼白，最後變成和土牆一樣的灰黃色。

連結上小說一開頭閒閒說來，非關緊要的片段，突然都有了曖昧的涵義：

> 「綠大掛子」是一個唱花旦的，著她迷的人可多著呢，我的堂哥對她迷得厲害，常常夜裡看戲回來，睡覺弄髒了床單，說是夢見「綠大掛子」穿著《蘇三起解》那套罪衣罪裙來找他啦。我沒有著「綠大掛子」的迷，我迷的是「一聲雷」，是唱大花臉的。[54]

豈止懸疑，楊念慈這篇〈風雪桃花渡〉簡直是幽默了，孩童眼中看來像是什麼也沒發生，事實上是一場人性的涉險，在慾望與誘惑間掙扎的是堂哥。有許多線索埋伏在小說中並未明白點出，例如荒村裡的女人打扮得如此齊整，她和土匪是姘居的嗎？「老當家的」最後為何被燒死在屋內，女人原是他的妻子嗎？風雪夜裡，堂哥到底和女人之間發生了什麼事？後來的那一把無名火，又是誰放的呢？〈風雪桃花渡〉要說的，或許是人性的危疑，險渡無處不在。什麼都沒說，但又像是什麼都說了。

比起楊念慈小說，段彩華〈淇河渡口〉就是一個認真悲傷的故事了。這是一個收在段彩華 1978 年小說集《流浪拳王》裡的精采短篇。一個年輕的路過客，在九月初秋的燥熱中，因錯過宿頭而借住荒村人家。同樣只有

---

[54]楊念慈，《風雪桃花渡》，頁6。

一個年輕婦人出來應門，也是好心招待了飯食，婦人神色憔悴，說男人出了遠門，年輕路客遂一時動心，向她求歡，婦人正色拒絕了。夜半男人三柱回來，發狂怒斥有男人來過，路客狼狽逃離，在二十里外的一個客棧，才聽聞這一家人遭受軍閥侵擾與匪難，父親、長子、次子陸續屍首異處，死於非命，老三三柱則是瘋了，只餘了三柱嫂一人。[55]

楊念慈〈風雪桃花渡〉是青春履險，段彩華〈淇河渡口〉是亂世餘生，結構十分類似的故事，卻在渡河涉險之際，詮釋不同的意境，〈風雪桃花渡〉裡，女人主動調情，〈淇河渡口〉男人求歡被拒，同樣都在後面才揭出整個故事的脈絡，非常耐人尋味。

說到段彩華的〈淇河渡口〉，他更早的一篇，寫於 1963 年的短篇小說〈荒屋〉，尤其顯出人性的掙扎。一個鐵路邊賣野飯的，開著簡陋的飯鋪子賣粉漿稀飯、煎餅給過路行人，勉強餬口。家中小孩害著喘病待醫，解放軍的李村幹卻仍強行勒索，靡無寧日。賣野飯的靜靜買了老鼠藥，黑沙壺裡燉了致人於死的稀飯，掘了埋屍首的大坑，決心在過往行人身上幹一票。沒想到過路行人各有苦難，他的手抖抖索索在黑沙壺和鍋裡，來回下不定決心，拿起又放下，最後是以黑沙壺裡的稀飯，藥殺了貪婪的李村幹，全家逃離了此處。[56]

同樣是出身軍旅的小說家，段彩華與楊念慈來臺後都很早就退了伍，專事寫作，在寫作半世紀之後，作品繁富，也曾有各種題材的多元表現，臺灣文學史把他們歸為「軍中作家」或「反共小說」一類，是太簡化了，也未能真正意識到他們的獨特價值與文學貢獻。

在那麼多年後，楊念慈為什麼為《廢園舊事》2000 年新版寫序，還要強調「一是我的征戰生涯到臺灣就結束了，實在不算『軍中作家』；二是《廢園舊事》一直被歸類為『抗戰小說』，或者稱作『反共小說』，其實，我寫這部書的心情，和寫《黑牛與白蛇》是一樣的。兩部書都是抒發個人

---

[55] 段彩華，《流浪拳王》（臺北：天華出版社，1978 年），頁 36～73。
[56] 段彩華，〈荒屋〉，《雪地獵態》（臺北：三民書局，1969 年），頁 185～206。

感情的懷鄉憶舊之作。《黑牛與白蛇》中有我的影子,《廢園舊事》裡也有」?

2006 年 4 月,在《文訊》第 246 期「臺灣長篇小說創作者經驗談」專題中,楊念慈受訪時曾表示,自己的長篇小說〈大海蕩蕩〉最後沒能續完,實在可惜,十幾年前一場心肌梗塞,幾乎是死裡逃生,如今年老體弱,後悔無及。他慨嘆的說:「我今生最大的矛盾就是喜愛寫作,也不敢放棄教書,結果是顧此失彼,兩方面都未能全力施為」。[57]作品就是作家的生命,他到老還掛著心,足見並未淡忘這事,只是老驥伏櫪,無能為已了。

令人更黯然的是,2004 年 2 月《文訊》第 220 期做的「資深作家近況」報導裡,楊念慈傷悲近年老友(高陽、羊令野、鍾雷)故去,凋零殆盡,他並且自認在作家這一行裡,他並不算成功。他說:「所謂成就,是得別人看得見,用數據去說明的」。[58]在臺灣本地學者近年編寫得愈來愈趨完善的臺灣當代文學史／小說史裡,將如何界定他的地位呢?

2008 年為舒暢(1928～2007)寫再版序的朱天文是這麼說的:「他們是,整個一代都被低估了」。[59]

2007 年 4 月,舒暢去世之後,《文訊》第 258 期彙整刊出的「舒暢作品及評論資料目錄」,只有寥寥兩頁不到,莫說評論,連訪談都不多。這令人想起 2009 年一則標題為〈段彩華:別叫我「軍中三劍客」〉的報導。現居永和,今年 76 歲的小說家段彩華(1933～2015)致信臺灣文學館,希望為自己正名,不要再被稱為「軍中作家」了。段彩華頗介意他的名字老是掛在司馬中原與朱西甯之後,被稱為「軍中三劍客」。他表示他的作品與軍中沒有很大的關連,希望能更正館內對他的介紹。在這則報導中,成大文學院長陳昌明表示,作家到晚年希望還自己一個純淨的作家身分,是很可

---

[57] 楊念慈,〈《廢園舊事》及其他〉,《文訊》第 246 期,頁 36。
[58] 石德華,〈一涉文學豈能真正淡然〉,《文訊》第 220 期,頁 68～69。
[59] 2007 年 2 月,與司馬中原、段彩華、朱西甯交情甚篤的小說家舒暢八十高齡辭世。他的《院中故事》(1981 年)、《那年在特約茶室》(1991 年)於 2008 年獲九歌出版社再版。

以理解的。[60]以小說來說,從楊念慈延伸出去,潘壘、田原、端木方、盧克彰、郭嗣汾、公孫嬿、鍾雷、尼洛、桑品載等,同是在「反共文學」制式印象背後,一張急需重新定位的名單。

像楊念慈這樣出身軍旅的外省來臺作家,尚未凋零,已被遺忘。一種逝去的文學,消亡的族群,像長毛象一樣不能復生,也像駱以軍《西夏旅館》一樣,在密閉的時空裡,層疊著無從理解的殺戮與屍體。在他們的筆下,風雪桃花渡,黃金井峽口,有朔風呼號的鄉野傳奇,有浴血抗日的彈痕歷歷。從一個時代的血痕裡凝聚而成奇花異卉,以個人有限的生命加入無限的歷史裡,付出了壯烈的代價。

楊念慈寫的是反共文學嗎?或許,更是人性文學吧?

楊念慈作品目錄

楊念慈散文集正式出版者僅《狂花滿樹》(九歌出版社,1980 年)一部。早期詩作和部分散文、小說,並未結集出版,以下表列,僅限於正式出版者。

小說

1.殘荷 (長篇)	高雄:大業書店, 1954 年。	
2.陋巷之春 (短篇)	高雄:大業書店, 1955 年。	收錄三篇:陋巷之春、暖葫蘆兒、 氓。
3.金十字架 (短篇)	雲林:新新文藝出 版社,1956 年。	收錄五篇:金十字架、倒下的樹、陳 鳳的憂鬱症、綠丫頭、老王和阿嬌。
4.落日 (長篇)	高雄:大業書店, 1956 年。	

---

[60]段彩華,〈別叫我「軍中三劍客」〉,《聯合報》,2009 年 5 月 13 日,A06 版。

5.罪人 （長篇）	高雄：大業書店， 1960 年。	1959 年於《自由青年》半月刊連載時，題為「黑繭」。
6.十姊妹 （長篇）	高雄：大業書店， 1961 年。	
7.廢園舊事 （長篇）	臺北：文壇社， 1962 年。	麥田 2000 年再版。
8.黑牛與白蛇 （長篇）	高雄：大業書店， 1963 年。	皇冠 1970 年初版，麥田 2000 年再版。
9.暖葫蘆兒 （短篇）	臺南：東海出版社，1965 年。	此為《陋巷之春》的盜印本，內容全同。楊念慈自列的著作表，均不列此書。
10.犁牛之子 （長篇）	臺中：臺灣省新聞處，1967 年。	
11.風雪桃花渡 （短篇）	臺北：立志出版社，1969 年。	收錄四篇：風雪桃花渡、山神、潭、枯楊生稊。[61]水芙蓉、星光 1975 再版合印。
12.巨靈 （長篇）	臺北：立志出版社，1970 年。	巨靈原名「無墓之碑」，此書另收入一中篇小說〈旅伴〉，主角同為魏副官。
13.老樹濃蔭 （短篇）	臺北：愛眉文藝出版社，1970 年。	收錄八篇：老樹濃蔭、師道、五色榜、師生之間、二十年風水、虛驚、交棒・磐石
14.恩愛 （短篇）	臺北：愛眉文藝出版社，1971 年。	收錄八篇：恩愛、貓的故事、前塵、旅情、鴨的悲喜劇、作媒、遊

---

[61] 〈枯楊生稊〉是一個老兵與臺灣女子結婚的故事，在《風雪桃花渡》一書篇目中誤植為〈楊枯生稊〉，今據內文改正之。

		魂、軟體蟲
15.楊念慈自選集（短篇）	臺北：黎明文化公司，1977 年。	收錄八篇：恩愛、貓的故事、金龜背的風水、半城王和他的兒子、鴨的悲喜劇、枯楊生梯、師道、交棒
16.薄薄酒（中篇）	臺北：世界文物出版社，1979 年。	收錄三篇：薄薄酒、插曲、捉妖。書前有王聿鈞序文〈薄酒味醇〉。
17.少年十五二十時（長篇）	臺北：皇冠出版社，1980 年。	先在蔡文甫主編的《中華日報・副刊》上發表，原本名為「古城頑童」。
18.大地蒼茫（上）（下）（長篇）	臺北：三民書局，2007 年。	此書為楊念慈 1981～1983 年於《中央日報》連載的「大海蕩蕩」第一部。「大海蕩蕩」原預計總為三部，記錄民國元年至 70 年的一部史詩巨作，可惜未能終卷。〈大海蕩蕩〉第二部僅寫到抗戰結束，至今仍未出版。

參考文獻

・墨人，〈留得殘荷聽雨聲──《殘荷》讀後〉，《聯合報》，1954 年 6 月 21 日，6 版。

・季薇，〈愛的試練──讀楊著〈黑繭〉〉，《自由青年》第 23 卷第 2 期，1960 年 1 月。

・季薇，〈鬼才怪物楊念慈〉，《自由青年》第 38 卷第 4 期，1960 年 5 月。

・宇文化，〈評《廢園舊事》〉，《幼獅文藝》第 18 卷第 1 期，1963 年 1 月。

・楊念慈，〈我怎樣寫《廢園舊事》〉，《文壇》第 33 期，1963 年 3 月。

- 楊靜思等人，〈大家談〈大樹覆蔭〉〉，《文藝》第 18 期，1970 年 12 月。
- 羅盤，〈楊念慈及其《廢園舊事》〉，《中華文藝》第 2 卷第 1 期，1971 年 9 月。
- 司徒衛，〈楊念慈的《殘荷》〉，《五十年代文學論評》，（臺北：成文出版社，1979 年 7 月）。
- 羅禾，〈文藝長廊──楊念慈〉，《幼獅文藝》第 311 期，1979 年 11 月。
- 丁家駿，〈我讀〈大海蕩蕩〉〉，《中央日報》，1983 年 4 月 15 日，12 版。
- 劉枋，〈汨汨蕩蕩楊柳岸──記楊念慈〉，《非花之花》，（臺北：采風出版社，1985 年）。
- 應鳳凰，〈風格樸實的小說家──楊念慈〉，《文藝月刊》第 189 期，1985 年 3 月。
- 楊錦郁，〈向人群散發光與熱──楊念慈談寫作〉，《幼獅文藝》第 64 卷第 3 期，1986 年 9 月。
- 李宗慈，〈大時代小人物──《廢園舊事》、《荒原》的省思〉，《自由日報》，1987 年 12 月 14 日，8 版。
- 楊明，〈濃蔭不老，狂花滿樹〉，《文訊》第 74 期，1991 年 12 月。
- 林少雯，〈楊念慈的《殘荷》〉，《中央日報》，2000 年 1 月 15 日，22 版。
- 楊明，〈走進《廢園舊事》的情義天地〉，《文訊》第 177 期，2000 年 7 月。
- 石德華，〈楊念慈──一涉文學豈能真正淡然〉，《文訊》第 220 期，2004 年 2 月。
- 楊念慈，〈《廢園舊事》及其他〉，《文訊》第 246 期，2006 年 4 月。
- 張素貞，〈人如何安身立命──談楊念慈《大地蒼茫》〉，《文訊》第 258 期，2007 年 4 月。

——發表於「感官素材與人性辯證國際學術研討會」
臺南：國立臺灣文學館主辦，2010 年 3 月 6～7 日

楊念慈的《殘荷》

◎林少雯[*]

　　久違文壇的小說家楊念慈先生，早年轟動一時的小說作品《黑牛與白蛇》及《廢園舊事》，即將由「麥田出版社」重新出版問世，喜愛小說的讀者有福了。

　　楊念慈是讀者們非常懷念的小說家，他的名著《陌巷之春》、《風雪桃花渡》、《廢園舊事》、《黑牛與白蛇》等，均膾炙人口。而由「九歌出版社」所出版的散文集《狂花滿樹》，更是文筆老練，氣味醇厚，從瑣細裡見真誠，在嚴肅中有幽默，篇篇精粹，百讀不厭。

　　在皇冠為他出版《少年十五二十時》之後，念慈先生就不再為出書的事費神。對「出書」一向懶於張羅的他，卻出了二十多本小說，念慈先生說，這全歸功於熱心朋友們的催促。尤其散文作品豐富，足夠有出版十來本集子的篇數，但他自己連剪存都不積極，何況出書？所以《狂花滿樹》是他第一本散文集，也是最後一本。

　　以小說成名於文壇的楊念慈，他的第一本書是《殘荷》。這部五、六萬字的中篇小說，是民國 43 年由高雄的大業書店所出版。大業書店的負責人陳暉先生，曾在上海文化出版社工作過，來到臺灣後，自己創立了大業書店，也以出版文學作品居多，為早期臺灣文壇撐起了一片文學的天空。

　　念慈先生的這部《殘荷》，是以他的家鄉山東省的大明湖為背景，內容描寫的是一個經歷過抗戰之後，回到家鄉的人，生活上的一段插曲，這是一個具有時代色彩的愛情故事。

---

[*]曾為《中央日報‧副刊》專欄作家，現專事寫作。

　　出版了許多小說，念慈先生所取的書名，看去總是有些悽慘，有人以他出版過的小說書名，連成了對聯「落日長河彎腰柳，廢園舊事斷魂橋」，一時傳為美談。

　　念慈先生以小說成名，出版小說是到臺灣之後的事。早年他也寫詩，在民國三十幾年時，他常在朱光潛先生所辦的文學期刊上發表，在《大公報》上也經常可見他的詩作。所以若要談他的第一本書，應該是《牧歌》這本詩集。只是這本詩集連他自己都沒見過。

　　民國 37 年，念慈先生在河南開封的《征輪雜誌》工作，他是社長兼主編。那年他將《牧歌》的詩稿交由河南的「中國文化服務社」出版，該社是國民黨的文化機構。詩集的校樣出來了，念慈先生親自校對過，準備付印了，但是，不幸的是開封淪陷了，他匆忙離開，再也沒有回去過，所以《牧歌》到底有沒有印出來，連他自己也不知道。若有，那《殘荷》就不算他的第一本書。

　　到臺灣後，念慈先生才開始寫小說。他說，當時詩不賣錢，小說出版稿費多些。《殘荷》就領了 1500 元稿費，夠維持半年的生活。《殘荷》薄薄的一本，總共不到一百頁。這部小說早已絕版，一書難求，連他自己都沒有存書，真是可惜。

　　念慈先生所寫的小說，內容大都是個人的經歷，所以寫起來最能深入，也最有感情。後來小說太長發表不易，在民國三十八年至四十幾年間，他改寫散文，每月總要發表幾篇，到底寫了多少，他也沒數過。他說只記得筆名用了幾十個。有的筆名常用，有的只用過兩、三遍，自己也不太記得，偶爾在舊報紙上看到，覺得似曾相識，也不敢肯定是不是自己寫的。散文寫了這麼多，他懶得去整理和剪貼，更別提出書了，幸好他的賢內助費心費力的蒐存了幾十篇，蔡文甫先生又一催、二催、三催的，總算把念慈先生唯一的散文集《狂花滿樹》給催生出來了。他還笑稱蔡文甫先生是「接生婆」。但這位「接生婆」也遲至民國 69 年才接生出念慈先生的第一本散文集，而讓他足足懷胎 20 年。

　　念慈先生服務教育界多年，退休後亦曾任教於中興大學中文系，擔任「小說選及習作」課程。如今，他過著閒雲野鶴的日子，居住在氣候宜人的臺中。希望久不拿筆的他，能再為讀者寫些精采的小說和散文，請大家拭目以待。

──選自《中央日報》，2000 年 1 月 15 日，22 版

楊念慈及其《廢園舊事》

◎**羅盤**[*]

一

　　當前的臺灣文壇，正是豐收的季節。二十多年出了不少傑出的作家，和傑出的作品。楊念慈和他的《廢園舊事》就是其中之一。

　　《廢園舊事》因是楊念慈的力作之一，但他並不是因此而成名。早在二十年前，楊念慈的名字，就為當年愛好文藝的朋友們所熟悉，也是當時副刊和雜誌編輯爭取的對象。

　　楊念慈作品特色之一，是淳純、樸實、可讀性很高。所以那時雖然文藝園地有限，投稿的人很多，而楊念慈的作品卻仍為編輯先生們交相爭取。

　　光復之初，臺灣的文壇是一片荒蕪，政府遷臺以後，由於大陸文人相繼來臺，才給臺灣的文壇帶來一片生機。不過那時可以發表作品的地方仍很有限，僅僅幾家報紙的副刊，和幾份草創的文藝雜誌而已，因其容量有限，歡迎的作品，多是短篇。所以楊念慈的早期作品，也多是短篇的創作。以後，文藝刊物逐漸增加，雜誌也印得越來越厚，稿子的需要增多，長篇作品才陸續問世。

　　如果我們承認楊念慈在寫作方面有所成就的話，他的短篇和長篇都具有同等的分量。

[*]羅盤（1927～2011），本名羅德湛，江西九江人。小說家、文學評論家。曾任行政院人事行政局科長、專門委員、執行祕書及行政院新聞局、故宮博物院人事室主任。

　　他的作品很多，在長篇方面計有：《殘荷》、《落日》、《陋巷之春》、《金十字架》、《罪人》、〈黑繭〉[1]、〈插曲〉、《十姊妹》、〈陰晴圓缺〉、《廢園舊事》、《黑牛與白蛇》、《犁牛之子》、〈春寒〉等。至於未輯成書的短篇創作就難以詳列了。

　　其實，在早期，他還寫過若干散文和新詩。他的散文渾厚流暢，他的新詩較徐志摩時代者更有一種新的風采，卻也不同於目前的甚麼現代詩。自有他的創格。此外他還寫過一些廣播劇本。就爬方格子而言，他的成就和才華都是多方面的。

　　他的作品大多帶著濃厚的鄉土氣息，人物性格十分突出，人情味很重，倫理觀念很深，對話的口語特別豐富，韻味十足。心理描寫也很細膩生動。故事組織嚴密，善用懸疑的手法，高潮迭起，氣勢磅礴。（這些特點在《廢園舊事》中特別顯著，後面再另討論）。他許多作品都是取材於軍中及農村。那是因為他是自農村走入軍旅的。他曾在槍林彈雨中打過滾，有著實際的戰鬥生活經驗，在耍筆桿子以前，確確實實地玩過槍桿。當前文壇的許多作家都是來自軍中，而似楊念慈真正衝鋒陷陣，嗅過火藥氣味的人，卻尚不多，讀這一類的作品，似乎以他的比較踏實耐看，較有深度。

　　他是山東人。山東人的性格，在北方人中是較為突出的；他們正直、憨厚、一根腸子到底。當然他們也有些固執，常會因某些事不為別人所諒解。

　　楊念慈的性格也有著山東人共同的特徵。似乎有人批評過他有些固執。

　　但固執不一定是壞的習性，相反，能夠擇善固執，毋寧是一種美德。《廢園舊事》中的「大酒簍」，是一個十分固執的老頭，但誰又能說他的固執不可敬可愛呢？

　　不固執的人，何嘗不可以將他解釋為沒有性格，沒有骨氣。有人寧願

---

[1] 編按：《罪人》和〈黑繭〉實為同一部作品，後者為連載於《自由青年》時所用的名稱，出版時才改名《罪人》。

交往這種固執的朋友。

　　和許多山東人一樣，楊念慈也有著一份古道熱腸。他雖不輕論別人長短，卻樂意濟人之難、及為知己勸善規過。

　　他的談鋒很健，而且詼諧風趣。在他家做客，不會寂寞。場合中有了他，必能談笑風生。唯其如此，他的作品多帶有幾許幽默。像《廢園舊事》裡，他用於王大山身上的筆墨，就是很好的例證。

　　說起來，楊念慈可算得是儀表堂堂，長得方面大耳，一副福相。如果他繼續帶兵吃糧的話，也許早該做了將軍，其前程必定大過王大山的「四品前程」。

　　他的身材不算高大，但相當壯實。想當年穿著軍服、發號司令的時候，必定甚為威風。

　　他待人不拘小節，卻實在，討厭虛偽客套。席不暇暖的訪客他是不歡迎的。所以不論遠近的朋友，一旦去他家做客，必是盡歡而散，甚至鬧個通宵達旦。

　　很多人都是「太太是人家的好」，但楊念慈則是「太太是自己的好」。在很多文章中，他曾不止一次稱讚自己的太太。這位楊大嫂的確是集新舊女性之美於一身的人，用「美而慧」三個字來形容她，確可當之無愧。

　　他們伉儷情深，十五年如一日。

　　他太太原是他的高足——

　　民國 42 年，他在臺北做膩了職業作家，並辭去《自由青年》的編務後，跑到員林國立員林實驗中學做起老師來，在那裡，他追上了這位永遠面帶笑容的山東姑娘。

　　他們先後曾有過三個愛情結晶，但不幸的是：在一次孩子的戲水中，他的長子不幸被淹死在一條小水溝裡。這給他們夫婦打擊太大。由於不忍再看到那條令人傷心欲絕的小水溝，便辭去了當時任教的省立中興中學。遷居到臺北。

　　在臺北，因不慣於都市的騷擾，半年後終於又回到了中部，受聘於省

立臺中一中，以迄於今。

他處世有分寸，做事極嚴謹，風趣詼諧只是他生活的一面。尤其在寫作方面，非常認真。十幾年前，他曾寫過一篇叫做〈斷魂橋〉的長篇。當時預定交由大業書店出版，已經簽好約，而且書店也預付了版稅，並登過廣告，但寫完之後，覺得不稱心，幾次改寫，仍不滿意，後來竟付之一炬。又如幾年前，一家雜誌社約他寫稿，預付給他一筆稿費，他也一再要將它退回，這都是他負責認真的表現。

「慢工出細貨」，是他寫作的另一種態度。他的作品不愁沒有銷路，當然他也不反對鈔票來得太多，但他願寧珍惜他的藝術良心。

由於他的作品都是經過精心錘鍊，聲譽很高，為當前文壇最受歡迎的作家之一。

他曾得過兩次極高榮譽，其一是：榮獲中國文藝協會第一屆文藝獎章小說獎。那次得獎的另三位是：散文獎張秀亞，評論獎王鼎鈞，翻譯獎施翠峰。其二是：榮獲教育部文化局文學獎金小說獎。與他同時獲得此獎的，還有張放。

二

楊念慈的作品甚多，已如前述。不久前，臺灣電視公司曾將他的《廢園舊事》改編為電視小說——數年前電懋公司曾將它易名為《雷堡風雲》，拍成電影——這是他作品中最為大家所熟悉的一部。且就此來談談其作品的成就與價值。

從表面看來，《廢園舊事》是一部描寫敵後游擊隊的故事。實在作者是藉此來揭發共匪的詭計陰謀。

抗戰末期，日本鬼子已臨強弩之末，敵後的熱血男兒紛紛揭竿而起，組織游擊隊，打擊敵人，策應中央。有雷聲宇者領導著游擊第十五縱隊活躍在山東某地。他為了要加強部隊的訓練，與中央取得聯絡，請總部派遣一名參謀長來協助整訓部隊。這位被派來的新參謀長余志勳，正好就是雷

司令的嫡親外甥，在中央軍做過營長。

第十五縱隊係由三個縱隊組成。而其中的第一、第二支隊便是分由雷司令的侄子驚龍、和驚蟄率領。

這兩位堂兄弟自幼一起長大，卻素情不睦。余志勳未向雷部報到之前，兩兄弟竟然動了傢伙，弟弟竟將堂兄打死。據說是為了一個名叫「繡花破鞋」的妓女。

驚龍所娶的妻子羅秋雲，就是他的表妹，驚蟄和志勳的表姊。這位雲姑娘立志要給死去的丈夫報仇。

驚蟄承認曾開槍打過驚龍，但他只開過一槍，打中驚龍的右手，因當時兩人都拔槍相向，恐肇事端，他只想打掉對方的手槍。不想對方應聲倒地就死了。其時是在「繡花破鞋」的房間裡，沒有別人在場。驚龍死了，驚蟄開的槍，這還有甚麼好說的呢，他無法不自認是殺兄的凶手。

殺人償命！妻子要為丈夫報仇！這有甚麼不對？

殺人的是兒子，被殺的是侄子，侄子沒有兒子親，這叫雷聲宇如何處置？

雷聲宇本有殺子償命的打算，但老參謀長劉宗儒不同意，他認為事情顯有可疑，應該弄個水落石出後，再做處置。恰好這時余志勳來了。

志勳還未正式就職，就碰到這件事，死者是他的表哥，疑凶是他的表弟，要報仇的是他的表姊，進退維谷的是他的舅舅，這件事他不能不管。

於是他便將軍務暫且擱置一旁，決心要先把這件事查個黑白分明。因為這關係於雷部的團結，不僅只是一條人命而已。故事於焉展開。

作者在這本書表現了他的才華，發揮了他高度的修養和技巧。茲分述如次：

三

作者是位善說故事，善於製造懸疑技巧的人。本書使用的是第一人稱的筆觸，這更有助於懸疑技巧的運用。

　　首先使人奇異的是：「大響鞭」接得參謀長余志勳歸來時，哨兵竟不准他們進入防地，及待被「大響鞭」一頓臭罵，罵出他的侄子來時，才知道這防地被他的堂弟王春發接管了。任職於第二支隊第一大隊長的王春發，看到「大響鞭」支支吾吾，一片難言之隱，「大響鞭」愈疑愈急，怎麼逼他，都不肯講，最後才把他領到另一個房間去細說根由。作者用巧妙的手法製造了第一個懸疑，使讀者無法了解究竟發了甚麼事端？

　　「大響鞭」原是雷家的老僕，與余志勳十分熟稔，去接他時，一路上有說有笑，誰知聽了王春發的一席話後，出來時竟霍然色變，雖然對余志勳沒有敵意，卻不肯再送余志勳至雷家寨，自己便急著要回一支隊。這是第二個懸疑。

　　余志勳到了雷部，見到舅舅，問起表弟驚蟄，舅舅的臉色一變：「你現在不必見他——我把他押起來啦！」並且要槍斃他。這是為何呢？這是第三個懸疑。

　　聽了老參謀長的敘述，才知道兄弟鬩牆，鬧出了人命。

　　殺人償命，「古之明訓」。螻蟻尚且貪生，不意蟄表弟在他面前竟直認自己是凶手！

　　雷驚蟄真是凶手嗎？這是第四個懸疑。

　　驚蟄和驚龍的爭吵動武，是在「朱家老店」「繡花破鞋」的屋子裡，那天跟著驚龍同在那兒的，是他的副官「單打一」，這窰子裡有沒有可疑的人？「單打一」靠不靠得住？這是第五個懸疑，

　　余志勳祭奠過雷驚龍後，被「大響鞭」安置在雷家花園裡。一夜，他正在等待「大響鞭」，無聊時散步於花園，溫習幼時的舊夢，忽然羅秋雲出現，持搶相向，嚴聲厲色，這一驚險緊張的局面，使讀者不禁為余志勳捏把冷汗。作者如此安排，是為他所製造的第六個懸疑。

　　余志勳和羅秋雲分別後十多年，在花園中見面，臨走，她給了他一槍，而半夜又命「大響鞭」送來一隻花瓶，這意味著甚麼？用意何在？是為第七個懸疑。

羅秋雲槍法高明，既開槍打余志勳，何以又不打要害？先下逐客令，繼又要留他？情節的發展，曲折離奇，處處顯得疑雲密布。這是第八個懸疑。

余志勳和「大響鞭」去普利寺驗屍，查出雷驚龍身中兩槍，一槍洞背穿胸。驚蟄只打了一槍，另一槍又是誰打的？另有其人乎？還是驚蟄企圖脫罪？余志勳對「單打一」具有疑心，而「大響鞭」又說「單打一」如何忠實可靠。是焉非焉？這是第九個懸疑。

余志勳偕同勤務兵王大山探訪「朱家老店」，在「繡花破鞋」屋子的一廂牆壁上果然找到一顆子彈洞，這雖印證了雷驚龍身中兩槍的說法，但凶手究係何人？「繡花破鞋」是否涉嫌呢？仍是疑團緊結。這是第十個懸疑。

一波未平，一波又起，在第一支隊第一大隊的防區裡，出了槍案，做案的是第二支隊的人，並且有十枝步槍為證。經查對槍枝號證碼，明這些槍原屬第二支隊所有不誤。又是令人置疑難解的事，這是第十一個懸疑。

呈繳這批槍枝的，是第一支隊第一大隊的一個中隊長，名叫「崔小臭」。但這些槍枝經查出是兩年前一次戰鬥中失去的。而第三支隊在防區逮捕的 12 個人中，有七名是崔小臭的部屬，有五名是蔡跛子的人，蔡跛子是土八路的首領，這情節就愈來愈複雜，作者更將讀者引入於迷魂陣中。此是第十二個懸疑。

崔小臭藉為雷支隊長報仇為名，從中挑撥，終致露出馬腳而喪生，崔小臭的身分明白了，原來是一個共產黨，那麼雷驚龍是不是他所殺？連「大響鞭」都作如是想。可是他已氣絕身亡，並未能得到一句口供，這又給讀者一個悶葫蘆，是為第十三個懸疑。

在此一暴動事件中，余志勳雖然脫險，終於受傷，羅秋雲要余志勳找某個佃戶就醫，「單打一」搶著伴送，這又是甚麼機關？此為第十四個懸疑。

及至最後，「單打一」露出嘴臉才真相大白，在此以前，整個故事都是

疑雲疑霧中發展，使得情節緊迫，扣人心弦。作者之於讀者，可算是極盡玩弄之能事了。

四

由於作者善於運用懸疑的手法，將情節扣得十分緊湊，因此高潮迭起。在整個故事的展布中，雖未時時爭吵，處處打鬧，卻殺氣騰騰，劍拔弩張，充滿著火藥味，一種大風暴的低氣壓，窒息得令人難以呼吸。

從表面看來，余志勳不時幽默王大山，見景思情，回憶著往事，家鄉風土，故人笑貌，無不寫得有條不紊，娓娓道來。在心理描寫方面，也極細膩，可是故事的情節，卻一步緊似一步，向著高潮發展。有時乍看之下，呈現在讀者之前的，似是清風明月，一片昇平，實則像一條冰凍的河流，河面凝封如鏡，河底仍是急流洶湧，水流湍急。

本書的第一次高潮，是羅秋雲在「雷家花園」的出現，這時已是半夜深更，她獨自一人步入廢園，而且一見余志勳就是拔槍相向，她眼眶裡燃燒復仇的火燄，滿腔懷著一份勢不兩立的敵意，兩人這一場爭辯，真是唇槍舌戰。一個是認定殺死丈夫的凶手，就是小叔兼表弟，立志要給慘死的丈夫報仇，非得殺人償命不可；一者是身入龍潭，獨闖虎穴，不顧一切非得將事情弄清，查出真凶不可。兩人的目標也許是一致的，卻由於羅秋雲對他的不信任，始終存著固執的偏見。不聽解釋，不容分說，甚至恨不得欲將來者置於死地，方才洩恨。終致擊出擦頭而過的一槍，這是多驚險緊張的一剎那啊！

第二個高潮是開棺驗屍。在這一個「過節」中，雖然沒有遇到驚阻，而那緊張陰森的氣氛，卻逼得讀者呼吸緊迫，脈搏加速，血壓步步高升！

緊接著一個高潮是：在第一支隊的防區「槐花店」發生了槍案，崔中隊長呈上十支屬於第二支隊的步槍，堂堂火印烙得分明！在這龍支隊長屍骨未寒，大仇未清，自雲姑娘至全支隊的官兵，口口聲聲要血懲真凶之際，又節外生枝，使得彼此之間仇恨更深，第十五縱隊的團結更趨瓦解！

使得原本氣氛漸趨和諧的局面，又陷入了新的僵局。雲姑娘原是對志勳表弟就不信任的，這更使得余志勳有口難辯了。

　　然而槍枝的來歷頗有蹊蹺，查證的結果，不是現在失去的，繳槍報功的人是崔小臭，雖有物證，卻無人證！故事發展到此，情勢雖然緩和下來，讀者欲知究竟的心情則愈來愈迫切，就讀者的心緒而言，這也是一個劇情的高潮！

　　第一支隊的全體官兵千餘人，齊集普利寺前，情緒激昂，熱血騰沸，逼著代支隊長要立即採取行動，脫離雷部，獨立自主，並要馬上抓來真凶，血祭龍支隊長在天之靈。雲姑娘心中無主，鎮壓不住，叫「大響鞭」來搬兵求救，拉來參謀長，出面調停。

　　余志勳被邀到普利寺，介紹於第一支隊全體官兵之前，準備向大家講話之際，崔小臭居然要查驗他的身分！

　　崔小臭的身分被暴露，吃了虧，捱了揍，繳了槍，但由於一時的疏忽，忘了繳去他身佩的手榴彈，竟使余志勳當了肉票，變成人質！手榴彈絲環扣在崔小臭的手指，一拉即斷！一斷即炸！余志勳不得不聽命於崔小臭，他喊一，退左腳，他喊二，退右腳，眾目睽睽，卻束手無策，沒計施救。余志勳性命的存亡，就是霎瞬之間的事！雖然有經驗的讀者知道：凡是以第一人稱小說，書中的「我」絕不會中途喪命的，要不然誰來講這則故事！但他會不會受傷？這壞蛋能不能跑掉？主角如何能化險為夷？這每一秒鐘，讀者的細胞都不知要喪失多少。這是全書高潮的主峰。至此，真是一髮千鈞！

　　這一場風波平靜之後，另一次險惡的場面，是余志勳夜遇刺客！

　　共黨匪徒，既然馬腳已露，便索性一不做二不休，「朱家老店」的「大茶壺」唧「蔡司令員」之命，來生擒志勳！王大山不在廢園，「大酒簍」不在身邊，手槍被「大茶壺」摸了去，面對著「大茶壺」的槍口，余志勳怎能逃脫這一死難？他頃自崔小臭手榴彈下脫險，現今又墜入「大茶壺」的魔手，豈不令人一歎！

　　不久,「大酒簍」忽然出現,事情有了轉機,終算有了救星。誰知「大酒簍」的「吹火棒兒」打不響!應了「大響鞭」的那句話:「連隻兔子也嚇不著!」這又叫讀者空喜一場!

　　後來王不扁、周來住前來搭救,余志勳雖撿回來性命,王、周二人卻喪生在「單打一」的槍下。余志勳復被「單打一」賺開了房門,落在他的圈套裡。故事發展到此,讀者莫不為余志勳的存亡屏住一口氣,不知怎樣吐出來。這回,「大酒簍」又在千鈞一髮之際出現,而且他的「吹火棒兒」居然打響了。全書的高潮達到頂點。為余志勳生死存亡耽心的讀者,才輕鬆愉快地歎出那口氣來!

　　最後羅樓和廢園之役,也是高潮之一,寫得扣人心弦,而「大響鞭」之死,雷驚蟄在危急之際馳援苦戰,身有重傷,雷聲宇命他爬向雷驚龍之墳前贖罪,這雖談不上甚麼驚和險,卻是至為感人之筆。讀者披閱至此,不噙越淚者幾稀?

五

　　倫理道德,是中國古老文化最珍貴的一種遺產,愈是年長者,這種遺產承繼得愈多,愈是生長在農村的人,對倫理道德實踐愈力。在《廢園舊事》中,作者表現於「五倫」的道德至為尖銳。

　　第一先講「君臣之倫」。現在雖不是君主時代,百姓已無君主可以效忠,但僕人效忠於主人,卻是此倫思想的延伸。此可以「大響鞭」、「大酒簍」二人為代表。

　　「大響鞭」去後方接新參謀長,一路上何等歡騰愉快!及至驚聞「龍少爺」慘死惡耗,頓時神色凝重,茶飯無心。也懶得再送參謀長至雷部,急欲歸去以探究竟。此後,「龍少爺」之大仇一日未報,他即時刻負罪於心!

　　「大酒簍」在幼時曾訂過「娃娃親」,與「大響鞭」的一位堂姐訂有白首之盟,不意在 12、13 歲時「大響鞭」的堂姐不幸夭折,「大酒簍」僅只

做了王家的掛名女婿。所以「大響鞭」一直呼「大酒簍」為「姊夫」。而「大酒簍」一見「大響鞭」就罵，尤其「龍少爺」死後，他更和他「沒有完」！這不是「大酒簍」對這份掛名婚姻有何不滿，每年春節，照舊去王家磕頭，行女婿之禮。他對「大響鞭」不諒解者，是：「吃喝玩樂的時候，總有他（大響鞭）跟著跑，而龍少爺出事的時候，他卻不在身邊，沒有盡到保主護衛的責任，所以我和他永遠沒有個完！」

後來蔡跛子傾巢來犯，「大響鞭」誓死要在「廢園」保護龍少爺的靈厝。絕不讓土匪們動一撮土。余志勳深感勢孤力薄，勸他同赴羅樓，「大響鞭」不肯，「大酒簍」也不肯！在一場浴血苦戰中，「大響鞭」終以生命的代價，確保了「廢園」土地的乾淨！就少爺靈厝的無損。一向看不起他的「大酒簍」，竟抱著「大響鞭」的屍體大哭，老淚縱橫，泣不成聲地喊出了：「內弟，內弟，我的好兄弟……！」「大響鞭」終於死得其所，「大酒簍」對「大響鞭」的敵意終於冰釋，這是何等感人心弦，賺人眼淚之筆啊！

第二談「父子之倫」。驚蟄殺死了驚龍，陷聲宇於不義！因為聲宇未能將驚蟄槍斃，償還驚龍的性命，被人指責「侄子不如兒子親」！認為驚蟄所作所為的一切，都是由於他在袒護和撐腰。

「殺人者償命」！驚蟄既然承認是殺害驚龍的凶手，理當立即槍斃償命！但是老參謀長劉宗儒，和新參謀長余志勳都認為：驚龍之死，有可疑之處，驚蟄是否真凶？有待查證，這才暫時保住了驚蟄的性命。而此其間，聲宇對驚蟄之責罰，是何等之嚴？對將失子之痛，何其之深！而驚蟄受父親的訓責，從無怨言，從不抗辯。此中所表現的父於子之親，子於父之孝，何等深刻！

第三談「夫婦之倫」。雷驚龍和羅秋雲原是表兄妹，青梅竹馬，自小一塊兒長大，然後結為夫妻。但是個性不一，婚後的感情並不很融洽，可是驚龍驟逝，秋雲卻哀痛逾恆，矢志要為亡夫報仇！其實驚龍的死所，是在「朱家老店」「繡花破鞋」的房裡，據說就是為了這個妓女。但秋雲對丈夫

的死因並沒有拈酸吃醋，示以幸災樂禍，心中唯一的意念，就是要為丈夫報仇，否則勢不兩立，不共戴天！這種表現於中國婦女固有美德，是何等的完美！妻子對丈夫的忠貞何等可敬！

　　第四談「兄弟之倫」。驚蟄雖然「打死了堂兄」，而他的拔槍卻是出於自衛的。驚龍驟死，他也深感蹊蹺，卻毫不推卸刑責，自甘償命。後來終於真相大白，他並不是真凶。而在整個案過程中，驚蟄對於驚龍生前的所作所為，並無抱怨，只是懷著一份贖罪的心情，準備付出自己的生命，去償還那生前不斷杯葛，對他多方疑忌的堂兄。兄雖不友，弟卻乃恭，這位做弟弟的是很夠意思的了。另如余志勳，他身處於表兄及表弟的地位，被害、疑凶、遺孀三者與他的關係都是相等的，他既不能讓表兄不白而死，又不能任表弟糊裡糊塗地再賠上一條性命，同時也不能攔阻新寡的表姊不為丈夫報仇，處於這兩難之間，他所表現的不偏不阿的精神，以及兄弟姊妹間的情誼，都充分顯示出作者對此倫觀念的重視。

　　第五談到「朋友之倫」。這可以劉宗儒在雷家寨所受的待遇來說明。雷聲宇富甲一方，昔日有錢，現今擁兵數千，亦復有勢。劉宗儒只是他「幕府」而已。他們本是僚屬的關係。但由於他們曾經義結芝蘭，所以他們顯示的乃是一種賓主的關係。然而雷聲宇對待這位義兄禮遇有加。劉宗儒所說的話，雷聲宇也無不言聽計從，堪稱一言九鼎。這是中國舊社會中，對待朋友的一種良好典範。

六

　　在人物方面作者有極豐碩的收穫，幾個主要的人物，真是個個栩栩如生！

　　以故事的分量而言，余志勳自是核心人物。他所留給讀者的印象，是一個年輕，有朝氣，有正義，頭腦清楚，做事穩健，而且極富情感的人。他挺身而出地負責調查這樁命案，真儼似一個老練的探長，對案情的分析，冷靜而有條理。在另一方面，心中又蘊藏著無限的情誼。由於他的才

華，終於在紊亂中將案情理出頭緒，由於他堅毅不拔，終將撲朔迷離的冤情查了個水落石出！

這是一部以第一人稱筆觸所寫的小說。主角就是書中的「我」。使用這種筆觸的作家，常易犯著一種通病：或將「我」寫成了無懈可擊的英雄；或將「我」寫成了料事如神的諸葛；或將「我」寫成了風流倜儻的多情公子，眾香所逐的對象；或將「我」寫成了無所不備的完人……。然而本書則否。余志勳有其過人的優點，也有若干缺點，他不是一個無可疵議的人。他有著常人所易犯的錯誤，有著常人所具有的缺點。因此，「他」是我們日常所見到的一位熟悉的朋友，他不是超人，和我們生活在一起！他雖儼似一位幹練的探長，但由於他的大意，第一次險些喪命於崔小臭之手，因為他的疏忽，第二次又幾乎為「大茶壺」所暗殺，這不特有助於故事情節的蛻變，也使得他成了讀者所樂於歡迎的人，這是作者高明之處。

遭受喪夫之痛的羅秋雲，作者用在她身上的筆墨並不太多。可是一個性格剛毅，意氣如虹，矢志為夫報仇的烈婦，卻躍然紙上。她所流露於眉宇的仇恨，所貯藏於心中的悲痛，作者都寫得十分深刻。她的橫蠻、不信任、不可理喻的固執，是多麼的合情而又合理。從她的身上，我們不特嗅到女人的氣息，也看到了貞烈的影子！她秉承了中國婦女固有的舊道德，卻也表現出新時代新女性的新作風！這雖然是一個易於發揮的人物，而能有此成績，顯見作者的功夫頗為不凡。

「大響鞭」在本書中，是屬於一個「奴婢僕從」式的人物，然在整個故事中，都是在穿針引線，似乎每一個環節都少不了他。雷部和第一支隊的隔膜，沒有他的調和何能冰釋！表少爺和雲姑娘中間距離，沒有他的拉攏何能彌合！余志勳對這案情的調查，沒有他的協助何能真相大白！實則他在本書所占的分量並不亞於第一男主角。這位從小服役於雷家的老傭人，此刻雖做了第一支隊的副官，在龍支隊長手下是第一號的大紅人。但他卻沒有忘本。龍少爺的死，他所承受的悲痛不亞於雲姑娘。由於他未能「忠心保主」，使他悲痛不已，「大酒簍」不時的責難，使他冤莫能辯。羅

秋雲雖有喪夫之痛，有人同意她，聲援她。而他，遭到失主之慟，誰憐憫他？誰諒解他！他很想與女主人同聲一哭，要蟄少爺償出性命，為他的故主報仇。但他僅居於一個僕從地位，能出此言嗎？他很想勸女主人節哀順變，這又是一個新寡的烈婦所能接受的嗎？第一支隊龍蛇混雜，意見紛紜，他頗想整頓，而代理支隊長的，是雲姑娘，不是他，他何來權力。但他卻不能不管。他若不管，情勢只有日益沉淪惡化。少主人喪命時他未能親歷其境，以致沒能盡到保主之責，內心創痛艱平，而今，絕不能袖手旁觀，任龍少爺的基業燬於一旦，不能任女主人在亡夫之餘，又落在奸匪之圈套裡。這一切，使得他悲慟逾恆，憂心如焚！在本書中，「大響鞭」的成功，確使全書生輝增色不少。

「大酒簍」是另一種特殊的典型。他的「愚忠」、「固執」，叫人覺得十分可愛。誠如「大響鞭」所說：「姊夫，我可沒有甚麼事情得罪過您老人家。」而他卻始終看「大響鞭」不順眼。其原因是：在龍少爺之生前，他沒能引導龍少爺走上正路，在龍少爺慘死之日，他又沒在身旁盡到保主之責。如果其時有他在，「用身子一攔，也可以擋住那顆子彈」。所以他看到「大響鞭」就罵，罵得「大響鞭」簡直不敢和他照面。

「雷家花園」廢荒了，老少兩代主人都死了，這兒的花草不可能再有人來欣賞，而他對「廢園」中的一草一木，卻仍惜之如金，愛之如玉，這種效忠的義僕，於今之世真不知道打著燈籠往那裡去找？他的垂老生命，一如他手中那枝常常打不響的鳥槍，可是他信念不滅，意志不搖，終於有一天，鳥槍還是打響了。垂暮的生命仍然迸出燦爛的火花！「大響鞭」臨終之時，他撫屍大哭，頻呼「內弟、內弟！我的好兄弟……。」這是一個多麼明事理、知是非、可敬復可愛的老人啊！在反派人物方面，用於崔小臭的筆墨雖不多，卻處處都是畫龍點睛之筆，將一個共產黨徒的嘴臉刻畫得入木三分，叫人看來，無不恨之入骨！

此外如雷聲宇、劉宗儒、雷驚蟄、「單打一」、王大山等，這些人物其性格、其聲貌，亦無不有其可資圈點之處。

七

本書的對話，精采之至，是為一大特色。其中有幽默的對話，令人不禁發笑；有慷慨激昂的陳詞，氣壯山河；有藉對話對人物的描寫，簡潔深刻；此外口語極為豐富，諺語方言都應用玉潤珠圓，恰到好處。茲如摘其代表性者如下：

「大響鞭」聽說王大山要隨余志勳去敵後打游擊，曾朝著余志勳揶揄他說：「哎呀，我的表少爺，你帶這麼一個臭屎蛋去幹什麼？他疴屎還得別人代他擦屁股吧？我們『雷部』沒有閒人，領他到了那裡，誰給他換尿布？」

羅秋雲在「廢園」初晤余志勳，她的這席話說得如何的慷慨激昂！她對余志勳說：

「你不公平，你只知道責備我，難道他們雷家所為都是應該的麼？雷驚蟄殺死了我的丈夫，進一步他就要強占我的地盤，吞併我的隊伍，這都是有計畫的陰謀，你以為我看不清楚？不管我的丈夫是為甚麼被殺死的，自古以來，殺人者死，如果那當司令的人真是公正無私，他就該把雷驚蟄解到普利寺，讓我在我丈夫的靈前把他五馬分屍，為我的丈夫償命！可是，侄子哪有兒子親？我這個侄媳婦更是外人，他不但不接受我的要求，反而派人來威嚇利誘，要我把隊伍帶到雷家寨去，這又是甚麼毒計？現在我有人有槍，還要受他們的欺負，一旦被他們包圍起來繳了械，我還能活命麼？……志勳表弟，如果你能站在中間，不偏不倚，憑你的良心說話，這究竟誰是誰非？誰對誰錯？你怪我不計親疏，卻忘了這是雷驚蟄那一槍先打斷我和他們之間的關係！我和他們沒有親戚！我和他們也不是家族！雖然我是兩截穿衣，

三綹梳頭，但我並不是一個弱者，絕不向他們屈服！」

「大酒簍」一向是看不起「大響鞭」的，一見到呵責怒罵，但有一次「大響鞭」對余志勳卻是這樣評論「大酒簍」，這席話真把「大酒簍」的性格為人說得鏗鏘有聲。他說：

「表少爺，您不能這樣說他。上上下下，他都不招人喜歡是真的，都只為他那性情太剛強，心地太方正，一板一眼，幾十年不變，就好比那大年下請進家的醉鍾馗，模樣兒雖不濟，可是，辟邪！有他貼在那裡，你就遭不了祟！要說他不講理呢，那是不公道的。他的毛病就在他講理講得太屬害啦，又加上舉動太『蠻』，說話太『侉』，別的人難免在背後委委屈屈，自覺著受了他的欺負，而當他往你的跟前一站，哪怕他舉起那根鳥槍瞄著你，饒是你挨了他的罵，受了他的氣，卻覺得他一臉都是理！一身都是理！」

我們再看看作者所賦予崔小臭的一張伶牙俐嘴：

「要是在平時呢，代支隊長的命令我們不敢不遵，王副官的話我們也不敢不信！別說是中央軍派來的參謀長，就是一位普普通通的客人，我們做部下的也得對你恭敬有禮，哪敢再盤查你的來歷？其實還不止是人哪，就是一隻狗，像我們支隊長養的那隻日本鬼子大狼狗，雖然是一個畜生，就因為牠是支隊長的寵物，全支隊上上下下，誰不對牠敬讓三分──？我這話對不對，諸位？──不過嘛，如今的情形不同，我們支隊長的屍體還停在後廟院裡，全支隊的人都齊心合意，要為支隊長報仇，卻有人在這關口打了退堂鼓！人心隔肚皮，教人不能不起疑！逼著啞巴說話，這實在是情非得已，為公不為私，我們對長官失禮，也只好請代支隊長和王副官體念下情，多多原諒咧！」

接著他又說：

「……我這話對不對，諸位？就是我不說，諸位心裡也明白，咱們第一支隊在雷部一向是外皮，平日裡，誰沒有一肚子的窩囊氣？那只怪我們官卑職小，受欺負是應當的！可是，我們一讓再讓，人家不休不止，欺來欺去，終於欺負到我們支隊長的頭上！支隊長不是也姓雷麼？結果還落了這麼一個下場！我們要是任由別人欺負，將來還不也是一條死路？現在，甚麼話都不必講，什麼人都不能信，報仇第一，別的都在其次！我這話對不對，諸位？如果有人幫我們報仇就是朋友！誰要是阻止我們，那就是敵人！千里迢迢，那裡來的中央軍？隨便拉一個人來，無憑無據，硬說是中央軍派來的參謀長，諸位，你們信不信？誰信哪，誰上當！」

八

這是一本值得欣賞可資品評的書。無論是就主題、內容、和技巧而言，都有它可觀的成績。不過若容許筆者吹毛求疵，倒也有兩點，似乎還有待商榷。

本書故事主要的一個環節，就是雷驚龍不知被何人所殺？雷驚蟄究竟是不是真凶？自然，故事發展到了結尾，真相終於大白，原來凶手竟是雷驚龍的心腹副官「單打一」，但是這些情形作者只向讀者交代了，每個讀者都看了個明明白白。可是追凶最力的人，是矢志要為丈夫報仇的羅秋雲。從以後的情節看來，羅秋雲似是明白真相了，但作者既未令余志勳當面向羅秋雲報告，也沒叫「大響鞭」傳達這一消息，似乎是一疏漏。嚴格地說來，作者不但要將此事對羅秋雲做個真面的交代，而且還得如何以人證物證取信於羅秋雲。因為羅秋雲自始是十分肯定認為雷驚蟄是凶手，爾後經過余志勳百般的努力，才慢慢接受建議進行調查，卻也並未完全信賴余志

動的公正不倚。雖說崔小臭揭開了自己的嘴臉，承認是土八路。「大茶壺」、「單打一」也相繼暴露了身分，可是後者二人事情的發生都是在「廢園」，而不是在羅樓。羅秋雲未能親見目睹，她肯相信嗎？「單打一」的死，難道就不可能是別的原因嗎？「單打一」是共產黨，「大茶壺」又何嘗不是？「單打一」既能做凶手，「大茶壺」又何嘗不能？「單打一」殺雷驚龍的事實，作者明白、讀者明白，羅秋雲未能親眼所視，就未見得明白了。當然，作者也許可解釋說：「單打一」既然挾持小少爺母子出走，作為人質肉票，豈不業已事實昭彰，又何必多費筆墨呢？其實假如他不是凶手，而只是一個共產黨，爾等陰謀敗露，也何嘗不可以出此行為！

另外還有一點：作者在 201 頁寫道：那位尼姑曾預言王大山要遭一場「桃花劫」，為他招來另一次生死攸關的大難……。不錯，王大山曾做過「小草驢」的狎客，以後又去找過「小草驢」，而且竟因此被俘。然此種種，作者只是輕描淡寫地，以略筆帶過。實則這碼事兒，應該以正筆稍加鋪敘一下，否則又何必在前文中預下伏筆，鄭重其事地說「這是後話，按下不表」。就作者在書中的著筆而言，縱然王大山在「小草驢」的棺材前插了一根「愛妻馬筱芬之墓」的木牌兒，還是令人有些草率之感。不知作者以為然否？

倫理秩序和政治秩序的一致：
《廢園舊事》[*]

◎侯如綺[**]

　　楊念慈[1]的《廢園舊事》[2]創作於 1959 年，是他的重要代表作品之一。後來和《藍與黑》一樣曾被改編為暢銷電影。就如同諸多被視為「反共文學」的作品，作者在許多年後提到當初並不認為自己在寫作之時有預設下如此立場；2000 年小說由麥田重新出版時，楊念慈還強調自己的身分並不是所謂的「軍中作家」[3]。但楊念慈的確是以國軍身分來臺而後才轉任教職，如此經驗對於《廢園舊事》的創作有著一定的幫助與影響。

　　小說的背景是 1945 年抗日即將要勝利，但中央正和勢力漸大的共軍抗衡的時代。很明顯的，這篇作品仍以倫理道德作為命題切入故事。因為小說敘述以雷部游擊隊為主，雷司令領導的游擊隊成員，若非有血親關係，就是鄉親故舊。所以基本上，游擊隊是以中國倫理關係為圓心伸展開來所組織的。小說的故事發展於主角「我」，即參謀長余志勳，被中央派往魯西指揮游擊隊，而主角和游擊隊司令亦為舅甥關係。當余志勳到了當地任職，剛好遇上游擊隊中的第二支隊隊長槍殺第一支隊隊長，第一支隊隊長

[*] 編按：本文選自侯如綺《雙鄉之間：臺灣外省小說家的離散與敘事（1950—1987）》（臺北：聯經出版公司，2014 年 6 月）第三章「文化斷裂的危機——離散者的道德文化信仰與敘事策略」第二節「反共主張下的倫理命題」第二小節「倫理秩序和政治秩序的一致：《廢園舊事》」，頁 146～154。
[**] 淡江大學中國文學系助理教授。
[1] 楊念慈，1922 年出生於山東城武，1949 年來臺。西北師範學院國文系肄業，中央軍校第 18 期步科畢業。曾任軍職，1953 年入教育界服務，現已退休。創作文類以小說為主。
[2] 創作完成為 1959 年，1962 年臺北文壇社初版。
[3] 楊念慈，〈自序〉，《廢園舊事》（臺北：麥田出版公司，2000 年，5 月），頁 8。

斃命。這兩位隊長是堂兄弟，和余是表兄弟。這在以親緣鄉里關係為主所組成的游擊隊來說，除了是對軍紀的嚴重傷害之外，更是違逆人倫的大事。游擊隊雷部司令因此陷入兒子殺了侄子問題中，不管如何判，都難以周全。人倫親情夾雜在命案之中，更容易在此時意氣用事。

根據蟄表弟證詞，他雖開槍龍表哥但不致死，他離開案發處尋人幫忙，再回來時龍表哥卻已身亡。這蟄表弟性格向來過分正直，因此事件非常明顯，自然是有人於其中動了手腳，製造出兄弟為了女人爭風吃醋失和失命的假象，促使雷部支隊分崩離析，是一歹毒的離間之計。此乃情節一開始的重要事件，也是伏筆，小說就以揭開凶案之謎為主軸。讀者可以明顯預測出這個命案是利用兄弟兩人的間隙給予重擊的惡意陰謀。事件才發生，小說就表示龍表哥的支隊成員複雜，而且又有敵人土八路，以「蔡跛子」為首，為共軍所活動。明顯的暗示這一番事情，自然和蔡跛子等人是有關的。換句話說，凶手幾乎早就已經是注定好了。因此讀者的閱讀樂趣，與其說是在尋找真凶，更毋寧說是在閱讀事件究竟是如何發生的。換句話說，其閱讀樂趣正在於壞人／共軍的做法到底有多邪惡，反間之計到底有多卑鄙上。

在人物外表的寫作上，亦和角色性格有所一致。在形象上不像《蓮漪表妹》，反面角色會偽裝樸素、老實、善良，在描述反派角色上，作者總是明顯的給予反面角色令人厭惡的外形。一樣在國／共人物的二分架構下，這些狠毒敵人屬於共軍陣營。凶手單打一，獨眼，注重外表，總是把自己打扮得油頭粉面。這樣的人引不起主角的好感，花俏的打扮說明了他善於出入花街柳巷找門路。另一挾持長官的人物崔小臭，異常矮小，長相猥瑣。巴掌大的臉，有皮無肉，一對金魚眼，大而無神，外加短眉窄鼻，五官擠著一塊，像是「看到一隻癩皮猴子穿衣戴帽」般的滑稽。甚至在人名上：蔡跛子、崔小臭、單打一、繡花破鞋，皆以缺陷去表示反派人物的人格殘缺與邪惡，非破即臭。

這些人物皆為巧言令色者，如同反共小說所常見的觀點：共黨人士能

說善道，常鼓動他人得到支持。相反的，與其他的正派人物形成對比，主角余志勳自言不善言語、大響鞭說話直衝、重聽的大酒簍既聽不清更不想說話。這些不善言詞的人物，他們的人格表現在充滿了忠誠與愛的人際關係上。在小說中作者重視那些對於人倫親情，互信互愛的描寫。不分尊卑，亦不分年紀。即如同雷部游擊隊的組合，若非親人，則是老師或僕從，同樣保衛家國共同奮鬥。

　　雷部的司令本為富甲一方的財主，後來毀家破產、賣地買槍，成立游擊隊。老參謀長劉大爺和雷司令為金蘭之交，劉大爺也曾擔任主角的私塾老師。主角敘述雷司令和劉大爺少年訂交，本來兩個人的身分十分懸殊，一個是窮書生，一個是百萬豪富，而訂交之後，情同手足，四十年來，始終不渝。兩結義兄弟，不論貧賤，至老仍相互友愛尊敬。小說一次描寫雷司令、劉大爺與「我」的餐聚：

> 主客一共只有三人，怎麼坐法卻大費躊躇。劉大爺推我上坐，說「雖是至親，主客之禮不可廢。」我堅持著「長幼有序」，不敢以客位自居，讓了一陣，還是劉大爺坐了上首，我坐在旁邊打橫的一張椅子上，舅舅在主位相陪。
>
> ——頁84

　　在《廢園舊事》中所強調的人際關係，是互敬、互愛、互重。不僅在內心，且藉由禮儀來表現人與人之間的分際。作者並不以為那過時，反而對此感到那是表達人的情感的一種方法，表現在愛之中的一份敬重之情。再看相差十多歲的大響鞭與大酒簍，兩人都是雷家家僕，他們對於主僕關係的自我要求嚴格。大酒簍一見主角表少爺就行單膝著地的老式禮，兩人對於龍少爺之死耿耿於懷，因為他們皆認為僕人應該效忠主人，代死亦不足惜。人物的執著，在作者的筆下是可愛的、可敬的。大酒簍雖稱謂上是大響鞭的姊夫，但是實際上只是和大響鞭12歲亡故的姊姊訂過娃娃親，從

此一諾千金，當了五十多年的姊夫，未再娶親。大響鞭尊重他的姊夫，也
敬重他正直的人格。小說中如此評論：

> 你可以攻擊那種婚姻制度的一切缺點，卻不能不承認舊社會中那輩老
> 人們心厚情篤的風範，實在令人憶念。

> ——頁 206

我們不論大酒簍如此缺乏人生伴侶，在雷家花園忍受漫漫孤寂的痛苦
是否合乎人性，但遵循的老式的傳統，即使看起來迂腐，作者卻採取肯定
的角度。不過在現實上，那卻不一定是個值得懷念的時代，我們端看精明
的雲姑娘竟會放任其夫尋歡、羅家丫鬟為妾生子亦地位卑下之事即可知
曉，但是作者強調並懷想的是人情義理的篤實淳厚。從此可看出和共產黨
理念全然相背。

共黨強調階級不公、強調鬥爭、強調封建對於人的壓榨，但顯然作者
並不以為然。他以人物提出他的看法，我們在雷司令與劉大爺身上，在大
響鞭和大酒簍身上，看不到這樣的問題。並且最基本的，倘若階級矛盾真
的要嚴重若此，斷不可能組成這樣具戰鬥力的游擊隊。因此，作者寓意在
於：唯像昔日是雷家佃戶的單打一那樣忘恩負義的人格，才會加入共軍。
作者在人物塑造上採取二分法，將共軍和中央軍人格化：共軍的成員牛鬼
蛇神，採取陰毒的方式扯後腿、違背道義、巧言令色、虛偽；而聽命於中
央軍的游擊隊成員，不是像雷司令為國家取義忘利，就是為了家園或長官
而忠誠捨身，他們或許沒有足以煽動人的言語，但是透過了舉措禮儀來代
表心中的情感。

另一方面，我們或也可以說作者懷念道德禮義的美好，嚮往人情美。
這可以說是一種情感上的懷舊，面對日漸現代化社會後一種鄉土的懷念，
而他把這種嚮往寄託給雷部游擊隊那些成員們。可是精細一點來說，他們
特別的不只在於他們所形成的人格典型和共黨人物遙遙相對。更為特殊的

在於游擊隊的組成方式以及他們的身分。游擊隊雖非正規軍隊，但是隸屬中央軍為其所管轄，有一般的軍隊組織，是政治單位。可是同時我們看到小說中的領導人物，司令、參謀、支隊長等人，也是昔日富豪雷家與官宦羅家之人。支隊長蟄表弟與龍表哥姓雷，即使是龍表哥身亡，代支隊長也是龍表哥的妻子羅家雲姑娘。至於副官，依照副官大響鞭之說，雷部的副官「比跳蚤還多」（頁 31）。也就是說這個游擊隊的組成，軍階位置其實粗略的保持著原來的血緣位置，其尊卑上下的變化並不大。這樣一個龐大的家族，正如前所述從上自下維持著倫理道德的約束和要求。

　　可見他們乃將人倫、政治、道德一體化。而如此安排，也吻合當初國民黨政府治臺教化的理念方式。在政治權力的架構中，蔣介石將家長式的權威集中於個人身上，從孫中山到蔣介石如同是中國魂的代表，也是道德倫理上的完人。小說表示了在「為政以德」的儒家政治中，上位者必須有高尚的人格，為人所尊敬信任。而雷司令本身即為典範。在大響鞭口中他們是「越打越強，越打越硬」（頁 31），血緣鄉親的組織使他們在戰場上有優秀表現。換句話說，本篇小說在表現文化倫理上的思想脈絡與政治的脈絡是一致的。小說不但不願批判封建傳統的守舊或是扼殺人性，反而表示唯有保持此一架構的互信互諒與完整，方能展現堅定的力量。從個人道德、家庭道德到政治道德，道德的修養與完成由中心向外擴充，是一種理想的狀況。如雷司令憑著自己人格上的正義、無私和慈愛，雖他在小說中幾經考驗，但他終究保有了個人道德上的完好與軍隊的和諧。可是相對的，若是相互不信任愛護，終會自食惡果。像是蟄表弟竟然槍殺了兄弟，便讓整隊陷入危機。

　　而敵人散布謠言說兩人是為了爭風吃醋而大打出手，謠言的用意除了是訴諸人倫道德上的缺陷，其實也是要指出游擊隊在政治道德上有所缺陷。小說如此暗示了共黨的破壞力量和破壞方向既是倫理秩序的，也是政治的。共軍居中離間破壞游擊隊，而游擊隊本身又是親族關係所組成；倫常關係本身雖有著約束的能力，但是人與人之間仍然會發生齟齬。於是共

黨便企圖在倫常的間隙之中，去尋找出弱點，加以攻擊瓦解。連雷部游擊隊如此具向心力的父子兵都差點受到影響，可見共黨善於破壞人倫秩序，以陰險的手段製造分裂。所以面對共黨，要不受離間之計左右，必須要更加坦承團結、精誠相愛，也唯有竭力的反抗共黨才能保全倫理和諧。如此，也是對臺灣內部的政治啟示與文化啟示。小說最後縱然游擊隊贏得勝利，可是共軍司令蔡跛子卻不見屍體，蔡跛子逃過一劫表示共黨力量還有再起之勢，預示日後中國的命運。

王明珂曾言臺灣人民對於中國共產黨一種自然的觀感：

> 關於抗戰、剿共與逃難的記憶，透過許多的傳記、自傳、口述歷史、教科書與其他媒體，成為臺灣非常重要的「社會記憶」，或者它也是一種「集體受難記憶」。即使絕大多數的人並沒有親身經歷這些過去，但也（曾）感同身受。這些「集體受難記憶」造成臺灣人民，尤其是戰後出生的一代，普遍對日本以及中國共產黨政權的嫌惡。[4]

共產黨政權與共產黨人士在臺灣民眾的眼中帶有普遍的惡感，文藝作品的傳播在其中亦有推波助瀾之功。《蓮漪表妹》裡的共黨人士運用理論，使知識女青年迷失自我，背親逃家，耗擲人生，也暗示女性應和政治保持距離，堅守家庭為上。《廢園舊事》中共黨以破壞家族親情達成作戰目標，暗喻共黨對於倫理的破壞力量，呼應了官方的政治訴求。從上述的舉例探討可知，外省離散作家運用儒家倫理道德此一中國人的普遍價值認知，然後給予簡明的是非之分。人物正邪刻畫分明，透過倫理道德二分法，也將國民黨、共產黨所代表的黑白善惡人格化，形成一個肯定鮮明的架構。當我們論及共產黨時，此一參考架構自然的顯現，成為銘刻於記憶之中的重要內容之一。而我們當然因此也可以了解，在共產黨極端的惡之下，所突

---

[4] 王明珂，〈誰的歷史：自傳、傳記與口述歷史的社會記憶本質〉，《思與言》第 34 卷第 3 期（1996年 9 月），頁 168～169。

顯的是國民黨的善良、人性與可信任。同時作家通過這種象徵方式再現中共，也使得他們自己從遠離戰亂的「流亡分子」，成為了「道德文化的捍衛者」。為了固守自身的道德信仰，反對共產黨失卻人性的意識形態，不惜與之相對而離散出走，如此自然也肯定了自身的存在。

——選自侯如綺《雙鄉之間：臺灣外省小說家的離散與敘事（1950—1987）》

臺北：聯經出版公司，2014 年 6 月

《犁牛之子》

◎易安*

本書是作者以「楊老師」的身分第一人稱口述寫成。

楊老師在一個偶然的機會，來到了「光化村」，「光化村」的居民大部分以農為業。農民是純樸而善良的，但，他們常用一種冷漠僵硬的面具掩蓋住內心的熱情；他們的思想是單純而固執的，當他們迷上了一件事時，任你有多充分的理由，多好的口才也無法說服他們。

張火灶是這類人物。他是一位佃農，人窮而脾氣大，對於讀書人成見很深，他認為「百無一用是書生」。因此，他的兒女們也就失去了求學的機會。但是，偏偏他七歲的小兒子張志雄對讀書識字著了迷，每當他出來放牛時，就偷偷地跑到學校，躲在教室外面聽老師講課。因此，他常挨張火灶的打罵；但是打儘管打，罵儘管罵，隔不了兩天，他又跑來了。

學校方面對他頭痛極了！想當初開學時，學校老師都兼「勸學委員」。因為在鄉村，常有許多「冥頑不敏」的父母阻止子女入學讀書，所以當老師的，就得去講解給他們聽，直勸到他們同意入學為止；當然，一般家庭，看到老師親自出馬，都不好意思再堅持下去，所以「勸學委員」的成績相當好。偏偏遇上個張火灶，幾乎全校的老師都被他罵出來了。他不但斬釘截鐵地不讓張志雄讀書，也阻止他到學校來，他如在學校抓到張志雄，就連打帶罵，鬧得全校不能上課；有時，學校老師看不過去勸勸他，反倒挨他一頭臭罵呢！說什麼「我自己的兒子我自己管教，誰也管不著……」有一次張志雄聽課聽入了神，那隻大水牛就跑丟了，那張火灶跑

來學校大罵大鬧要老師們賠，幸而，後來又找到了。從此張火灶更是禁止張志雄到學校放牛。

楊老師初搬到這小鄉村是為了新婚太太李老師。因為李老師才從師範學校畢業，必須實習三年，就被派到「光化國校」──這「光化國校」的規模很小，全校只七班，教職員連校長在內不上十人，但這林校長，卻是個熱心的青年人，他以校為家，對於學校的貢獻是至大無比的。

為免於李老師趕車的辛勞，他們遂搬進了「光化村」，成了「光化村」唯一的客戶。房東是本地的一個大地主──林有福。這林有福的確有福極了！光化村大半土地都是他的，他靠著佃農繳租稅已使他受用不盡了！他是個大閒人，每天喝喝酒，擺擺棋譜（沒有人像他那麼閒，當然也沒有人陪他下棋）品品茶，看螞蟻打架如此而已。

林校長就是林有福的姪子，這熱心辦教育的年輕人，對於張志雄這樣有才智卻得不到求學的機會，實在不忍心，但那張火灶的牛脾氣，不要說全校老師，就是他也嘗夠了！這時，李老師到任，林校長就請李老師當一次「勸學委員」去勸勸張火灶。李老師在萬般無奈之下答應跑一趟，那張火灶的牛脾氣和滿口粗話，已使她望而卻步了！要不是在楊老師的慫恿之下，真沒勇氣去呢！結果，果然全軍覆沒而歸。

本著一份憤慨，這楊老師就想去和張火灶別一別苗頭了！因為言語不通，請了開雜貨店的陳老闆做翻譯，這陳老闆是張火灶四十多年的老朋友了！想必會賣這個帳吧？

可嘆的是，這張火灶成見太深，總不了解這些老師為什麼一定要張志雄入學。一定打壞主意──他懷疑，這些老師這樣熱心，一定是有所報酬的──因此，他們的談判非但不成功，反而鬧得不太愉快。臨走時，那張火灶罵楊老師是「大胖豬」，楊老師生平最討厭豬，他這一氣非同小可，索性轉過身來和張火灶對罵起來，他罵他是「牛」又怕他不懂，更拍拍牛屁股說他是「牛」，想不到那張火灶錯會意，以為楊老師是說：「如果你讓張志雄讀書，我就替你放牛。」他才不相信這文謅謅的老師能放牛，就懷著

不信任的笑容答應。楊老師在將錯就錯之下也答應替他放牛。

　　楊老師要替張火灶放牛的事，一下傳遍了整個村子。

　　第二天，張火灶倒是守信，一大早就讓張志雄上學去，楊老師也如約跑來替他放牛，想不到村裡的人都指責張火灶不該，所以楊老師的「小放牛」只唱了一天，從此算是說服了張火灶。

　　原來這張火灶 12 歲就沒了爹，孤兒寡母的，吃了不少苦，所以發狠要供弟弟讀書，不管怎樣窮困，張火灶總咬緊牙根，勒緊肚子，終於讓弟弟讀完了中學，想不到弟弟畢業以後，什麼能力都沒有，高不成，低不就，還靠哥哥養活。後來被招贅，隔不了兩年，被日本徵兵去了，一直就沒有消息。張火灶一心培養弟弟，想不到他讀了十幾年書，卻成了廢物。他一直自責：是自己害了弟弟，如不讓他讀書，又怎會到這地步？因此，他發誓不讓兒女讀書；其實他內心又何嘗願意好學問的小兒子失學？只因為「杯弓蛇影」，他一直有一種恐懼，害怕兒子也跟弟弟一樣。現在經楊老師這麼一來，算是解開了他心裡的結，順理成章地讓張志雄入學了。

　　志雄這孩子也真不讓人失望，小學六年一直保持最優異的成績，六年後以「第一名」成績畢業，榮獲「縣長獎」。

　　這時，政府已實施「耕者有其田」政策，公地放領，許多佃農都受了雨露，張火灶家境也漸漸好轉，「衣食足而後知榮辱」，人似乎也和氣了許多。

　　大地主林有福也振起精神，向過去閒散的地主生涯告別。他先在臺中投資了一家「水泥公司」後又和朋友合夥經營一家「房屋建築公司」，忙得倒是很起勁。雖然最初不免受些挫折，最後「終於被他摸對了門路」，不久「就成了縱橫商場，無往不利的斷輪好手」。

　　作者以林校長要楊老師（自己）權充「李半仙」，利用張火灶的迷信心理，勸他讓張志雄上中學，充分表現出作者那份為人師表而不願埋沒英才的苦心。

　　那張火灶只是迷信「農家子弟應該安分守己，讀書太多怕福小命薄，

承受不住。」現在一經排除了那份恐懼，果然水到渠成，他不但同意張志雄升學，他甚至比任何人都熱心哪！

張志雄果然不負所望，考上「臺中一中」，張火灶大請其客，全村鬧得喜氣洋洋，連搬去臺中的林有福也專程趕回慶賀呢？

想不到，樂極生悲，就在張火灶請客不久，8 月 7 日這天，發生了一件空前大水災，整個淹沒了「光化村」。這個後來被稱為「八七水災」的大水，來得突然凶猛，人們在不知不覺中已身處澤國。它所造成的災害不計其數：「『光化村』一南一北兩條大河都堤岸潰決，通往臺中的那條公路也被沖斷了好幾處，平地一片汪洋，許多地方的交通完全斷絕。僅只『光化村』一地，就有十幾條人命被洪流吞噬，房屋倒坍，田地流失……」

第二天，政府在村民絕望之時，利用直升機帶來了大批援助，使村民不至陷於絕境。

水退了！大家紛紛著手整頓被大水洗劫後的田園；但人力畢竟是有限的；就在村民忙著做「精衛填海」、「愚公移山」般的工作時，村裡來了一隊士兵，開了七、八架築路用的堆土機，一聲令下，不多久，已把狼籍不堪的村子給整理得有眉目了。

過了不久，林有福風塵僕僕地趕來，望著劫後的田園唏噓不已。他提出十萬元，打算做無息貸款給需要的鄉鄰，供他們臨時周轉，雖顯示了他患難相助「雪中送炭」的仁心，但政府已比他早一步地展開了賑濟和各種貸款，加上村民對這往日「頭家」有份微妙的心理，更何況農民大都以求幫告貸為恥，因此登記貸款的村民寥寥無幾，林有福「英雄無用武之地」氣得面紅耳赤，終於在楊老師提議之下，把這筆錢設立了「光化助學金」幫助了不少清寒子弟，不至於在天災之後輟學。

張志雄是受益這「助學金」的第一人，從此，他才算「真正步入了坦途」。中學六年之後，以優異成績畢業，參加大專聯考，考上了臺大，全村為之歡欣鼓舞。

《犁牛之子》，這是一篇描寫一個放牛的孩子，怎樣努力向上奮發的故

事。這裡面沒有曲折離奇的情節，卻有感人互助的故事。我們知道現在農村之繁榮和生活之富裕跟以前不可同日而語。政府實施「耕者有其田」使佃農心甘情願地把自己的血汗灑在田地上；從此，他們再也不是仰人鼻息的佃農，這份喜悅是只有當事人才能深深體會。

政府在鄉村辦「國民學校」原是想把教育普及每個角落，但仍有些父母阻止子女入學，雖然現在可以說少之又少，但畢竟還有，這是這一代人的悲哀，我們不能指責這些父母的錯誤，只因為他們也不知自己的錯誤，於是，有多少人犧牲在父母愚頑的思想下，而埋沒一生？

「八七水災」帶來的災害，使多少人無家可歸？作者借小小的「光化村」所受的災害，和軍政當局迅速的援助，烘托了軍民之間，政府農民之間的互助和愛心。

作者對人物刻畫也極傳神，雜貨店的陳老闆，大地主林有福，校工王翰文，頑固迷信的張火灶，個個都神龍活現地呈現在我們面前。作者出生於農村，故對農村的生活，描寫得十分詳真，但對林有福的描寫稍嫌誇張，像他這樣整日無所事事，喝喝酒，擺擺棋譜，真不知日子怎麼過的，這樣閒散的生活過久了！不死也會生個大病的。誠然，現在的生活像機器上的齒輪，「偷得浮生半日閒」實在是頂不錯的，但如生活找不到目標而只為生存而生活的人，未嘗不是悲哀呢！只是作者太偏愛了他一點，（或者由他名字給我們提示吧？）當他不得已由地主生涯而從事經商時，又是一帆風順，真的確是「有福」到家了呢！

張志雄好學不倦的上進心幫助自己步入坦途，原是無可厚非的，但如不是這些師長們的熱心和愛心，恐怕他也只得放一輩子牛了！

「作育英才」原是老師們的口頭禪，但能有多少人真正做到誨人不倦呢？工業社會的生活，把我們的腦子都訓練成了冷漠、自私的機器。作者以樸實的筆觸把十幾年前的小故事呈現在我們面前，而我們看到的是一種溫馨和親切。

本書作者楊念慈，山東人。抗戰，戡亂期間，投筆從戎多年，歷任各

級軍官，是一個允文允武的革命鬥士。

　　作者出生於一個大地主家庭，對鄉村田野，先天即具有深厚的情感，又由於自身經歷，熟習戰鬥生活，所以，他的著作，亦大多取材於農村或軍旅為背景。

　　作者來臺以後，轉業入教育界。其作品均以創作小說為主，計有：《殘荷》、《落日》、《金十字架》、《陌巷之春》、《十姊妹》、《罪人》、《廢園舊事》、《黑牛與白蛇》、〈枯楊生稊〉等十餘種。

——選自吳昆倫主編《省政文藝評介選輯》
臺中：臺灣省新聞處，1972 年 6 月

時代淬礪的「英雄」姿采

楊念慈的《少年十五二十時》

　　楊念慈（1922～2015）近六十歲時撰寫《少年十五二十時》，織入了自己的形影。這本書並不完全是記憶的實錄，作家展現了小說的功法。首章「古城頑童」，鋪寫了故鄉的地理背景，方便後續情節的開展。事有本末，但跳脫按部就班直接陳述的老套，他使用人物的視點，以有限的觀察視角保留了相當的模糊區塊，便於布置懸疑、預留人物轉變的線索；精心安排事件的承續、前後卻又能自然呼應。幾位少年形象鮮明，不僅各具特出的外貌，而且各有性情，他們的動作以及談話的聲口都活靈活現。另一些中、壯年，尤其是老年人的群像，在少年眼中平時與非常時期有著變化對照，一者反映出國難當前的緊張氣氛，一者也呈顯特殊環境確實能使平實刻板的人也激揚得意氣風發。書中隨處可見的對比映襯技巧，成功地傳繪了時代淬礪的英雄姿采。如今三十年後新版印刷，獨樹一幟的內涵，在當代背景烘托之下，看來還頗具傳奇色彩。

　　13 歲時，只大幾個月的堂哥──「天外孤雁」背負著父仇國難孤身由關外返回故鄉。從此，「我」越過承平歲月，開始經歷一場又一場的風暴，接受重重的淬煉。堂哥擠走了我，取代為小圈圈的領袖，表現得早熟、深沉。另外，再穿插一個英雄表率大頭哥、三位綽號可概括形貌個性的「民間」少年──二扁頭、臭嘴、老鼠。堂兄弟倆參與地方改革的「老案子」：查小腳、剪髮辮、破除迷信、消滅文盲，有一些出人意表的狀況：被扯走

*發表文章時為臺灣師範大學國文學系教授，現已退休。

裹腳布的婦女認定是事關名節的奇恥大辱，甚至哭鬧、跳井、上吊；被剪掉髮辮的老人，感覺猶如斷臂折腿，形同殘廢。而宣導識字，說就能寫信，鄉親們並不覺得必要；讓不識字的鄉民觀賞話劇，編寫的卻是知識分子才能理解的劇情。「抵制洋貨」的大行動則可圈可點。漢奸露了臉，堂哥的戀情與公事矛盾，側寫他的遲疑、忍耐、勸解；出身「旗桿劉樓」望族的同學用一張喜帖「調」走校長，便利大舉「焚毀日貨」。這段情節又和後來的「除奸」遙相呼應。「英雄之死」先鋪寫保安旅長與縣長知其不可而為之，有心保民，誓決一死。然而時機錯過，旅長病死；縣長轉念想回家鄉納福，可觀的宦囊招來土匪，錢財盡失，人也被殺。得失榮辱，時也命也。好比古典小說的得勝頭回，這樣鋪寫正為了反襯真正的英雄大頭哥秦邦傑。他是位實際上了前線和敵人血肉拚搏、轟轟烈烈打過仗的抗日英雄。守城門的父親好酒、暴躁，孝順的大頭哥常被打罵。父親送他去募兵處，他就當了兵；文盲做了小軍官，長了見識，會寫會算，能說能道了。受傷後不想做軍隊的累贅，又愛惜軍人的榮耀，於是穿著軍裝、拄著雙拐回到家鄉。他成為小城青少年的楷模，經常和大家談論當前的情勢，闡發抗日的精神。大頭哥談起遭遇到一支游擊隊，本是奉命不戰而撤退的韓復榘部眾，劉團副覺得窩囊，老鼠都不如，便聯絡幾十位「同志」，幹起了敵後游擊作戰。這情節設計別有深意，成立游擊隊抗日也從此深植在幾位少年的心中。

小城沒有力量設防，人們能逃難的都往鄉間去了，大頭哥為了照顧爛醉的父親留在城裡。避往老寨的堂兄弟倆大年初七頂著北風，在官道上撞到「跑得像發瘋騾子」、神智不清的臭嘴說：「大頭哥出事，就要被砍頭了」。來不及「救」，也沒法子救。民間相傳楊家寨有槍枝，有人手，可以抗日，其實誇大了；爺爺當家，一味能避則避，把槍枝「窖」起，唯恐日本人知道。堂哥下令轉向城裡走，要為大頭哥收屍殮葬。三個人再加入老鼠、二扁頭，套用俠義小說的名目，「小五義」切合少年的行徑。二扁頭道出英雄之死，全場目睹，埋下後文「懲兇」的動因。報仇心切，他在墓前

逼著楊家兄弟立誓要成立游擊隊；後來久等鬱悶，便勤練飛刀，在城門被盤查時遇到那劊子手，遂行刺、跳水而消失無蹤。堂哥為大頭哥縫頭，回到寨子向爺爺強力辯解，力爭要成立游擊隊，以致昏倒，一病兩個月，這才交代，二伯就是無辜被日本人殺害，奪走財產，被砍頭，由堂哥收屍、縫頭的。而英雄大頭哥之死，並非跟日本人正面的衝突，只是為了救酒醉、被狼狗撲咬的父親，踢死日本人的狼犬，被當作土匪處置。他臨刑還呼籲鄉親：「不當漢奸，不做順民。」

維持會派人到楊家寨要「買」三百枝槍。爺爺苦思，開了家族會議，怕日本人欲望無窮，不能善了；於是痛下決心：起出窖藏的槍枝，組合防衛力量，全族人分批撤到僻遠的柳河口。那好漢行刺、跳水，一群日本兵放槍沿河追趕，全看在寨牆上守望者的眼裡。於是引發了槍戰，原來堂哥會使槍。參合打探來的消息，堂哥斷定那是二扁頭。這回兄弟倆能做的是摸撈屍體，爺爺派了管家來，不再阻攔，而是協助。大出意外，竟像那回鴨子由白花河被漩渦吸入，卻從靈泉吐出；更奇特的是二扁頭趴在靈泉旁的亭子裡，屁股挨了一槍，還有一口氣在。照老管家的提示，一向不太有主意的老鼠提出辦法：從水西門暗渡陳倉，不多遠就到達天主堂的後門。向天主堂的洋神父、也是最高明的醫生求助，終於救回了二扁頭。大頭哥與二扁頭，一死一生，驚心動魄，同樣壯烈。地緣環境特質的掌握，也使《少年十五二十時》別具獨特的風味。

再次由臭嘴建議，綁架維持會王會長，去交換宋老師。兄弟倆甕中捉鱉，手到擒來；可惜這回老管家多喝了酒，出了不宜照做的點子，王老闆又有嚴重的鴉片煙癮，幾經波折，雖然成功換回宋老師，被藏在大塭堆的人質卻已死亡。王蘭香身為富家千金、漢奸之女，在堂哥父仇不共戴天的感情世界裡，扮演深明大義、深情款款、無怨無悔的美麗女子；但親自送回宋老師，找到的卻是已經斷氣的父親，王蘭香的心中又是如何？巧妙留白，卻是令人沉思低徊。宋老師妻家姨甥女巧兒，隱隱然對「我」有兒女情愫，她死於百年未見的大地震。「我」念著她想要「紅下頦兒」，因過分

挑選，反倒錯失機會；好友拿自己飼養的紅下頦兒來抵數，「我」故做不知，想帶到墳前生祭，卻怎麼也下不了手；終究放生，那鳥兒依賴人，卻怎麼也趕不走。在綁架過程中，連帶俘虜來的錢副官伺機逃走時，堂哥持槍明明一再瞄準了好久，卻放棄了，讓他逃去，添加了許多人質被追搶的危機。

　　作者寫出少年愛人愛動物最純真的情感，映現了純美的少年心性。相對的，維持會會長死於自己的鴉片煙癮，少年確實無意傷人，心中無比憾恨，卻無意中剷除了漢奸，並被傳頌為「英雄」，備受讚揚。誇張而扭曲的讚揚，不僅是受之有愧，簡直使少年不安得想要逃離，間接成為後來離鄉、前往大後方讀書的動因。小五義留下三位在家鄉打游擊，堂哥擔負了重任；兩位到大後方，要努力讀五人的書，「我」之外，另一位竟是寡母最不肯放手的「老鼠」。小說便以「離鄉」煞尾。

──選自《全國新書資訊月刊》第 163 期，2012 年 7 月

人如何安身立命？

談楊念慈《大地蒼茫》

◎張素貞

專致於為大時代錄音留影

素來對自己作品「管制」嚴格的楊念慈（1922～2015），出版過 19 部書，除一本散文集及一本兒童文學之外，其餘全是短、中、長篇小說集。民國 51 年、52 年，他的《廢園舊事》、《黑牛與白蛇》出版，一時轟動，不僅創下佳績，而且編為廣播劇、電視、電影。兼顧創作的深度技巧及通俗流暢，楊念慈不負盛名，確實是實力雄厚的小說家。

楊念慈出身富裕的地主家庭，抗戰時投筆從戎，曾在槍林彈雨中浴血衝鋒；來臺後解甲筆耕，作了十來年的職業作家，兼做編輯；後來獻身教育，教過中學，也在大學教授小說寫作的課程。豐富的閱歷成為他寫作寬廣厚實的最大資源。《廢園舊事》寫抗戰游擊隊，《黑牛與白蛇》則描寫土匪綁架勒贖，都是作者「抒發個人感情的懷鄉、憶舊之作。」他的《犁牛之子》寫貧童刻苦奮發向學而成功的故事；〈風雪桃花渡〉則描寫一對兄弟冰天雪地中趕路回家驚險刺激的經歷，堪稱上乘的鄉土小說。不僅《金十字架》和《少年十五二十時》，以及散文集《狂花滿樹》是自傳體，《罪人》也有濃厚的自傳色彩，流露自幼喪母、渴望親情的心情。在公開場合少言寡語的楊念慈對於家國用情很深，愛國憂民，一直有心要為動亂遭變的大時代錄音留影。民國 70（1981）年，他應《中央日報・副刊》孫如陵主編的邀約，撰寫了連載長篇小說〈大海蕩蕩〉。當初的構想，「原是採用三部曲的形式，第一部即以『大地蒼茫』為題，故事背景在作者的故鄉，

時間從民國初年,經北伐、中原大戰,到抗戰前夕;第二部的題目是『烽火絃歌』,寫的是抗戰期間在漫天烽火中創立學校,以及師生們被迫離鄉流亡的經過,第三部才是『大海蕩蕩』。在《中央日報・副刊》發表的時候,卻故意顛倒順序,拿『大海蕩蕩』四個字當作全書的總題。」當年因故寫作只進行了第一部分,現在「增刪修補」,便恢復原來的命題,理當稱之為《大地蒼茫》。作者的使命感與理想抱負,這部長篇應該是具體的實踐。我們期待作者以寫史的如椽大筆,改換優閒自娛的心境,再接著把故事說完,那既是作者的功業,也是讀者的期盼。

本文的討論,即以三民書局新版的《大地蒼茫》為準。

以三種人物視角呈現鄉野傳奇

《大地蒼茫》的時間跨度,是民初到北伐成功,國民政府統一全國的20年,末段稍加帶過數年,還來不及暈染抗戰前夕的風風雨雨。在鋪寫千頭萬緒的民國故事中,除了許多全盤性的敘說之外,技巧地選擇了小說人物劉一民的有限觀點。因為人物視點的規範,運筆優游不迫,可以集中焦點做細部的描摹,也可以避開過分龐大的枝節敘述;並且由於人物視角的限制,許多幼、少年不能理解的未知部分,就便於布置懸疑,或有難以承受的情感,也便於傳達深切的感觸。跟民國同年,年輕的生命接受傳統與新知,正好做一個借鏡,隨時映照檢討。這敘述觀點的擇用,極具現代性。在流暢的敘筆中,作者保留了傳統說書介紹人物的「報家門」筆法,有時也以變化方式在事件中插敘或補敘;而且常作「預示」,在情節發展中先行透露小說人物未來的遭遇、事件未來的發展;這種手法神龍見首不露尾,先行暴露一點點徵兆,讓讀者約略有一點譜,卻又不知如何可能發展成那樣,大致也無損於懸疑的效果,這還是比較接近傳統小說的書寫手法。

《大地蒼茫》可以從劉氏父、叔、子侄三人的主體敘述來分項觀察:以父親「劉先生」(劉大成)為主體的「土匪請醫」及家難;以小叔(劉大

德）為主體的「革命軍北伐」及「冥婚」、「守望門寡」、繼嗣；以劉一民為
主體的升學、教學報國，及延續「土匪請醫」的「土匪報恩」。在兵荒馬亂
的年月，發生在故鄉曹州郜鼎集的事情，描述起來就像鄉土傳奇。說是傳
奇，在於作者安排許多情節自然在理，卻往往出人意表，《大地蒼茫》的情
節設計確實值得讚賞。劉一民生長在中醫世家，「葆和堂」由父親主持，打
五歲起，一民便跟著父親共騎大草驢四處行醫，兼做學徒、侍僕，度過視
野開闊的歡樂童年。父親行醫和城裡的堂伯父對照，是仁心仁術，常常救
濟貧苦人家，不辭遠程，不計診費。他曾在拜年途中被攔截先去出診，接
著發生了「土匪請醫」的事件，「劉先生」被約請到清涼寺為老婦人看診，
發現土匪一表人才，是傳說中的朱大善人，身受冤屈，被逼上梁山，專和
軍閥作對；卻是一位孝順的兒子。那位富貴人家出身的善心老太太，不齒
兒子的行徑，已放棄求生的欲望；為了尊佛敬神，不肯臥門板，寧願睡在
鋪草的冷地板上。「劉先生」哄勸了病人受診，又建議朱大善人把老太太送
到劉家菜園一隅的偏院靜養，條件是：只准他一人到來隨侍，將來他有任
何掠奪行動，必須避開郜鼎集方圓三十里。結果土匪接受安排，老婦人病
好離開了。「劉先生」不肯接受兩百銀洋的謝銀或診費，因為來路不正，卻
高興地收下一根家傳的鑲玉旱菸桿兒，並且隨身常用。事情功德圓滿，父
子二人也保密到家。

特殊的時空質地與生動的角色形象

然而四年之後，這件功德卻惹來破家大禍，「劉先生」被捉去坐牢，劉
家被敲詐一千塊大洋，耗盡窖藏，還幸虧親戚助款，鄉鄰「還錢」，才湊足
款項，換回一命。這件事對小叔與劉一民的衝擊非常大。原來認知的世界
突然獰惡了起來，城裡的縣衙攬權者錢師爺予取予求，比土匪還可怕，憑
著密告，從朱大善人不侵擾郜鼎集推論「劉先生」通匪，把那支旱菸桿兒
當作通匪的證物，硬是像收稅銀一般公然收取巨額的買命錢。錢師爺的權
力來自軍閥督軍安排酬庸的縣太爺，這直接刺激劉大德放棄教職，離家去

廣州投考黃埔軍校，而後隨軍北伐。他要打倒軍閥。堂伯父說出對方索銀的價碼，12 歲的劉一民看到小叔瞪圓眼睛，擰緊濃眉，「張著嘴，那神氣，好像聽到的是一件既不合人情，也違反天理、而又不得不相信的奇事，驚異、困惑、憤怒、憂慮，兼而有之，還外帶著一副作嘔要吐的樣子，彷彿被人塞了一嘴髒東西，吐不出來又嚥不下去，就那樣不上不下的卡在喉嚨裡。」血氣方剛的劉大德對於錢師爺的蠻橫、齷齪，既驚異又不屑，而又不免煩憂的神態，如在目前。

籌募款項的過程呈現了鄉間濃厚的人情、互助的精神；團長、保正還安排「鄉團」派出二十幾位壯丁護銀，有耐人深思的意義：這保衛的力量未必有多大，卻表示：這回交錢贖人，不是「劉先生」一家的事情，等於郜鼎集和附近幾十座村莊的事。這椿霉運讓「劉先生」深覺挫辱，以為愧對祖先，因而毫無食慾，也不再出診探病。直到被同一位班頭請去縣衙為太爺治病，回程與一民騎著大草驢，途中狂笑不止，簡直如遇邪中祟。原來他發現縣太爺是個隆胸駝背彎腿又低能的殘廢，讓他想起一民年幼時抱去觀賞後失笑的一齣戲；接著叮囑一民不能說出去，「有傷口德」，他宅心仁厚！也許搞懂縣太爺縱容錢師爺無法無天的緣故，同情心釋除了自己的心病，此後「劉先生」又恢復以往四處看診的生活。他開導兒子，不要因家難而懷疑人性：「要是你總覺得身邊有壞人，總覺得別人有壞心，往後這長長的一世，你還過不過呢？你還活不活呢？」厚重寬和，濟世救人，弘揚民間取於民施於民的醫道，「劉先生」的形象生動飽滿。

一民 20 歲結婚，有客人送了大禮就走，受禮的鄉親只模糊記了個姓氏；新娘子王正芳從諧音推想，一民猜到是朱大善人。新春朱大善人來拜年，說清楚他已接受招安，走了正路；「劉先生」於是開懷地收受了重禮；朱隊長交回那支家傳旱菸管，也補述了：督軍失勢，縣太爺解職，返鄉途中他如何奪了錢財，取回旱菸管，嚇破錢師爺和縣太爺的膽，殺了早犯淫戒的告密人。善惡到頭終有報，「土匪請醫」的結局符合佛道的業報觀。小說還帶了一筆：那朱隊長年年來拜年，後來還把母親請來，朱、劉兩家主

母認乾姊妹，成了通家之好。

寄寓家國情懷於亂世故事中

　　《大地蒼茫》第二描述重點，放在小叔劉大德身上，作者由此展現了家國情懷。劉大德憂國憂民，立意去投效革命軍，情緒起伏，往往跑到荒野，藉一支長笛宣洩情懷。他的同窗好友李叔叔找來，兩人議論滔滔，不時附耳說些密語。這年除夕，小叔表現異於往常的隨和，自動去祭拜祖墳，徘徊瞻顧了許久。吃團圓飯時，他宣布已辭去教職，破五就要動身去上海做出版生意。他買了雙倍於慣例的一千頭的鞭炮，交代一民開始擔當放鞭炮的任務。這些種種，烘襯出小叔一去不回的堅毅心志。然而他並非不要返鄉，「今日的分散，就是為了將來的團圓──只要不死，我一定會回來的。」教書才是他的終身職志。

　　小叔答應要寫信回家，然而一民等待到國曆五月底，才收到寄自廣州的信，沒有住址。給大哥「劉先生」的信，在葆和堂與小叔的準岳父陳爺爺一齊閱讀，四六駢文不好懂，只見兩個大人臉色不對，陳爺爺當場發飆，小叔竟然要求退婚。陳爺爺晚清中過秀才，和「老劉先生」是好朋友，賞識劉人德，主動把愛女陳二姑娘許配給他，訂婚當年大德 16 歲，並沒有反對。如今提出退婚，也許有苦衷，革命軍人生死置之度外，哪顧得了婚姻？為姑娘家著想，退婚是好的。但滿清遺老師心自用，哪能理解？

　　小叔後來來信多了，看那些郵戳，似乎是向回家的路上走，可又不時迂迴，還曾經踅回，風景描摹自是不少，疑點仍然很多。府城高小的包老師來訪，一民給他看信，他憑報載的革命軍訊息核對，推測小叔必是參加了革命軍。他警告不要隨便給外人看信，以免家難重演。兵連禍結，為了守候小叔，劉家也不逃反避亂，只在緊急時，讓一卿、一民兄弟躲入夾壁中，大嫂故意打扮得老相。大草驢被強行拉走，「劉先生」差些要替代驢子做勞役，柔弱的母親怕兒子們曝光，竟鼓勇挺身而出，跟蠻橫的軍士力爭。在一個深夜，一民聽見動靜，以為草驢回來，或小叔回家來了，卻是

李叔叔老遠騎馬送回小叔的遺物，小叔已在徐州陣亡八個月了。等到「劉先生」伺機告訴母親這個噩耗，全家穿起孝服發喪，陳爺爺無論如何不肯接受死訊，跟著劉氏父子輾轉去徐州的雲龍山，親眼看到陣亡將士公墓，才嚎啕大哭，一發不可收拾。幸好「劉先生」隨身醫護，總算平安回家。他卻又邀集家鄉所有秀才、舉人公議，要求「劉先生」答應陳二姑娘守望門寡，將來冥婚，以一民為繼嗣等條件。傳統的鄉間，即使民國十幾二十年了，依然活存著傳統思維的人物。

民國 19 年 3 月間的中原會戰歷時半年有餘，戰火蔓延南北各地。透過遠房表叔的閱歷，說明馮玉祥「西北軍」中第二代的將領們冀望統一，有國家觀念、民族意識的已經不乏其人。這位宋家表叔追隨馮玉祥 18 年，不忍見到倒戈，再把軍隊看作私人利益，而寧願告長假，返鄉終老一生。浪蕩子弟從軍做了老實幹部，終究深明大義，誠心為國為民，宋家表叔做了亂世安身立命的好榜樣。

描摹新舊交替間的變遷與傳遞

以劉一民為主體的描述，一是升學，以備將來服務桑梓，啟發民智；一是結婚，藉此描摹各種婚俗。他娶了女教育工作者，兩人婚前見過幾面，全仗包老師大力撮合，幾次會面，一民的心緒流動都描繪得自然感人。興學辦學，是楊念慈雖老而不忘的理想。劉大德念茲在茲，期勉叔侄合力教學，為家鄉服務。在徐州墓地，殘腿的張班長轉述營長的意願：「只等著把軍閥打倒，全國統一了，他就要卸甲歸田，還回到家鄉，做他原先的工作。」他預立的遺書也叮嚀一民繼志述事。於是一民重新整理書箱，投考府城第六中學。或許經事長智，他的作文拿了高分，以第一名考取，學費又經包老師籌募獎學金，得以無憂無慮度過兩年。那以紀念劉大德為名的獎學金，到第三年年景轉好，「劉先生」就堅持禮讓出來，終於用家屬增加名額的方式，兼顧學校獎學金的運作，「劉先生」與包老師各有堅持，兩全其美。

　　包老師是老秀才接受新知的典範，公家機關除外，他是府城裡唯一訂報的人。

　　接受新知使他有能力破解謎團，看透大德是參與了國民革命軍北伐，並強調為國家奉獻的偉大精神，足以光宗耀祖，使家鄉增輝，以至後來他要以劉大德之名籌募獎學金。他關心教育，愛惜人才，甚至不惜路遠，造訪「葆和堂」，了解一民為何「家裡蹲」？劉大德可有消息？為了鼓勵一民繼續深造，不急著投入鄉間小學的教學工作，他勸導正牌「後師」畢業的外孫女——王正芳放棄城裡的好工作，接下鄉間小學教師的職務，並促成一段好姻緣。《大地蒼茫》拿王秀才與包老師做對比，王秀才能吹笛，也有才學，但故步自封，主持鄉間小學，卻跟不上時代，以致學童外流。但他仍心心念念要物色接班人選，從劉大德到劉一民，老病了也不放棄。作者描敘知識分子為鄉里教育效力，不分新舊、老少、男女，頗見深心。劉一民大婚，小說的重點不在於抒寫浪漫戀愛，實質上一者續補「土匪請醫」的情節：土匪修成正果，報恩來了，而且往來不絕，和諧愉快。再者地方平靖，婚俗得以鋪張展示。一民對於繁瑣的儀節、過度的鬧房失去耐性，新娘見過世面，比他更有見識，知道「有些禮俗，都是流傳了多少世代的，想必都有它的道理。」新娘偕著新女婿回門，「旗桿王樓」的舅兄舅弟「報仇」，奇招百出。預知陷阱，小心防備，急智難得，最後仍在大兄長摟抱摸頸中，遭「金毛狗」暗算。過程歡樂而不傷和氣，楊念慈寫得靈活生動，熱鬧非凡。

　　《大地蒼茫》描寫新時代舊禮俗，也在新婚夫婦新春拜年中摹繪出來。上城給堂伯父拜年，意外發現年近六旬的堂伯父新添了小兒子。堂伯母不避嫌猜，讓老媽子抱出小少爺，「借」新人的喜氣，王正芳乖巧，把剛領的一封「見面禮」塞進襁褓中，得體地說了吉祥話：「給小弟弟添福添壽。」兩個女兒已二十多歲，為「乏嗣無後」而娶的姨太太總算交了成績。這記錄一種婚姻的形態，可能在民國初年偶或可見。如果楊念慈的續書可能完成，根據預示，這位小小的劉一士 40 年後將會和堂哥再見面，全

憑這個同樣排行「一」的名字辨認。

以小說述史的苦心經營

　　對於晚清官僚迂腐的習氣，遺老式的家族，楊念慈藉劉一民考試「中狀元」，居停主人半夜召見借宿在偏院的師生來呈現。時髦裝束的「夫人」和兩個豔裝的大丫頭伺候，主人做過「巡按使」，民國做過事。他鴉片吸足，滿腦功名利祿，一味吹噓自己，一民恨他「無一語道及國事艱難，民生疾苦。」只反映「老官僚的可恨、可惱、可殺、可誅。」事後這批考生經過一家「善堂」，就把他給的「賞錢」都捐了。《大地蒼茫》描繪老輩人物，即使有些迂腐，也能立體刻畫，王秀才、陳爺爺都有可敬可佩之處；一民對「巡按使」激烈批判，呈現了作者對迂腐官僚的深惡痛絕。

　　小說人物配搭，具見性情，各有情致。有關郜鼎集特殊地方風物，作者常選合宜的時地，附帶介紹。譬如：一民為家難奔走求助，一天未進食；由鄉間再度徒步進城去給父親安排牢飯，順路買個燒餅充飢，便細描六寸大的燒餅。一民苦等小叔來信，就介紹當年城武縣唯一的「郵政代辦所」。新婚拜年、與新娘回門坐的是「太平車」；他考完試返家，為侄兒小泥鰍買把「小關刀」，說是真桃木，能避邪，才過了母親這關。

　　小說在關鍵點，有時交代可考有據的資料：陳爺爺在劉大德墳前慟哭，哭得驚天動地，附帶介紹「哭弔」的禮俗；說到陳二姑娘要守望門寡，順帶「說古」：「根據咱們城武縣縣志記載，在宋、元、明、清這四個朝代，訂親未娶而夫死守節的烈女，就出過十多位。」更值得品味的是小說不時傳達的人生哲理。民國 18 年是難得承平的一年，鄉民努力耕耘，土地不辜負人，「田地有收成，一家溫飽無虞，卻把這些都歸之於天恩祖德。……幾乎每一個村莊都在做『平安醮』，每一座寺廟都在唱酬神戲。」明明是自己血汗掙得，卻敬天祀祖，便是謙卑樸厚。劉大德把「一臣」之名改為「一民」，也自有深意。強調做「民」並不容易，要知道權利、義務，並抒發了一篇「讀書救國論」。在當代，叔侄既先受教成了知識分子，

就要救國救民，喚醒國魂，啟發民智！如何為國為民而合宜地安身立命？《大地蒼茫》中諸多人物的行事已經提供了答案。

——選自《文訊》第 258 期，2007 年 4 月

愛的試練

讀楊著〈黑繭〉

◎季薇

「把痛苦留給自己，把幸福留給人家。」這是囂俄的名句，轉贈給本書的男主角劉家祜，一點也不為過。他受了一輩子的罪，吃了一輩子的苦；成全了別人，犧牲了自己。劉家祜是傻瓜？劉家祜是聖人？

放著黃金美人不要，有福不享，不分明是傻瓜嗎？天下有幾個人不貪色愛財呢？由於家人淪入匪手，自責自咎沒有及時援手，而以罪人自居，心情悽苦，以教書的微薄所得，以贖罪的心境資助唯一在自由區的親人──三弟家禎求學，日以繼夜，扶病講課改卷，過著最刻苦的生活，心力交瘁，終至一病不起，臨終而沒有怨言，這種犧牲自我的精神，不像耶穌的慨然走向十字架麼？不像蘇格拉底的含笑飲盡毒杯麼？

中篇小說〈黑繭〉，在《自由青年》連載了半年，逐期閱讀，心頭十分沉重，一直到篇終，這份沉重感有增無減！

像劉家祜這樣秉性忠厚的人，一生坎坷，不幸而又落得個淒慘的下場，上蒼實在有欠公平，而作者楊念慈的那支筆，似乎也夠狠心──牠起初像鋒利的斧鑿，雕刻出一個近似聖人的輪廓來；慢慢變成了一柄鐵鏟，替這位老好人，挖了墳墓，然後把他埋了。這不等於是謀殺麼？

可是，只要稍稍細心探索一下，不難看出，作者幾乎是用盡了所有讚美的字眼（雖然並不露骨），來讚美一個純潔的靈魂；來刻畫一個善良的人。唯聖人始能盡心盡性，把故事用悲劇的手法來處理，格外顯示出薄己厚人的德性，是何等可貴而接近偉大。勢利的社會，一般人只知道把自己的幸福建築在別人的痛苦上，這是不公平的，這是有失厚道的！這種不良

風氣，怎麼樣才能夠扭轉過來？這就是道德重整運動的努力的課題，人若都能推己及人，而愛人以德，社會上何致於天天有凶殺案？人與人之間何致於爾虞我詐？劉家祜之死，可以說是一種屍諫！劉家祜之死，應該促起自私自利者的自我反省；從而自愛愛人與人為善，終而兼善天下，使整個人類社會在愛與互愛中，得到共同的進步，分享共同的幸福。與愛相反的，恨與猜忌，則是一切罪惡的根源；在善與惡的門檻上，人類應該自知抉擇！本書的主題，是極其明確與莊嚴的。

劉家祜一生沒有辜負過人嗎？真的如此嗎？也許有人認為，起碼他是辜負他的未婚妻裴麗（女主角）了。當裴麗知道家祜的死訊，遠從南美趕來臺灣，在寶覺寺憑弔家祜的骨灰匣時，非但不恨他，並且表示她對家祜的愛永遠不變。事實上，她為他耽誤了十年大好青春；他也沒有捨裴麗而去愛另外的女人，雙方誰也沒辜負誰。這一份不渝的愛，彌足珍貴，很足為一般不明愛的真諦，濫用時髦字眼，曲解愛情、糟蹋愛情而侈言愛情神聖者的當頭棒喝！

劉家祜身世可憐，從小失去母愛，而繼母百般虐待，但是他並不恨她；連繼母所生的弟妹，也處處不拿他當哥哥看待，並且不斷欺侮他，但是，家祜原諒了他們、愛護他們。這在後來共匪倡亂的戰火流離中，家祜不念舊惡，救助家人困苦的生活，把一份愛心表現淋漓盡致。家祜的繼母，縱是鐵石心腸，多少也應該感動吧？甚至是應該懺悔吧？濟助她困頓的，不是別人，竟是她曾經百般虐待打罵的「兒子」。劉家祜這樣做，正合我國以德報怨的優良傳統，更何況他本來就是宅心忠厚呢。這是何等的胸襟？這又是何等的氣度！

和劉家祜坦蕩蕩君子作風相反的，便應該是裴麗的表兄馬牧野的陰險狡詐了。馬牧野，道地是勢利小人，他垂涎表妹裴麗已久，可是裴麗不愛他；馬牧野眼睜睜看著家祜和裴麗成了未婚夫妻，一肚子的不舒服和醋意，暗地裡處處搗鬼，馬牧野本不是君子，他怎麼懂得成人之美呢？透過劉家和裴家的親戚關係，馬牧野竟看上了家祜的妹妹家珍，兩片薄嘴皮，

花言巧語，一時騙得家祜父母的歡心，加以家珍年輕不懂事，終於馬牧野和劉家珍訂了婚。家祜深知馬牧野不是好東西，並且風聞馬牧野是共匪分子（只是當時沒有具體證據），雖然一度曾經勸告過妹妹少和馬牧野往來，情竇初開的妹妹已經著了魔，當然不會接受，同時也拗不過繼母的短視和勢利──這一錯誤的決定，不但坑害了天真的劉家珍，而且也坑害了劉姓全家。後來，馬牧野和劉家珍結了婚，不久，開封淪陷，馬牧野的身分完全暴露──正是共匪同路人，竟然把岳父岳母一家逼回老家，而遭受到清算鬥爭；劉家，直到那時才悔不當初，但是大錯鑄成，覺悟已晚。共匪的陰謀伎倆，一向笑裡藏刀──在沒有殺你之前，笑臉迎人，滿嘴塗蜜；等到利用價值喪失了，立刻收歛笑容，亮出雪白的鋼刀來！多少人是那樣被騙上當的？多少血腥的慘劇是那樣上演的？說來，觸目驚心！

作者處理這個故事，雖係單線展開，而高潮迭起，只是高潮與高潮之間，並沒有顯著的落差，由於坡度小，所以看起來，情節發展非常的自然。在人物心理方面的描寫，頗見功力；人性的光明面，和人性的陰暗面，在他筆下，有對等性的刻畫；善與惡，更有鮮明的對比。可是，作者並沒有板起臉來說教，一切是非善惡，很自然的請讀者們自己去評斷；把下結論的權讓給讀者，實在是最聰明的安排，也可以說是對讀者的一種尊重。

這部小說，即將易名「罪人」印單行本，使手邊沒有《自由青年》的朋友，也有機會欣賞，這應該是讀書界的好消息吧。

當你讀完本書之後，你認為劉家祜真是一個罪人嗎？請你說一句真心話！

輯五◎
研究評論資料目錄

作家生平、作品評論專書與學位論文

學位論文

1. 曾詩頻　　楊念慈小說中家園主題之研究　中央大學中國文學系　碩士論文
李瑞騰教授指導　2003 年　234 頁

　　本論文以楊念慈小說中的「家園主題」為研究中心，由「家園」出發，構築楊念慈
小說世界中的「家園主題」。全文共 6 章：1.緒論；2.從家庭到家族；3.土地認同與
人間情緣；4.鄉野人物與社會互動；5.「理想家園」的幻滅與重建；6.結論。正文後
附錄〈楊念慈生平及其寫作年表〉、〈楊念慈小說提要〉。

作家生平資料篇目

自述

2. 楊念慈　　後記　殘荷　高雄　大業書店　1954 年 6 月　頁 83—84

3. 楊念慈　　《金十字架》後記　新新文藝　第 3 卷第 5 期　1955 年 12 月　頁
　　16—17

4. 楊念慈　　散文與小說寫作經驗瑣談　自由青年　第 19 卷第 9 期　1958 年 5 月
　　1 日　頁 6—7

5. 楊念慈　　自序　罪人　高雄　大業書店　1960 年 3 月　頁 1—2

6. 楊念慈　　十年如一日　十年　臺北　文壇社　1960 年 5 月　頁 250—253

7. 楊念慈　　寫在《廢園舊事》播出之前　空中雜誌週刊　第 47 期　1962 年
　　11 月　頁 6—8

8. 楊念慈　　我怎樣寫《廢園舊事》　文壇　第 33 期　1963 年 3 月　頁 17—19

9. 楊念慈　　楔子　黑牛與白蛇　高雄　大業書店　1963 年 11 月　頁 1—2

10. 楊念慈　　後記　巨靈　臺北　立志出版社　1970 年 1 月　頁 223

11. 楊念慈　　楔子（序）　黑牛與白蛇　臺北　皇冠出版社　1970 年 4 月　頁 1
　　—2

12. 楊念慈　　小傳　楊念慈自選集　臺北　黎明文化公司　1977 年 12 月　頁 1
　　—2

13. 楊念慈　後記　狂花滿樹　臺北　九歌出版社　1980 年 7 月　頁 209—211

14. 楊念慈　46—55 宜嫁娶　文訊雜誌　第 53 期　1990 年 3 月　頁 91—93

15. 楊念慈　46—55 宜嫁娶　結婚照　臺北　文訊雜誌社　1991 年 5 月　頁 43—48

16. 楊念慈　木板屋紀事　中國時報　1992 年 1 月 17 日　31 版

17. 楊念慈　（自序）　黑牛與白蛇　臺北　麥田出版公司　2000 年 5 月　頁 3—9

18. 楊念慈　（自序）　廢園舊事　臺北　麥田出版公司　2000 年 5 月　頁 3—9

19. 楊念慈　序　穀倉願望　臺北　文藝生活書房　2004 年 8 月　頁 7—10

20. 楊念慈　《廢園舊事》及其他　文訊雜誌　第 246 期　2006 年 4 月　頁 34—37

21. 楊念慈　自序　大地蒼茫（上）　臺北　三民書局　2007 年 1 月　頁 1—3

22. 楊念慈　少年十五二十時——憶七七暨小說新版感言　中華日報　2012 年 7 月 7 日　B7 版

23. 楊念慈　《少年十五二十時》新版序　少年十五二十時　臺北　釀出版社　2012 年 7 月　頁 5—7

他述

24. 〔中國時報〕　首屆文藝獎得獎人簡介〔楊念慈部分〕　中國時報　1960 年 5 月 4 日　2 版

25. 季　薇　鬼才怪物楊念慈　自由青年　第 23 卷第 10 期　1960 年 5 月 16 日　頁 20

26. 羅　禾　文藝長廊——楊念慈　幼獅文藝　第 311 期　1979 年 11 月　頁 163

27. 〔臺灣時報〕　如何創作小說——三位作家現身說法，有意創作務須多讀多寫〔楊念慈部分〕　臺灣時報　1982 年 4 月 11 日　7 版

28. 詹　悟　春來發幾枝——中華文藝研習營活動記事〔楊念慈部分〕　臺灣日

報　1985 年 3 月 7 日　8 版

29. 應鳳凰　風格樸實的小說家：楊念慈　文藝月刊　第 189 期　1985 年 3 月　頁 8—20

30. 應鳳凰　風格樸實的小說家：楊念慈　筆耕的人　臺北　九歌出版社　1987 年 1 月　頁 193—210

31. 張　默　現代詩壇鉤沉錄——楊念慈　文訊雜誌　第 25 期　1986 年 8 月　頁 193—195

32. 楊　明　濃蔭不老，狂花滿樹——我的父親楊念慈　文訊雜誌　第 74 期　1991 年 12 月　頁 112—115

33. 楊　明　濃蔭不老，狂花滿樹　黑牛與白蛇　臺北　麥田出版公司　2000 年 5 月　頁 10—14

34. 石德華　靜靜的深海　臺灣日報　1992 年 10 月 4 日　9 版

35. 石德華　靜靜的深海——記楊念慈先生　風範：文壇前輩素描　臺北　正中書局　1996 年 10 月　頁 28—32

36. 林麗如　女兒走在文藝創作的路上——楊念慈尊重子女的選擇　文訊雜誌　第 128 期　1996 年 6 月　頁 36—37

37. 〔朱西甯主編〕　楊念慈　山東人在臺灣：文學篇　臺北　財團法人吉星福張振芳伉儷文教基金會　1997 年 3 月　頁 87—89

38. 莊宜文　聆聽歲暮的聲音——資深前輩作家現況報導〔楊念慈部分〕　聯合報　1997 年 12 月 15 日　41 版

39. 曾意芳　楊念慈五〇年代經典小說，重新推出　中央日報　2000 年 5 月 12 日　18 版

40. 陳文芬　楊念慈、楊明聯袂出書　中國時報　2000 年 5 月 12 日　11 版

41. 徐開塵　楊念慈舊書重印不寂寞　民生報　2000 年 5 月 15 日　4 版

42. 楊雅雯　廢園舊事新愛情　中央日報　2000 年 5 月 15 日　12 版

43. 陳宛蓉　楊念慈、楊明父女舊作新書同攻書市　文訊雜誌　第 177 期　2000 年 7 月　頁 63

44. 陳憲仁　　楊念慈、彩羽舊作出版　文訊雜誌　第 179 期　2000 年 9 月　頁 63

45. 楊　明　　溫暖的重陽節[1]〔楊念慈部分〕　人間福報　2006 年 10 月 30 日 15 版

46. 詹宇霈　　楊念慈出版最新長篇小說《大地蒼茫》　文訊雜誌　第 257 期 2007 年 3 月　頁 149

47. 劉　枋　　汨汨蕩蕩楊柳岸——記楊念慈　非花之花　臺北　采風出版社 2007 年 8 月　頁 187—193

48. 〔封德屏主編〕　　楊念慈　2007 臺灣作家作品目錄　臺南　國立臺灣文學館 2008 年 7 月　頁 1088

49. 陳憲仁　　楊念慈：始終牽掛文學與朋友　文訊雜誌　第 276 期　2008 年 10 月　頁 88

50. 林少雯　　高陽與楊念慈　文訊雜誌　第 334 期　2013 年 8 月　頁 210—211

51. 張瓊文　　作家楊念慈逝世　文訊雜誌　第 356 期　2015 年 6 月　頁 213

52. 李瑞騰　　文壇行走・楊念慈・怎麼會是軍中作家　人間福報　2015 年 6 月 17 日　15 版

53. 王鼎鈞　　廢園舊事今猶新——悼念楊念慈先生　文訊雜誌　第 357 期　2015 年 7 月　頁 50—52

54. 司馬中原　　悼念「故事罐子」楊念慈先生　文訊雜誌　第 357 期　2015 年 7 月　頁 53—55

55. 李瑞騰　　我的老師楊念慈先生　文訊雜誌　第 357 期　2015 年 7 月　頁 56 —57

56. 張瑞芬　　留得殘荷聽雨聲——憶楊念慈老師　文訊雜誌　第 357 期　2015 年 7 月　頁 58—61

57. 楊　明　　大海蕩蕩弦歌不輟　文訊雜誌　第 357 期　2015 年 7 月　頁 62— 65

[1]本文記述楊念慈、郭嗣汾、郭良蕙、王聿均、林海音、李莎等文友的往來及情誼。

58. 楊　明　　播種、扎根的文學旅途──楊念慈與臺中情緣六十載　臺中文學地
　　　　　　　圖──走讀臺中作家的生命史　臺中　臺中市文化局　2015 年 12
　　　　　　　月　頁 78─83

訪談、對談

59. 雁蕪天　　文學！請走回中國吧！──訪楊念慈先生談文學的道路　中華文藝
　　　　　　　第 84 期　1978 年 2 月　頁 90─97

60. 陳秀芳　　寫作是一條漫長的路──訪小說家楊念慈　臺灣新聞報　1979 年 5
　　　　　　　月 18 日　12 版

61. 楊念慈等[2]　　文學主流座談會──歡迎青年邁進文藝殿堂　臺灣日報　1983
　　　　　　　年 6 月 18 日　8 版

62. 楊錦郁　　向人群散發光與熱──楊念慈談寫作　幼獅文藝　第 393 期　1986
　　　　　　　年 9 月　頁 129─134

63. 楊錦郁　　向人群散發光與熱──楊念慈談寫作　用心演出人生　彰化　彰
　　　　　　　化縣立文化中心　1995 年 6 月　頁 123─129

64. 石德華　　楊念慈──一涉文學豈能真正淡然　文訊雜誌　第 220 期　2004 年
　　　　　　　2 月　頁 68─69

65. 李長青　　楊念慈：詩，是有靈性的　文訊雜誌　第 260 期　2007 年 6 月　頁
　　　　　　　54─55

66. 張瑞芬　　初夏時期的荷花──訪小說家楊念慈　文訊雜誌　第 321 期　2012
　　　　　　　年 7 月　頁 58─67

67. 張瑞芬　　初夏時期的荷花──訪小說家楊念慈　少年十五二十時　臺北　釀
　　　　　　　出版社　2012 年 7 月　頁 409─421

68. 張瑞芬　　初夏時期的荷花──二〇一二年訪小說家楊念慈　荷塘雨聲：當代
　　　　　　　文學評論　臺北　爾雅出版社　2013 年 7 月　頁 322─341

69. 丁貞婉　　楊念慈和陳其茂的自畫像　文訊雜誌　第 336 期　2013 年 10 月

---

[2] 主持人：尹雪曼、謝天衢、黃永武；與會者：楊念慈、白萩、李喬、顏天佑、簡政珍、沈謙、陳
　憲仁、陳篤弘。

頁 82—86

70. 陳憲仁　溫馨探望中彰行——〈陌巷之春〉‧楊念慈　文訊雜誌　第 336
期　2013 年 10 月　頁 90—91

年表

71. 曾詩頻　楊念慈生平及其寫作年表　楊念慈小說中家園主題之研究　中央大
學中國文學系　碩士論文　李瑞騰教授指導　2004 年 1 月　頁 221
—223

其他

72. 楊念慈　作家書簡——楊念慈　亞洲文學　第 2 期　1959 年 11 月　頁 50—
51

73. 楊念慈　作家書簡——楊念慈　亞洲文學　第 33 期　1963 年 4 月　頁 56—
57

74. 〔中國時報〕　軍中作家楊念慈‧93 歲辭世　中國時報　2015 年 5 月 24 日
A12 版

75. 丹　墀　小說家楊念慈辭世　聯合報　2015 年 5 月 27 日　D3 版

作品評論篇目

綜論

76. 〔笠〕　笠下影——楊念慈　笠　第 51 期　1972 年 10 月　頁 88—91

77. 舒　蘭　五○年代詩人詩作——楊念慈　中國新詩史話（三）　臺北　渤海
堂文化公司　1998 年 10 月　頁 251—253

78. 楊昌年　楊念慈　近代小說研究　臺北　蘭臺書局　1976 年 1 月　頁 557

79. 張超主編　楊念慈　臺港澳及海外華人作家辭典　江蘇　南京大學出版社
1994 年 12 月　頁 587—588

80. 陳明台　四十年代臺中市的主要作家和作品——楊念慈　臺中市文學史初編
臺中　臺中市立文化中心　1999 年 6 月　頁 114—115

81. 王景山　楊念慈　臺港澳暨海外華文作家辭典　北京　人民文學出版社

2003 年 7 月　頁 713—714

82. 傅怡禎　論一九五〇年代臺灣小說中的懷鄉意識——一九五〇年代重要的
　　懷鄉小說作家——楊念慈　理論、現象與批評論考　臺中　天空
　　數位圖書公司　2009 年 2 月　頁 179—180

83. 張瑞芬　荒村野寨裡的人性試煉——論楊念慈小說　「感官素材與人性辯
　　證」國際學術研討會　臺南　國立臺灣文學館主辦　2010 年 3 月
　　6—7 日

分論

◆單行本作品

小說

《殘荷》

84. 墨　人　楊念慈《殘荷》讀後　聯合報　1954 年 6 月 21 日　6 版

85. 司徒衛　楊念慈的《殘荷》　書評集　臺北　中央文物供應社　1954 年 9 月
　　頁 77—78

86. 司徒衛　楊念慈《殘荷》　五十年代文學論評　臺北　成文出版社　1979 年
　　7 月　頁 125—126

87. 林少雯　楊念慈的《殘荷》　中央日報　2000 年 1 月 15 日　22 版

88. 應鳳凰　《殘荷》：楊念慈第一部小說　文訊雜誌　第 339 期　2014 年 1 月
　　頁 3

89. 應鳳凰　楊念慈《殘荷》——棄婦悲歌　文學起步 101——101 位作家的第
　　一本書　新北　印刻文學出版公司　2016 年 12 月　頁 96—97

90. 應鳳凰　大明湖畔淒美戀曲　我的初書時代——臺中作家的第一本書　臺中
　　臺中市文化局　2016 年 4 月　頁 40—45

《陌巷之春》

91. 傅怡禎　關不住的鄉情——從兩篇一九五〇年代小說看懷鄉意識的幽然產生
　　〔《陌巷之春》部分〕　大仁學報　第 14 期　1996 年 3 月　頁
　　125—134

《廢園舊事》

92. 宇文化　　評《廢園舊事》　幼獅文藝　第 99 期　1963 年 1 月　頁 32

93. 羅　盤　　楊念慈及其《廢園舊事》　中華文藝　第 7 期　臺北　中華文藝月
刊社　1971 年 9 月　頁 276—296

94. 李宗慈　　大時代小人物——《廢園舊事》、《荒原》的省思　自由日報
1987 年 12 月 14 日　8 版

95. 王志健　　新進作家與新銳作家——楊念慈　文學四論（下冊）　臺北　文史
哲出版社　1988 年 7 月　頁 556—557

96. 楊　明　　走進《廢園舊事》的情義天地　文訊雜誌　第 177 期　2000 年 7 月
頁 44—45

97. 應鳳凰，傅月庵　　楊念慈——《廢園舊事》　冊頁流轉——臺灣文學書入門
108　臺北　印刻文學生活雜誌出版公司　2011 年 3 月　頁 64—65

98. 侯如綺　　文化斷裂的危機——離散者的道德文化信仰與敘事策略——倫理
秩序和政治秩序的一致：《廢園舊事》　雙鄉之間——臺灣外省
小說家的離散與敘事（1950—1987）　臺北　聯經出版公司
2014 年 6 月　頁 146—154

《黑牛與白蛇》

99. 陳國偉　　電影、電視、廣播三棲的小說《黑牛與白蛇》　文訊雜誌　第 221
期　2004 年 3 月　頁 61

《犁牛之子》

100. 易　安　　評《小鎮春曉》（鍾雷著）和《犁牛之子》（楊念慈著）　文壇
第 138 期　1971 年 12 月　頁 54—61

101. 易　安　　《犁牛之子》　省政文藝評介選輯　臺中　臺灣省新聞處　1972
年 6 月　頁 35—41

《薄薄酒》

102. 王聿均　　薄酒味醇——（代序）　薄薄酒　臺北　世界文物出版社　1979
年 7 月　頁 3—4

《少年十五二十時》

103. 張素貞　時代淬礪的「英雄」姿采——楊念慈《少年十五二十時》　全國
新書資訊月刊　第 163 期　2012 年 7 月　頁 48—50

104. 張玉法　《少年十五二十時》導讀　少年十五二十時　臺北　釀出版社
2012 年 7 月　頁 9—13

105. 楊富閔　嚴選文學＋內行人推薦華文小說類——《少年十五二十時》　聯
合文學　第 338 期　2012 年 12 月　頁 58

《大地蒼茫》

106. 張素貞　人如何安身立命？——談楊念慈《大地蒼茫》　文訊雜誌　第 258
期　2007 年 4 月　頁 10—15

◆多部作品

《廢園舊事》、《黑牛與白蛇》

107. 莊文福　楊念慈《廢園舊事》、《黑牛與白蛇》　大陸旅臺作家懷鄉小說
研究　中國文化大學中國文學系　博士論文　邱燮友教授指導
2003 年　頁 67—76

單篇作品

108. 鍾梅音　〈文學語言的再創造〉讀後　中華日報　1951 年 6 月 12 日　6 版

109. 鍾梅音　〈文學語言的再創造〉讀後　海濱隨筆　臺北　大華晚報社　1954
年 11 月　頁 65—66

110. 季　薇　愛的試鍊讀楊著〈黑繭〉　自由青年　第 23 卷第 2 期　1960 年 1
月 16 日　頁 18

111. 楊靜思等[3]　大家談楊念慈〈大樹覆蔭〉　文藝　第 18 期　1970 年 12 月
頁 149—155

112. 余　嬺　也談瀟灑‧兼談靈氣〔〈切忌太瀟灑〉〕臺灣日報　1985 年 6 月
23 日　8 版

113. 丁家駿　我讀〈大海蕩蕩〉　從無到有　臺北　采風出版社　1987 年 4 月

---

[3]與會者：楊靜思、離蔚、翁天培、曾門、柯東如、陸加、馬笙、聽梅、吉維、張藝中、蔡薰如。

國家圖書館出版品預行編目資料

臺灣現當代作家研究資料彙編. 93, 楊念慈/張瑞芬編選.
-- 初版. -- 臺南市：臺灣文學館, 2017.12
　面；　公分
ISBN 978-986-05-3707-9 (平裝)

1.楊念慈 2.傳記 3.文學評論

863.4　　　　　　　　　　　106017888

【臺灣現當代作家研究資料彙編】93
楊念慈

發 行 人　廖振富
指導單位　文化部
出版單位　國立臺灣文學館
　　　　　地　　址／70041 臺南市中西區中正路 1 號
　　　　　電　　話／06-2217201　　　　傳　　真／06-2218952
　　　　　網　　址／www.nmtl.gov.tw　　電子信箱／pba@nmtl.gov.tw

總 策 畫　封德屏
顧　　問　林淇瀁　張恆豪　許俊雅　陳義芝　須文蔚　應鳳凰
工作小組　王則翔　沈孟儒　林暄燁　黃子恩　陳映潔
編　　選　張瑞芬
責任編輯　林暄燁
校　　對　白心瀞　沈孟儒　林暄燁　黃子恩
計畫團隊　財團法人台灣文學發展基金會
美術設計　翁國鈞‧不倒翁視覺創意
印　　刷　松霖彩色印刷事業有限公司

著作財產權人　國立臺灣文學館
　　　本書保留所有權利。欲利用本書全部或部分內容者，須徵求著作財產權人
　　　同意或書面授權。請洽國立臺灣文學館研究典藏組（電話：06-2217201）

經銷展售　國家書店松江門市（02-25180207）
　　　　　國立臺灣文學館藝文商店（06-2217201#2960）
　　　　　一德洋樓羅布森冊帖（04-22333739）
　　　　　三民書局（02-23617511、02-2500-6600）
　　　　　台灣的店（02-23625799）　　　府城舊冊店（06-2763093）
　　　　　南天書局（02-23620190）　　　唐山出版社（02-23633072）
　　　　　後驛冊店（04-22211900）　　　五南文化廣場（04-22260330）

初版一刷　2017 年 12 月
定　　價　新臺幣 310 元整
　　　　　第一階段 15 冊新臺幣 5500 元整　　第二階段 12 冊新臺幣 4500 元整
　　　　　第三階段 23 冊新臺幣 8500 元整　　第四階段 14 冊新臺幣 5000 元整
　　　　　第五階段 16 冊新臺幣 6000 元整　　第六階段 10 冊新臺幣 3800 元整
　　　　　第七階段 10 冊新臺幣 3200 元整　　全套 100 冊新臺幣 30000 元整

GPN　1010601822（單本）　　ISBN　978-986-05-3707-9（單本）
　　　1010000407（套）　　　　　　　978-986-02-7266-6（套）

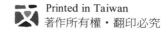